i
imaginist

想象另一种可能

理
想
国
imaginist

平原上的摩西

双雪涛 著

北京日报出版社

图书在版编目(CIP)数据

平原上的摩西 / 双雪涛著. -- 北京：北京日报出版社, 2021.4（2023.1重印）
ISBN 978-7-5477-3794-1

Ⅰ.①平… Ⅱ.①双… Ⅲ.①中篇小说-小说集-中国-当代②短篇小说-小说集-中国-当代 Ⅳ.① I247.7

中国版本图书馆CIP数据核字（2020）第 161194 号

责任编辑　许庆元
特约编辑　黄平丽　黄盼盼
封面设计　陆智昌
内文制作　陈基胜

出版发行：北京日报出版社
地　　址：北京市东城区东单三条8-16号东方广场东配楼四层
邮　　编：100005
电　　话：发行部：（010）65255876
　　　　　总编室：（010）65252135
印　　刷：山东韵杰文化科技有限公司
经　　销：各地新华书店
版　　次：2021年4月第1版
　　　　　2023年1月第4次印刷
开　　本：850毫米×1092毫米　1/32
印　　张：9
字　　数：165千字
定　　价：59.00元

版权所有，侵权必究，未经许可，不得转载

如发现印装质量问题，影响阅读，请与印刷厂联系调换

献给 K

目 录

平原上的摩西……001

大师……065

我的朋友安德烈……089

跛人……133

长眠……151

无赖……177

冷枪……199

大路……217

走出格勒……233

自由落体……253

跋　我的师承……275

平原上的摩西

庄德增

1995年,我的关系正式从市卷烟厂脱离,带着一个会计和一个销售员南下云南。离职之前,我是供销科科长,学历是初中文化,有过知青经历,返城之后,接我父亲的班,分配到卷烟厂供销科。当时供销科是个摆设,一共三个人,每天就是喝茶看报。我因为年轻,男性,又与厂长沾点表亲,几年之后,提拔为科长,手下还是那两个人,都比我年岁大,他们不叫我科长,还叫我小庄。我与傅东心是通过介绍人认识,当时她二十七岁,也是返城知青,长得不错,头发很黑,腰也直,个子不高,但是气质很好,清爽。她的父亲曾是大学老师,解放之前在我市的大学教哲学,哲学我不懂,但是据说她父亲的一派是唯心主义,反右时被打倒,藏书都被他的学生拿回家填了灶坑或者糊了窗户。"文革"时身体也受了摧残,一只耳朵被打聋,"文革"后恢复了地位,但已无法再继续教书。他有三个子女,傅东心是老二,全都在工厂工作，没有一个继承家学，且都与工人阶级结合。

我与傅东心第一次见面，她问我读过什么书，我绞尽脑汁，想起下乡之前，曾在同学手里看过《红楼梦》的连环画，她问我是否还记得主人公是谁。我回答记不得，只记得一个女的哭哭啼啼，一个男的娘们唧唧。她笑了，说倒是大概没错。问我有什么爱好，我说喜欢游泳，夏天在浑河里游，冬天去北陵公园，在人造湖冬泳。当时是1980年的秋天，虽然还没上冻，但是气温已经很低，那天我穿了我妈给我织的高领毛衣，外面是从朋友那里借的黑色皮夹克。说这话的时候，我和她就在一个公园的人造湖上划船，她坐在我对面，系了一条红色围巾，穿一双黑色布带鞋，手里拿着一本书，我记得好像是一个外国人写的关于打猎的笔记。虽然从年龄上说，她已经是个老姑娘，而且是工人，每天下班和别人一样，满身的烟草味，但是就在那个时刻，在那个上午，她看上去和一个出来秋游的女学生一模一样。她说那本书里有一篇小说，叫《县里的医生》，写得很好，她在来的路上，在公交车上看，看完了。她说，你知道写的是什么吗？我说，不知道。她说，一个人溺水了，有人脱光了衣服来救她，她搂住那人的脖子，向岸边划，但是她已经喝了不少水，她知道自己要死了，但是她看见那人脖子后面的汗毛，湿漉漉的头发，还有因为使劲儿而凸露出来的脖筋，她在临死之前爱上了那个人，这样的事情是会发生的，你相信吗？我说，我水性很好，你可以放心。她又一次笑了，说，你出现的时间很对,我知道你糙,但是你也不要嫌我细,你唯一看过的一本连环画,是一本伟大的书,只要你不嫌弃我,不嫌弃我的胡思乱想,我们就可以一起生活。我说,你别看我在你面前说话挺笨,但是我平常不这样。她说,知道,介绍人说你在青年点时候就是个头目,呼啸山林。我说,但凡这世上有人吃得上饭,我就吃得上,也让你吃得上,但凡有人吃得香,我绝不让你吃次的。她说,晚上我看书,写东西,记日记,你不要打扰我。我说,睡觉在一起吗?她没说话,示意我使劲划,别停下,一直划到岸边去。

婚后一年,庄树出生,名字是她取的。庄树三岁之前,都在厂里的托儿所,每天接送是我,因为傅东心要买菜做饭,我们兵分两路。其实这样也是不得已,她做的饭实在难以下咽,但是如果让她接送孩子就会更危险。有一次小树的右脚卡在车条里,她没有发觉,纳闷为什么车子走不动,还在用力蹬。在车间她的人缘不怎么好,扑克她不打,毛衣她也不会织,中午休息的时候总是坐在烟叶堆里看书,和同事生了隔阂是很正常的事情。八十年代初虽然风气比过去好了,但是对于她这样的人,大家还是有看法,如果运动又来,第一个就会把她打倒。有天中午我去他们车间找她吃饭,发现她的饭盒是凉的,原来这样的情况已经持续了一段时间了,每天早上她把饭盒放进蒸屉,总有人给她拿出来。我找到车间主任反映情况,他说这种人民内部矛盾他也没有办法,他又不是派出所所长,然后他开始向我诉苦,所有和她一个班组的人，都要承担更多的活，因为她干活太慢，绣花一样，开会学习小平同志的讲话，她在本子上画小平同志的肖像，小平同志很大，像牌楼一样，华国锋同志和胡耀邦同志像玩具一样小。如果不是看在我的面子上，早就向厂里反映，把她调到别的车间了。他这么一说，倒让我有了灵感，我转身出去，到百货商店买了两瓶西凤酒，回来摆在他桌上，说，你把她调到印刷车间吧。

傅东心从小就描书上的插图，结婚那天，嫁妆里就有一个大本子，画的都是书的插图。虽然我不知道画的是什么，但是挺好看，有很高的大教堂，一个驼子在顶上敲钟，还有外国女人穿着大裙子，裙子上面的褶子都清清楚楚，好像能发出摩擦的声音。那天晚上吃过饭，我拿了个凳子去院子里乘凉，她在床上斜着，看书，小树在我跟前坐着，拿着我的火柴盒玩，一会举在耳边摇摇，一会放在鼻子前面，闻味儿。我家有台黑白电视机，但是很少开，吵她，过了一会傅东心也搬了个凳子，坐在我旁边。明天我去印刷车间上班了，她说。我说，好，轻俏点。她说，我今天跟印刷的主任谈了，我想给他们画几个烟盒，画着玩，给他们看看，用不用在他们。我说，好，画吧。她想了想说，谢谢你，德增。我不知道该说什么，就笑笑。这时，小斐她爸牵着小斐从我们面前走过。我们这趟平房有二十几户，老李住在尽东头，在小型拖拉机厂上班，钳工，方脸，中等个，但是很结实，从小我就认识他。他们家哥三个，不像我是独一个，老李最小，但是两个哥哥都怕他，"文革"那时候抢邮票，他还扎伤过人，我们也动过手，但是后来大家都把这事儿忘了。结婚之后他沉稳多了，能吃苦，手也巧，是个先进。他爱人也在拖拉机厂，是喷漆工，老戴着口罩，鼻子周围有一个方形，比别处都白，可惜生小斐的时候死了。老李看见我们仨，说，坐得挺齐，上课呢？我说，带小斐遛弯去了？他说，小斐想吃冰棍，去老高太太那买了一根。这时小斐和小树已经搭上话，小斐想用吃了一半的冰棍换小树的火柴盒，眼睛瞟着傅东心，傅东心说，小树，把火柴盒给姐姐，冰棍咱不要。傅东心说完，小树"啪"的一声把火柴盒扔在地上，从小斐手里夺过冰棍。小斐把火柴盒捡起来，从里面抽出一根火柴，划着了，盯着看，那时候天已经黑了，没有月亮，火柴烧到一半，她用它去点火柴盒，老李伸手去抢，火柴盒已经在她手里着了，看上去不是因为烫，而是因为她就想那么干，她把手里的那团火球向天空扔去，"噼噼啦啦"地响，扔得挺高。

蒋不凡

从部队转业之后，我跟过几个案子，都和严打有关。抓了不少人，事儿都不大，跳跳舞，夜不归宿，小偷小摸，我以为地方上也就是这些案子，没什么大事儿。没想到两年之后，就有了"二王"，大王在严打的时候受过镇压，小王在部队里待过，和我驻扎的地方离得不远，属于蒙东，当时我就听说过他，枪法很准，能单手换弹夹，速射的成绩破过纪录。两兄弟抢了不少地方，主要是储蓄所和金店，一人一把手枪，子弹上千发，都是小王从部队想办法寄给大王的，现在很难想象，当时的一封家信里夹着五发子弹。他们也进民宅，那是后期，全市的警察追捕他们，街上贴着他们的通缉令，俩人身上绑着几公斤的现金和金条，没地儿吃饭，就进民宅吃，把主人绑上，自己在厨房做饭，吃完就走，不怎么伤人，有时还留点饭钱。再后来，俩人把钱和首饰扔进河里，向警察反击。我们当时都换成便衣，穿自己平常的衣服，如果穿着警服，在街上走着就可能挨枪子儿。最后，那年冬天，终于把他们堵在市北头儿的棋盘山上，我当时负责在山脚下警戒，穿着军大衣，枪都满膛，在袖子里攥着，别说是有人走过，就算是有只狍子跑过去，都想给它一枪。后来消息传下来，两人已经被击毙了，我没有看到尸体，据说两人都瘦得像饿狗一样，穿着单衣趴在雪里。准确地说，大王是被击毙的，小王是自己打死的自己。那天晚上我在家喝了不少酒，想了许多，最后还是决定继续当警察。

1995 年刚入冬，一个星期之内，市里死了两个出租车司机，尸体都在荒郊野外，和车一起被烧得不成样子。一个月下来，一共死了五个。但是也许案子有八起，其中一个人胆小，和他一个公司的人死了，他就留了心，有天夜里他载了一个男的，觉察不对，半道跳车跑了，躲在树丛里。据他的回忆，那人中等个，四十岁左右，方脸，大眼睛。但是他不敢确定这人是不是凶手，因为他在树丛里看见那人下车走了，车上的钱没动。这个案子闹得不小，上面把数字压了下去，报纸上写的是死了俩，失踪了一个。我跟领导立了军令状，二十天内破案。我把在道上混的几个人物找来，在我家开会，说无论是谁，只要把人交出来，以后就是我亲兄弟，在一口锅里吃饭，一个碗里喝汤。没人搭茬，他们确实不知道，应该不是道上人，是老百姓干的。我把这五个司机的历史翻了一遍，没有任何交集，有的过去给领导开小车，有的是部队转业的运输兵，有的是下岗工人，把房子卖了，买了个车标，租房子住。烧掉的汽车我仔细勘察了几回，两辆车里都发现了没烧干净的尼龙绳，这人是把司机勒死，拿走钱，然后自己开车到荒郊，倒汽油烧掉。有了几个线索，杀人的人手劲不小，会开车，缺钱，要弄快钱。因为和汽车相比，他抢的钱是小头，但是他没关系，车卖不出去或者他没时间卖，一个月作案五起，不是缺钱的话不会冒这么大的险。回头跟技术那头的人又开了一个碰头会，他们说，光油箱里那点油不能把车烧到这么个样，这人自己带了汽油或者柴油。

又多了一条线索，能搞到汽油或柴油。

这时候已经过了十天。我到领导的办公室，坐下，说，领导，这个案子不好破。领导说，你是要钱还是要人？上面给的压力很大，最近晚上街上的出租车少了一半，老百姓有急事打不着车。军令状的事儿放在一边,案子破了,甭管是什么方法,提你半格。我说,领导,我觉得干警察就是给人擦屁股。领导说,你啥意思?我说,没啥意思。你跟上面说一下,全市出租车的驾驶位得加防护罩,凶手使的是绳子,就算有点别的,估计也是冷兵器,加了防护罩,安全百分之九十,就算这个人逮到了,以后说不定还有别人,防护罩必须要有。领导说,这可是不少钱,不一定能批下来。我说,最近满大街都是下岗工人,记得我们前一阵子抓的那个人?晚上专门躲在楼道里,用锛子敲人后脑勺,有时候就抢五块钱。你把这几个案子的现场照片带去,让上面看看脑浆和烧焦的骨头。他说,我想想办法吧,说说现在这个案子的思路。我说,我手下有六个人,有一个女的不会开车不算,剩下五个,你找五辆车,不加防护罩,晚上我们开出去。

几天之后,我给手下开了个会,我说,这事儿有风险,不想干的可以不干,干成了,能记功,也有奖金,干不好,可能把自己搭进去,跟那五个出租车司机一样,让人烧了。你们自己琢磨。赵小东说,头儿,奖金多少?我知道他媳妇正怀着孕,这十几天他基本没着家,我最担心他退。我说,奖金没说死,五千起吧。几个人干几个人分。他点点头,没再说话。

1995年12月16日晚上十点半,我们五个人,全都是男的,正式出车,每人带了两把枪,一把揣在腋下,一把藏在驾驶位的椅子底下。我提了几个注意点,第一,一个或者一个以上成年男子，打车要去僻静处；第二，孤身一人成年男子，上来就坐驾驶座正后方；第三，身上有汽油或者柴油味的人。如果是女人或者带小孩儿的，就推说是新手，不认识路，不拉。最后一点，如果发生搏斗，不要想着留活口，因为对方是一定想着要你命的。

我们在路上跑了三天，没有收获。小东说拉过三个有嫌疑的男的，要去苏家屯，他就小心起来，听他们说话，是本市口音。其中一个半路要到路肩尿尿，小东就把枪掏出来插在棉鞋里，结果那人尿完回来，三个继续说话，好像是兄弟三个，回去给父亲奔丧，其中一个上车之前和女人喝了酒，尿就多。到了苏家屯，灵棚已经搭好，小东下车抽了支烟，看他们两个扶着一个走进灵棚去跪下，然后上车开了回来。

第九天，12月24日夜里十点半，下点小雪。我把车停在南京街和北三路的交口，车窗开了一条缝，抽烟，抽完烟准备睡一会，那段时间觉睡得断断续续，不一定什么时候就困得不行。路边是一个舞厅，隐约能听见一点音乐声，著名的平安夜歌曲，铃儿响叮当，坐在雪橇上。前面一辆车拉上一个穿着貂皮的中年女人走了，我把车往前提了提，把烟头扔出窗外，车窗摇上。这时从舞厅南侧的胡同里，走出两个人。一个中年男人领着一个十二三岁的女孩儿，男的四方脸，中等个，两只手放在皮夹克的兜里，皮夹克是黑的，有很多裂缝，软得像一块破布，女孩儿戴着白口罩，穿着一条蓝色的校服裤子，上身是一件红色羽绒服，明显是大人的衣服，下摆在膝盖上面。

她还背着一只粉色书包。书包的背带已经发黑了。头发上落着雪。

男的走过来敲了敲车窗，我把窗户摇下来，他朝里看了看，说，走吗？我摆摆手，不走，马上收了。他指了指那个孩子，去艳粉街，姑娘肚子疼，那有个中医。我说，看病得去大医院。他说，大医院贵，那个中医很灵，过去犯过，在他那看好了，他那治女孩儿肚子疼有办法。我想了想说，路不太熟，你指道。他说，好。然后把后面的车门拉开，坐在我后面，女孩儿把书包放在腿上，坐在副驾驶。

艳粉街在市的最东头，是城乡接合部，有一大片棚户区，也可以叫贫民窟，再往东就是农田，实话说，那是我常去抓人的地方。

男人的手还放在兜里，两只耳朵冻得通红，女孩儿眼睛闭着，把头靠在座椅上，用书包抵着肚子。开了一会，在转弯处他都及时指路。又过了一会，我说，大哥有烟吗？借一棵。他从兜里摸出一根递给我，我用自己的打火机点上。我说，大哥做什么的？他说，原先是工人，现在做点小买卖。我说，现在工厂都不行了。他说，有个别的还行，601所就挺好。我说，那是造飞机的。他说，嗯，有个别的还行。我说，现在做点什么买卖？他看了一眼后视镜，说，一点小买卖，上点货，卖一卖，卖过好几样。我说，你爱人呢？他说，你在前面向右拐，一直开。眼看着要从艳粉街穿过,向着郊区去了,女孩儿一直闭着眼,不动弹,男人眼睛看着窗外,好像是不想再说话了。我说,现在干什么都不容易。他说,嗯。我说,就像开出租车,白天警察多,开不起来,晚上倒是松快,还怕人抢。他说,没什么事儿吧。我说,你是不看新闻,前一阵子夜半司机,死了五个。他又看了看后视镜,肩膀动了动,说,抓着了吗?我说,没啊,那哥们不留活口,不好抓,我算看明白了,人要狠就狠到底,才能成点事儿,撑死胆大的,饿死胆小的。他没回答,拍了拍女孩儿肩膀,说,好点了吗?女孩儿点点头,手把书包紧紧攥着,说,前面那个路口右拐。我说,右拐?你不是要去艳粉吗?她说,右拐,我要去艳粉后面。我打了个轮,把车慢慢停在路边,说,大哥不好意思,憋不住了,只要不抬头,遍地是茅楼,你和大侄女在车里等一下。他说,左拐,马上到了。我说,你们爷俩商量一下,到底往哪拐。我要尿裤子了。他说,马上到了。我转过头看他,手顺势伸进怀里,说,这一片黑,哪有诊所啊。女孩儿突然把眼睛睁开了,一双大眼睛,瞳仁几乎占据了所有的地方,她说,爸,我刚才放了屁,好了。男人的下巴僵着,说,好了?她说,是,刚刚我偷偷放了一个屁,不臭,然后就好了,我想下车。男人看了看我,说,爸也要上趟厕所,你先在车里等着。然后拉开车门出去,我把钥匙拔下来,也下了车,把车门锁好。这时的雪已经大了起来,风呼呼吹着,往脖子里钻,远处那一大片棚户区都看不清了,像是在火车上看到的远处的小山。他慢慢走到杂草丛，撒了泡尿，我把枪掏出来，站在他背后。他转过身来，一边系裤腰带，一边看着我说，哥们，你弄错了。我说，甭跟我说这个，别系了，把裤子脱了。他说，你去厂里打听打听，我是什么人。我说，把嘴闭上，裤子脱了。他把裤子褪到脚腕子，我从后腰拿出手铐，准备给他铐上。他说，别让孩子看见，这叫什么样子？我照着他内裤踢了一脚。他没躲，说，那诊所就在前面，是我朋友开的，你可以查一下。这时一辆运沙子的大卡车靠右侧驶来，我突然意识到，我的车没打双闪，路面上都是雪。卡车似乎犹豫了一下，还是撞上了，出租车的尾部马上烂了，斜着朝我们这边的草丛翻过来。就在我被一片手掌大的车灯玻璃击中的瞬间，我朝那个男人站立的方向开了一枪。

李斐

到底从什么时候开始，我的记忆开始清晰可见，并且成为我后来生命的一部分呢？或者到底这些记忆多少是曾经真实发生过，而多少是我根据记忆的碎片拼凑起来，以自己的方式牢记的呢？已经成为谜案。父亲常常惊异于我对儿时生活的记忆，有时我说出一个片段，他早已忘却，经我提起，他才想起原来有这么回事，事情的细枝末节完全和事实一致，而以我当时的年龄，是不应当记得这么清楚的；有时他在闲谈中提起不久前发生的事情，可能就在一周前，而我已经完全忘记，没有任何印象，以至于他怀疑此事是否发生过，到底是谁的记忆出了问题，是谁正在老去。

母亲去世的情形，我没记忆。后来我看过母亲的照片，没什么特别，一个陌生女人而已，这让我经常感到愤慨，是什么让我和她成了陌生人？父亲的解释令人沮丧，没什么特别原因，不但一个女人生孩子有生命危险，即使是一个健康人走在马路上，也可能被醉酒的司机撞死。

父亲一直没再娶。在托儿所，阿姨帮我洗屁股并且有效地控制我上厕所的时点，如果我无所顾忌地拉屎或者和别的孩子厮打，还会揍我。哭，一个嘴巴，再哭，一个嘴巴，我看你再哭。没错，这应该就是母亲的职责，如果有妈妈，也是这般如此。这让我有些欣慰，没什么大不了，晚上别的孩子有妈妈来接，我就会去想，你要倒霉了，回家也是这套。可惜，这样的错觉没有持续太久，在我六岁的时候，我认识了小树一家。

小树是我家的邻居，在我们家那趟平房里面居中，我家在最东头，每天父亲从厂子下班，去托儿所接上我，都要推着自行车从小树家门前走过。父亲是钳工，手艺很好，和他一起进厂的人，都叫小赵、小王、小高，而父亲别人叫他李师傅。每天父亲推着我走在厂子里，都有人和父亲打招呼，李师傅走了？李师傅回家做饭啊？李师傅过冬的煤坯打了吗？要不要帮忙？还有人过来逗我，和我说话，父亲都笑着回应，但是车子很少停下。有人给父亲织过围脖，织过毛衣，红的、藏青的、深蓝的，父亲收下，都放柜子里，扔上一袋樟脑球。据说父亲过去是个相当硬朗的人，但是结婚之后对母亲好得不行，很少和人起争执，宁可自己吃亏也不愿意闹不愉快。母亲死后，他一度瘦了两圈，后来又胖回来了，还自己学会了做饭，在车间他升了班长，带着两个徒弟，都是男的，他不用徒弟给他沏茶，也不用他们帮着洗工作服，但是他把自己会的东西都教给他们，他能自己一个人用三把扳子，装一整个发动机，时间是两分四十五秒。如果有人看见父亲绷着脸，中午吃完饭没有看别人打扑克，而是去托儿所看我午睡，那一定是他的徒弟，没把作业做好。

我六岁的时候，第一次和小树说上话。过去我们见过，我比小树大一岁，已经从托儿所毕业，进入学前班，转过年来就要上小学，而小树，还在托儿所的大班里，因为调皮捣蛋，很有名号，左邻右舍都知道。据说有次小朋友们在一起玩皮球，大家都用手抱着，你扔给我，我扔给你，小树接过球，飞起一脚，把棚顶的日光灯踢碎了。好几个孩子的头发里都落上了荧光粉。阿姨没有打他，而是到了供销科，把小树他爸找来了。小树他爸看了看，和阿姨们说了会话，把那几个吓了一跳的小朋友都找来扒开头发看看，出去买了两支新的日光灯，一大包大白兔奶糖。然后站在椅子上，装上灯管。阿姨们帮他扶着椅子，然后拉他坐下，嗑了会瓜子，有说有笑，把他送走了。

小树他爸是有名的活跃分子，不知道哪来的那么些门路，反正他总是穿得很好，能办别人办不成的事儿。

我之所以能和小树说上话，是因为那个夏天的傍晚，我想用手里的冰棍去换小树手里的火柴。

那个夏天的傍晚，在日后的许多个夜晚都曾被我拿出来回想，开始的时候，是想要回想，后来则变成了某种练习，防止那个夜晚被自己篡改，或者像许多其他的夜晚一样，消失在黑暗里。

我喜欢火柴，老偷父亲的火柴玩，见着什么点什么。其实平时我是个挺老实的孩子，话也没有多少，阿姨不让上厕所，我能一直憋着，有一次憋得牙齿打战，昏了过去。但是就是喜欢火，一看见火柴就走不动，有一次把母亲过去写给父亲的信点了，那是父亲有数的几次，给了我两下。家里就再也看不见火柴了。那次我把小树的火柴抢到手中，马上就把火柴盒变成了火球，实在憋得太久了，手指烧掉了皮都没在意，火球从空中落下，熄灭了。我突然哭了起来，不是害怕，而是我突然意识到，这样玩太奢侈了。

父亲有点挂不住，又舍不得打我，说，这孩子，小傅，你看这孩子。傅东心说，你喜欢火柴啊？我低头弄手上的皮不说话。傅东心说，为啥？我不说话。父亲用手指点了一下我肩膀，小傅阿姨和你说话呢。我说，好看。傅东心说，啥好看？我说，火，火好看。傅东心说，你过来。我走过去，傅东心拉住我的手看了看，抬头跟父亲说，这孩子将来兴许能干点啥。父亲说，干点啥？傅东心说，不知道，有好奇心，小树太小，坐不住，教他啥他回头就忘。父亲说，四岁的孩子，让他玩吧。傅东心说，你要是信得过我，晚上吃完饭，让她到我这儿来，周末白天来，我这儿书多，我小时候就爱玩火。父亲说，那哪行？给你和德增添多少麻烦。庄德增说，麻烦啥？现在就让生一个，让俩孩子搭个伴，你也松快松快。东心那一肚子东西，你让她跟我说？父亲说，还不谢谢叔叔阿姨？我说，谢谢叔叔阿姨。这时小树正蹲在地上，研究那根冰棍，冰棍上面已经爬满了蚂蚁，绝大部分都被粘住，下不来了。

第二天是工作日，我一直盼着晚上赶紧来到，可是到了晚上，父亲并没有提这茬，还是像过去一样生炉子做饭，然后在炕上摆上小炕桌，两个人对着吃，没说什么话。睡觉的时候，我在被窝里哭了一场，用手悄悄地抠墙皮放在嘴里，抠着吃着哭着，睡着了。转过天来，是礼拜日，早上醒来的时候，父亲没在家，门反锁着，一般礼拜日父亲要出去办事，都把我这样锁在家里。我窗帘都没拉，洗脸刷牙，然后在灶台找点东西吃了。父亲回来的时候，一身的汗，带回来一堆东西，半扇排骨，两袋子国光苹果，一盒秋林公司的点心。他给我换了身干净的衣服，拉开窗帘，外面一片耀眼的阳光，自己换上洗得发白的工作服，穿上新发的绿胶鞋。然后拿着东西，拉着我的手，来到小树家。

小树他爸正给皮鞋打油，小树在旁边玩肥皂泡泡，傅东心坐在炕上，在一张白纸上画东西。小树他爸抬头说，来了？父亲说，忙呢？然后他走进屋里，把东西放在高低柜上，跟我说，叫傅老师。

傅东心

1995年，7月12日，小树打架了，带不少人，将邻校的一个初一学生鼻梁骨打折，中度脑震荡。是昨天晚上的事，我今天早上知道的，知道的时候我正在给李斐上课，讲《圣经·旧约》的《出埃及记》：耶和华指示摩西：哀号何用？告诉子民，只管前进！然后举起你的手杖，向海上指，波涛就会分开，为子民空出一条干路。小树的班主任走进院子，跟我讲了一下小树的情况，小树当时没在家，抱着球出去了。我跟李斐说，小斐看家，先读读，无须信，欣赏行文中的元气，小树回来，让他别出去，在家等我。然后我拿出存折，去银行取了一千五百块钱，两百块钱给老师，老师没收，说逢年过节，庄树他爸没少照顾，男孩子打个架正常，只是这种群殴，以后得避免，半大小子出手没有轻重，容易惹出大祸。小学生连初中生都敢打，以后咋办？然后我跟着老师去了挨打的孩子家，他刚出院，我递上水果，把钱塞到家长手里，坐下聊了会天。夫妻俩在五爱市场卖纱巾，条件不差，人也能说通，最后他们送我走，在门口说，看你文质彬彬，你儿子怎么那么浑？我没说什么，坐公交车回家了。

到家的时候，小树正拉着李斐陪他玩球，他在院子里用两块石头摆了个门，让李斐帮他守门，然后他一脚把球踢在李斐脸上，一个大球印子，李斐晃晃脑袋，跑去把球捡过来，又扔给小树。我把小树叫住，让他跟我进屋，小树把球踢给李斐说，你玩吧，好好练练，别跟大脑炎似的。李斐抱起球，跟在小树后面，也进了屋。我坐在板凳上，让他站着，说，我给你爸打了个电话，他明天回来。他说，妈，你别唬我，我爸刚走没几天。我说，你给我站好，你刚才说小斐什么？他说，没说什么，笨还不让人说啊。我说，你给她道歉。李斐还抱着球，说，傅老师，他不是故意的，我确实笨。小树说，你看。我说，你给她道歉。他说，不价，你教过我，做人要真，我给她道歉，就是不真。我说，我让你真诚地道歉。他说，那不可能。李斐说，小树，还玩球吗？小树没看她，说，不玩，以后再也不和你玩了。我说，小斐，你从小就跟着他屁股玩，你还比他大，你没玩够啊？李斐没有反应。我说，庄树，明天你爸回来，让他跟你说，我打不动你。一个钟头之前，我用公共电话给德增打了个电话，跟他说小树又惹祸了，这回还知道伙人，一大帮打一个。德增急了，说，明天就从云南回来。我说，你该办你的事儿办你的事儿。德增说，云南那边的关系现在已经夯实了，给他们看的烟标，他们很满意。我说，他们觉得还行？他说，他们说从来没见过画得这么好的。我说，那你就趁热打铁吧。孩子我再跟他谈谈。他说，小树我还不知道？谈没用。我正好也得回去，云南这边的厂子我们拿技术入股，咱们家那边的，反正现在企业也都承包，我回去跟他们谈谈承包印刷车间的事儿。咱们得有自己的厂子。

小树看我不像骗他，有点慌了，说，妈，是那小子先打的我，好几个打一个，我再去打的他。我说，你知道打人有罪吗？说这话的时候，我感觉到自己的手抖了起来。他说，啥？我说，无论因为什么，打人都有罪，你知道吗？他说，别人打我，我也不能打回去吗？那以后不是谁都能打我？我看着他，看着他和德增一样的圆脸，还有坚硬的短发。在我们三个人里，他们那么相像。

我按住自己的手，让它不抖，说，不说这个了，说你张嘴就说小斐的事，你怎么就不知道尊重人？他冲着李斐说，小斐姐，我错了。我说，你什么意思？当你妈是傻子？他说，妈，我不是认错了吗？我说，你那叫认错吗？你小斐姐内向，你得保护她，你还欺负她，你是什么东西？这要是"文革"，你不得把你妈也绑了？他说，啥是"文革"？我说，不用知道，你给我好好道歉。他转过身正对着李斐说，小斐姐，我错了，不是故意的，以后你踢球，我给你守门，让你踢我，长大了，谁敢欺负你，我就弄死他。我说，意思对了，事情说歪了。李斐说，我记住了。我说，你去院子吧，我给你小斐姐上课。他说，妈，你能替我兜着点吗？要不我也坐这儿听听？我说，你出去玩吧。

然后我领着李斐，坐在炕上把《出埃及记》读了一遍，讲了几个她能够理解的典故，然后我问她，小斐，跟我学了几年了？她说，六七年了。我说，觉得有意思吗？她说，有意思，每天都盼着晚上。我说，从第一次见你，就知道你是好苗子，我没看错，你现在的程度，一般初中生不如你。她说，我不知道。我说，无论什么时候，你就按照你想的方式读、写，多读书，多写东西。她说，嗯。我说，你马上要考初中了，一定要考上。她说，就算考上也要交九千块钱。我爸也说让我考，但是我不考了。我说，没关系，你让你爸跟我说，我帮你出，你爸现在下岗，没工作，是稍微紧一点，将来会好的，能还我们，记住，只要有知识，有手艺，什么都不怕。你现在赶上好时候，我那时候想念书没有地方念。她说，不能管你要。我说，我估计教不了你几堂课了。她抬起头说，为啥？我说，我们这趟房要动迁了，咱们都得搬走，再找房子住，就不是邻居了，知道今天为什么教你这个《出埃及记》吗？她说，那我以后就见不着小树了吗？我说，教你这一篇，是让你知道，只要你心里的念是真的，只要你心里的念是诚的，高山大海都会给你让路，那些驱赶你的人，那些容不下你的人，都会受到惩罚。以后你大了，老了，也要记住这个。李斐没有说话，朝窗户外面看着，我不知道她听明白没有。

李斐

记忆里的礼拜天，总是天气晴朗。父亲会打开所有窗子，放一盆清水在炕沿，擦拭每一片玻璃。然后把脏水泼在院子里，开始浆洗床单被罩。他用双手一截一截把床单被罩拧干，展开，挂在院里的晾衣绳上，院子里都是肥皂的香味。然后他坐下抽一支烟，开始清洗屋里的锅台、地面，他粗壮的胳膊像双桨一样，划过家里的每一个角落。最后一项，是给挂钟上弦。他打开红色的盖，拿起锃亮的钥匙，"嘎嘎"地拧着。他跷着脚，伸着脖子，好像透过钟盘，眺望着什么。

工厂的崩溃好像在一瞬之间，其实早有预兆。有段时间电视上老播，国家现在的负担很大，国家现在需要老百姓援手，多分担一点，好像国家是个小寡妇。父亲依然按时上班，但是有时候回来，没有换新的工作服，他没出汗，一天没活。

父亲接到下岗通知那天，我在家里生炉子。对于生炉子，我是非常喜欢的，看着火苗一点点从炉坑里渗出来，钻进炉膛，好像是一颗心脏在手中诞生。父亲进门的时候，我没有看他。炉子里的烟飞出来，呛进我的眼睛里，我用手抹了抹眼泪，这时我发现父亲已经蹲在旁边，帮我往里面续柴火。他的下巴歪了，一只眼睛青了一圈，嘴也肿了。我说，爸，怎么了？他说，没事儿，骑车摔了一跤。今天我们吃饺子。他把脸伸到水龙头底下，洗净嘴角的血。然后烧了一大锅水，站在菜板旁边包饺子，他的手虽然粗，但是包饺子很快，"咚咚咚"剁好馅，把馅揉进皮里，捏成饺子，放在盖帘上，一会就是一盖帘。

晚上吃饭的时候，他喝了一口杯白酒。父亲极少喝酒，那瓶老龙口从柜子拿出来的时候，上面已经落了一层灰。快喝完的时候他说，我下岗了。我说，啊。他说，没事儿，会有办法的，我想办法，你把你的书念好。我说，嗯，你今天没摔跤。他说，没有。我说，那是怎么了？他说，我在想，我能干什么。我说，嗯。他说，我想，我也许可以卖茶叶蛋。广场旁边，卖茶叶蛋的，我过去见过，一会就能卖出一个。我说，为什么是你下岗了呢？他说，没什么，几乎所有人都下岗了，厂子不行了。我说，嗯。他说，我下班之后，就去广场看他们卖茶叶蛋。要走的时候，来了一伙人，穿着制服，把他们的炉子踹了。一个女的，抱着锅不撒手，其中有个小子，拽住她的头发，把她往车上带。我就过去，把那小子抱住了。我说，爸。他说，他们人多，如果是我年轻的时候，也没什么事，现在老了。他摊开自己的右手看了看，说，打不倒人了。我说，爸，你有我呢。他说，本来我是回家取刀的，看见你在生炉子，嗯，你蹲在那生炉子，我怕死啊。我说，爸，初中我不考了，按片儿分吧。他站起来说，我说过了，你把你的书念好，别让我再说一遍。然后喝光酒，收拾碗筷，晚上再没说话。

庄德增

有一年夏天，具体哪年有点记不清了，那几年一晃就过去了，好像都是一年一样。应该是在千禧年前后吧，我在北京谈事儿，接到一个电话，电话里头说，庄厂长，他们要把主席拆了，你想想办法。是厂子里一个退休的老工人，当时我接了厂子，把这些人一起都接了。我说，哪个主席？他说，红旗广场的主席，六米高那个，后天就要给毁了。我知道那个主席，小时候我住得就离他很近。老是伸出一只手，腮帮子都是肉，笑容可掬，好像在够什么东西。夏秋的时候，我们在他周围放风筝，冬天就围着他抽冰尜。我说，毁他干吗？他说，要换上一只鸟。我说，一只鸟？他说，是，叫太阳鸟，是个黄色的雕塑，说是外国人设计的，比主席还高两米。我说，我不是市委书记，找我没用，活人就别跟死人较劲了，在家好好歇着吧，不差你退休金就完了。说完我把电话挂了。

第二天我飞回家，晚上又出去接待了一拨人，弄到很晚，在洗浴中心睡了，醒过来的时候已经是中午，和我一起来的人都走了。到了前台，小姐端出一堆手牌，我挨个结了账，打电话把司机喊来，给我送回家。开到半路，我下车吐了一次，隔夜的酒从胃里涌出来，好像岩浆一样把食道熨了一遍。有一群老人，穿着工作服，形成一个方阵，在路中间走着，不算整齐，但是静默无言。司机说，咋回事儿？跑这儿练健身操来了？我也纳闷，摆了摆手，上车歪在后座，到了家门口，我突然想起来，是主席，他们是奔着主席去的。我让司机先走，自己在马路牙子上坐了一会。看着自己的裤腿，干干净净，皮鞋，干干净净，就在几年前，我穿着西裤和皮鞋，走在云贵高原的土地上，皮鞋几天就长嘴了，西裤的裤腿永远蒙着黄土。我抬起手看了看表，这个钟点，庄树在学校上课，傅东心应该在睡午觉。自从她辞职之后，她的午觉就变得十分漫长，好像一天的主要工作是睡觉。我站了起来，拦了一辆出租车，说，去红旗广场。

出租车司机坐在防护罩里，戴着一顶灰色的帽子，穿着司机制服。奇怪的是他还戴着一个口罩，那可是八月份的正午，烈日高照。我朝他面前的后视镜看了一眼，他的一双眼睛正在其中，也在看我。一个眼角突兀地向下弯折。我便把眼睛挪走了。

"红旗广场？"他的一只手放在"空车"二字上，我说，是。他手指一勾，牌子一倒，"空车"熄灭。行了两站地，已经看见主席无依无靠的大手，路却突然拥堵起来，原来刚才看见的老人，只是其中一支，眼前是另一队方阵从路中间缓缓通过。不同的是，他们穿着另一种颜色和款式的工作服。司机把半个膀子搭在车窗外面，看着眼前的老人，没按喇叭，也没干点别的，就是平淡地看着。我说，也是闲的。他说，谁？我向前指了指。他说，那你去干吗？我一愣，说，我去附近办事，和主席像没关系。他点点头，说，也是，你没穿工作服。我又一愣，说，咱们认识吗？他说，不认识。你什么意思？我说，没什么意思，就是觉得话头有点怪，好像咱俩见过。他说，你是个板正人，我是个卖手腕子的，你可别抬举我。我一时语塞，可能是昨晚喝多了，脑子不太对劲儿。

终于蹭到了广场周围的环岛，他说，你到哪？我一边朝广场上看一边说，你绕着环岛走走。他说，你没瞧见都堵死了？我说，你就走你的，耽误你的时间我给你折成钱。他说，哦，钱是你亲爹。我一下火了，说，你这人怎么说话呢？他说，我是开出租的，不是你养的奴才，你下去。我望向后视镜，他没看我，而是小心地避过前车摆动的车尾。这个疤脸。一般这种人不是话痨，就是犟驴脾气。一旦我下了车，再想打车回去，基本上没有可能，所有路口都插死了，还不断地有老人从车缝里向广场走去，好像水流一样。我说，天热，咱都别急，你帮我绕一圈，咱就原路返回。他没说话，开始向环岛内侧打轮，透过车窗，我看见红旗广场上，围着主席像，密密麻麻坐满了人。施工队的吊车和铲车在一角停着，几个民警拎着大喇叭，却没有喊话，正在喝水。老人们坐在日头底下，有些人的白发放着寒光，一个老头，看上去有七十岁了，拿着一根小木棍，站在主席的衣摆下面，指挥老人们唱歌。在他的右手边，另一个老头坐在马扎上，拉着手风琴，嘴里叼了一棵烟卷，时不时翘起嘴巴的一角换气。"北京的金山上光芒照四方，毛主席就是那金色的太阳，多么温暖，多么慈祥，把翻身农奴的心儿照亮。我们迈步走在，社会主义幸福的大道上，哎，巴扎嘿。"

主席的脖子上挂着绳子，四角垂在地上，随风摆动。几个工人坐在后面的阴影里，说着闲话。似乎眼前的这一幕和他们没什么关系，等他们闹完，动动手指主席就倒了。我想起小时候，我和几个小子就站在他们的位置，看着主席的后脑勺。一个人说，你说主席的脑袋真这么大？另一个人说，胡扯，这么大的脑袋不是怪物？他哥马上给了他一嘴巴，你他妈的见过主席？嘴是棉裤腰？我当时寻思，如果主席的脑袋真这么大，那他戴的军帽能成多少顶我们戴的军帽，他穿的军裤能成多少条我们穿的军裤？我又想，不对，主席的脑袋应该是正常大小，也许是大，但是大不了这么多。他接见红卫兵的时候，和红小将的脑袋差不多大，如果他的脑袋果真这么大，那千千万万的红卫兵的脑袋岂不是也这么大？这怎么可能，因为我们学校有人去过，脑袋就和我一样大。

车流缓缓地向前挪动，车里的司机和乘客，无论是私家车，运货车，还是出租车，都有足够的时间向广场上张望。大家歪头看着这群老人。我已经很久没回来过，搬走之后，几乎没回来过。那个建筑好像我故乡的一棵大树，如果我有故乡的话。上面曾经有鸟筑巢，每天傍晚飞回，还曾经在我的头上落过鸟粪。有好多个傍晚，我年纪轻轻，无所事事，就站在这儿看夕阳落山。那些时光在过去的几年里，完全被我遗忘，好像从来没有发生过，好像一瞬间，我就成了现在的样子。

"你知道那底下有多少个？"我说："什么？"已经几乎绕了一圈了，我感觉到了后半圈，他的速度比其他车子都慢。"没什么，你现在去哪？"我看了一眼广场上，好像图画一样静止了。"回刚才来的地方。"我说。他换了一个挡位，把速度开了起来。"你说，为什么他们会去那静坐？"过了一会他问我。我说："念旧吧。"他说："不是，他们是不如意。他们觉得，如果毛主席活着，共产党他敢？"我说："嗯，也许吧。他们是借着这事儿，来泄私愤。"他说："他们让我想起来海豚。"我说："什么？"他说："新闻上报过，海水污染了，海豚就游上海岸自杀，直挺挺的，一死一片。"我没有说话。他说："懦弱的人都这样，其实海豚也有牙，七十多岁，一把刀也拿得住。人哪，总得到死那天，才知道这辈子够不够本，你说呢？"我说："也不是，也许忍着，就有希望。"他说："嗯，也对。就是希望不够分，都让你们这种人占了。"我越发觉得他认识我。我很想让他把口罩摘下来，让我看看，可是那是不可能的事情。我坐在出租车的后座，拼命回忆，他的音调，他的体态，但是总有些东西不那么统一，从中作梗，像又不像。

到了目的地，他抬起"空车"二字，说，二十九。你知道那底下有多少个？我一边拿钱包，一边说，什么？他说，主席像的底座，那些保卫主席的战士有多少个？我说，我记得我数过，但是现在忘了。他接过我的钱，没有说话，等我拉开门下车，他从车窗伸出头说，三十六个，二十八个男的，八个女的，戴袖箍的五个，戴军帽的九个，戴钢盔的七个，拎冲锋枪的三个，背着大刀的两个。说完，他踩下油门，开走了。

庄树

我虽然完全违背了我爸的意愿，但是他多少还是帮了一点我的忙。他断了我的退路。在我妈去英国旅行的时候，我和他达成了协议，最初五年，除非我辞职，否则我不能管他要钱。这其实是一个单方面的协议，只对他有意义，因为我本来也是这么想的，我给自己的期限更久，比这久得多得多。我得承认，我和我爸妈的关系比较奇特，我妈从小和我不亲近，她和另一个孩子待的时间更长，是一个我小时候的邻居。因为我没兴趣读书，她就把时间花在那个孩子身上，教她读书，把她压箱底的东西都教给她，结果到了那女孩儿十二岁的时候，我们搬了家，从此失去音信，我曾经偷看过她的日记（她藏得并不隐秘，当然她自己不这么觉得），这么多年，她花了不少精力，去打听那个女孩儿的下落，可是没有一点线索，就好像从来没有这个人一样，那些两人一起在炕上，在小方桌旁边读书的岁月，好像被什么人用手一扬，消散在空气里。后来她爱上了旅游和收藏，我们家有好多画、瓷器和旅行的纪念品，我爸给她弄了一间大屋子，专门放这些东西。昂贵的，独一无二的艺术品，和廉价的，可以无限复制的旅游区玩偶放在一起，看上去也不怎么别扭。我爸从印制烟盒起家，在某一段时期，因为他的运作疏通而造成的垄断，他的印刷机器和印钞机差不了多少，后来他又进入房地产、餐饮、汽车美容、母婴产品。在我大学第三年，有一次陪女孩儿去看电影，正在亲吻时，余光看见电影片头的出品人里，有他的名字。他这一辈子干干净净，对我妈言听计从，自从做了烟盒，就把烟戒了。对于生意上的朋友和对手，他很少在家里提及，我感觉，在他心里，这些人是一样的，他们相互需要，也让彼此疲倦。在我印象里，即使他喝得烂醉，只要想回家，总能独自一人找回来，前提是我妈也要在家，帮他校准方位。我妈通常不会说他，给他煮碗面，有时候他进门一头栽倒，她就把他拖到床上，然后关上门。我爸常说我叛逆，也常说我和他们俩一点都不像。其实，我是这个家庭里最典型的另一个，执拗、认真、苦行，不易忘却。越是长大越是如此，只是他们不了解我而已。

高中一次斗殴，作为头目，我在看守所待了一宿，其他人都走了。其实我也受了点轻伤，眉骨开了个小口，值班的民警给我拿了一板创可贴，坐在栅栏外面和我说话。你知道混混以后有什么出路吗？他说。我记得他很年轻，胡子好像还没有我的密。我没有说话，自己把创可贴贴上，在眉毛上打了个叉。他说，要么变成惯犯，要么成为比普通人还普通的人。我没有说话，他说，你以为你多牛逼呢？你将来能干什么？我没有说话。他跷着二郎腿，不断打响手里的打火机。他说，你知道每天全国要死多少警察吗？我没有说话。他说，我看了你的档案，你隔三岔五就得进来一回，都是为别人出头，你说你将来能干啥？你那帮朋友，从这里出去的时候，哪个回头看你一眼，哪个不是溜溜地赶紧走了？我说，操你妈，有种你进来和我单挑。他说，单挑？我一枪就打死你。我开枪不犯法，你会开枪吗？你知道枪怎么拿吗？傻逼。我把手从栅栏里，伸出去，抓他的衣服，他没动，衣服被我紧紧攥着，他说，你好好摸摸，这叫警服，昨天有个毒贩，把自己的父母都砍死，抢了六百块钱，他爸临死之前还告诉他钱藏在哪，让他快点跑，你这个臭傻逼，你敢吗，你敢动这种人吗？告诉你，今天收拾完你，我明天就把他抓回来，你们这帮傻逼。说完，他把我的手腕一拧，我咬紧牙没出声，松开了他的警服。他没有回头看我，我听见他开门出去的声音，然后走远了。

我一直记着他的样子和他的警号，他是一个辅警。没有编制的辅警。后来我知道，他也没有用枪的权利。大约两年之后，我的一个朋友，因为伤人进去，我在我爸那拿了点钱，去看守所帮他，那年我十九岁，正在念高四，复读，好几个警察都认识我。一个警察看见我说，有日子没来了，跟你爸做生意了？我说没有，然后说了一个警号，还有他的样子，问他在吗，我想让他看看我，不知道为什么，我一直记着他，好几次有人找我去打架，我都想起他。一个人说，你找他干吗？我说，没事儿。问问。那人说，他让人报复了。我盯着他看，等着他往下说。他说，死在自己家楼下，让人从背后捅死了。媳妇饭都做好了。说完，他接过我的钱，进了别的屋，我想问人抓住了吗？可是嘴唇动了动，发现喉咙发不出声音，有什么东西堵在那里。我把事情办完，我的朋友看见我，笑着向我走过来，我转身走了。

从考上警校，到从警校毕业，我妈没跟我说什么话，但在我报考之前，有一天我妈突然问我，真想当警察？我说，是。她说，别逞能。我说，没有。她说，为什么想当警察？我记得那是一个早晨，就我们两个人坐在餐桌旁边喝牛奶，她喝了一口，用手指轻轻擦掉嘴边的白色沫子，抬起头问我。我说，人迟早要死的吧？她说，嗯，要死。我说，想干点对别人有意义，对自己也有意义的事儿，这样的事儿不多。她说，挺好。然后不再说话，低头继续喝自己的牛奶。后来我爸告诉我，她跟我爸说，如果我考不上，让我爸找找关系，让我念上。我不知道她是基于何种心理。也许在她眼中，我做什么都无所谓，都不是她想要的那种人。警校四年，她从来没去学校看过我，即使是毕业时，我成了优秀毕业生，这可是有生以来第一次，但她还是没出现，倒是我爸开车到了学校，参加了我的毕业典礼，还请我吃了顿饭，西餐。他说我妈去了南非，他都联系不上，但是她送给我一个礼物。是一幅画。上面一个小男孩站在两块石头中间守门，一个小女孩正抡起脚,把球踢过来。画很简单,铅笔的,画在一张普通的 A4 纸上,没有落款,也没有日期。

那顿饭,我爸想要说服我,去市局坐办公室,做文职工作。我拒绝了,结果我爸提前结了账,把我扔在饭桌旁走了。

和他达成协议之后,趁他俩不在,我回了趟家,收拾了自己的一些东西,搬到局里安排的宿舍。我的申请获得了批准,成了一名实习刑警。开始的半年里,我参加了几次相对轻松的行动,那阵子搞逃犯清理,我和几个老警察一起,走了七八个省市,在村庄,在工地,在矿井,把逃了几年或者十几年的杀人犯带回来。没有一点危险。我记得其中一个人刚从矿下上来,看见我们在等他,说,我洗个澡。老警察说,来不及了,车等着呢。走过去给他上了手铐。他的头发上都是煤渣,我年少时的玩伴,随便哪个,看着都比他强悍多了。他说,回去看一眼老婆孩子。老警察说,让他们去看你吧。在奔机场的路上,他只说了一句话,你们早来就好了,我把那娘俩坑了。

2007 年 9 月,我正式成为刑警,出警时可申请配枪,若是要案,可随时配枪。9 月 4 日晚,和平区行政执法大队的一个城管,喝了些酒穿过公园回家,遭到枪击,尸体被拖到公园的人工湖里。市局的刑警开了动员会,骨干们又单独开了案情分析会,这是这个月里,第二个遭到袭击的城管。第一个被钝物砸中后脑,倒在自家的楼洞口,再没起来。我因为毕业成绩还可以，实习期间的表现也过得去，分析会时允许旁听。枪是警用手枪，子弹也是警用子弹，64式7.62毫米手枪，64式7.62毫米子弹。被枪击的城管，也曾先被钝物击中后脑，从法医鉴定和现场分析，这一击并未致命（怀疑是锤子或扳子），他负伤逃走，袭击者追上再给予枪击。那个城管我不认识，和我也不是一个系统，但是葬礼我还是参加了。因为上面的要求，葬礼比较简单，遗像也没有着制服，而是穿着休闲装，看上去很轻松的样子。作案的手枪，有记录可查，十二年前属于一个叫蒋不凡的警察，那是一次不成功的钓鱼行动，凶手逃脱，他成了植物人（不知是幸运还是不幸。他的脑袋被车玻璃击中后，又被钝物击打），因为是工伤，所有费用都由市局承担。受伤时他还未成家（虽然已经三十七岁），去世之前一直由父母照顾，1998年在病床上停止了呼吸。从未醒来，也从未留下只言片语。那次行动的另一个后果，是他携带的两把警用64手枪，两个弹夹，一共十四发子弹，丢了。

当时的案子是一起劫杀出租车司机的串案，一直未能侦破，不过蒋不凡出事之后，这起系列案件也随之停止了。而这两起袭击城管的案子，有着内在的联系，因为这两个城管比较著名。他们在上个月的一次行政执法中，没收了一个女人的苞米锅，争执中，女人十二岁的女儿摔倒在煤炉上，被严重烫伤面部，恐怕要留下大片疤痕。两人因此登上了报纸网络等各种传媒，而有关部门对这起事件的定性是，女孩属于自己滑倒，她自己的母亲负有主要责任，两人并无重大过失，内部警告，继续留用。

在第二次的案情分析会上，会议室烟雾缭绕，主抓这个案子的大队长叫赵小东，当年的钓鱼行动有他一份，那时他的妻子怀孕待产，现在他的儿子已经十二岁，念初一，而他的战友蒋不凡没有子嗣，死了近十年。蒋父已去世，只剩下一个老母亲，住在女儿家。他每年都要去几回，局里发东西，或多或少，带过去一点。他说，没想到过去那个死案又有了活气儿。如果在退休之前，还破不了这个案子，退休之后他就自己调查，如果在他死前还破不了，就让他儿子当警察继续破。会议室里静悄悄，我相信大部分人一方面在想着这个案子为什么这么难，现在到处都是摄像头，可是在这个案子上毫无用处，另一方面想着，那两把枪里，还有不少子弹。

自从参加工作之后，这是我第一次主动发言，我说，领导，各位，我是新人，我瞎说两句，请大家指正。赵队说，不用客套，说。我说，我看了当年的卷宗，也看了卷宗里的现场照片，还去了事发的现场。赵队打断我说，什么时候去的？我说，前天，参加完城管的葬礼，坐公交车去的。赵队说，谁让你去的？我说，我自己想去看看。赵队说，继续讲。我说，当年的高粱地，现在都盖上了楼，卖七千块钱一平，那条土路，已经变成四排车道的柏油路。蒋不凡被发现的草地，现在是沃尔玛超市。照片上的地形一点也看不出来了。赵队说,你他妈是想干房产中介?我说,没这个意思,我查了当年的报纸,并且问了周边的人,有一个发现,距离当年事发地点向东两站地,有一个私人诊所,是中医,十二年前就在,现在还在。我在诊所门口等了半天,问了从里面走出来的一个上岁数的患者,他告诉我这里原来的大夫孙育新,曾经是工人,下乡的时候在村里跟着一个江湖郎中学过一阵中医,1994年下岗,第二年自己开了个诊所,没想到就一直开下来了。他2006年春天得胰腺癌去世,现在坐诊的是他儿子孙天博。

所有人都看着我,赵队把烟掐在烟灰缸里,瞪着我说,继续说。我说,当年那起案子,一死一伤,死的是蒋不凡,伤的是卡车司机刘磊,他当时前额撞上方向盘,大量出血,晕厥,什么也没看见,只记得突然看见一辆红车的车尾,而车祸之前,他属于疲劳驾驶,据他所说,眼前只有一片黑夜,所以他连个目击证人都不算。出租车内有血迹,当时也做了检验,不是蒋不凡的,推测属于凶手,但是蒋不凡被车碎片击中的位置在车外,所以我做了一个推测,除了凶手和蒋不凡,出租车上还有另一个人。赵队说,你叫什么名字?我说,我叫庄树。他说,小庄,从今天起,你跟这个案子,和家里打个招呼。继续讲。我说,那个人在蒋不凡和凶手离开车后,还在车中,坐在副驾驶位置,卡车撞上出租车后,车倾覆到路边,他受到重创。蒋不凡倒下后,凶手拿走蒋不凡的手枪,把那人从车中救出,离开现场。这就可以解释,为什么蒋不凡藏在车中的手枪也被拿走了，如果车里没人，他怎么能发现那把手枪呢？赵队站起来说，你的意思是他们去了那个诊所？我说，我只是推测，怕打草惊蛇，没敢去诊所里面调查，但是我感觉，有这种可能。

孙天博

　　我爸去世之后，我又见过他两回。一次是去市图书馆帮小斐借书。我有一张图书卡，最贵的那种，一次可以借出十本书。对图书馆的构造我已经十分熟悉，这个图书馆是新建的，外面有草坪，远看也相当美观，门前有长长的石阶，每个来看书的人拾阶而上，好像在拜谒山门。坐在阅读室里，如果夜幕抢在管理员下班之前降临，就能看见脚下一条宽阔的大街，路灯的光亮底下，爬行着无数的黝黯车辆。里面的设施相对简陋，文史类书籍基本集中在一层，不到一千平米，二层以上便是多媒体阅览室，不知具体可以阅览何物，因为小斐要借的书无须上楼，所以我从来没有上去过。每次帮她借书，我都关门一天，上午来，把她需要的书找到，然后坐在阅读室，把每一本的前言和后记读一遍，如果觉得有趣，就随便翻开一页读上几十页。等管理员戴着白手套，在我身边逡巡而过，把其他人丢在桌子上和椅子上的书收走，我就知道是该离开的时候了。那天借出的十本书是《摩西五经》《小鸟在天空消失的日子》《夜航西飞》《说吧，记忆》《伤心咖啡馆之歌》《世界尽头与冷酷仙境》《哲学问题》《我弥留之际》《长眠不醒》《纠正》。我用一个下午，读了几十页《哲学问题》，主要是关于桌子，这人说个没完，但是并不无聊。"世界上有没有一种如此确切的知识，以至于一切有理性的人都不会对它加以怀疑呢？这个乍看起来似乎并不困难的问题，确实是人们所能提出的最困难的问题之一了。"似乎有些道理，但也说不上是确切的知识。

从图书馆出来，我把书分装在两个大袋子里，准备打车回家。我爸他从旁边的面馆走出来，站在我旁边，我帮你拎一个，他说。我闻到他嘴里的蒜味，他一辈子都爱吃大蒜，说是防癌。我说，我拎得动，他说，给我，看你手勒的。我没给他，拉开车门，他让我往里头坐坐，和我并排坐在后面。他说，看你脸色，最近有些劳累，给你把把脉。我说，没事儿，睡得晚了。他说，最近附近动静不对。我说，知道。他说，跟你讲过我和你李叔的事吧。我说，讲过。他说，我再讲一遍。我说，好。他说，我下乡不久之后，就进了保安队，抓赌。你李叔是点长，小时候我们就认识，他们兄弟几个外号"三只虎"，我和他走得近，我比他大，但是愿意跟着他跑，他说话我听。下乡之后，我们在一个堡子，他让我抓赌挣工分，有一次我和你李叔刚走到窗户边，一个小子从窗户里跳出来，想跑。我伸手一拉，他捅了我一下。你李叔马上背着我去了老马头那，老头用针灸封住我的脉，给我止了血，救了我一命。后来他找到那小子，把他脚筋挑断了。我说，是这故事。他说，不能让他折进去，他折进去，小斐就成了孤儿。我说，我心里有数。他说，你和小斐的事儿别着急，她性格怪，也不怎么见人，就自己在那写字。我说，没急，我也没想怎么。他说，你是让你爸拖累了，接了爸的班，爸知道，但是有时候人生在世就是这么回事儿，那天老李跟我交了底之后，就是这么回事儿了。我们是一代人。我说，跟你没关系，你和李叔是朋友，我和小斐也是朋友。他说，最近小斐再来，从后门进来，如果觉得不好，先别来，你也别去她家。我说，别操心了，该歇着了，都一辈子了。他拍了拍我的手，走了。

第二次见他，是在那两个警察来过之后，晚上，他把我推醒，说，儿子，别把自己搭进去。我说，你变样了，老了。他说，实在不行就脱身吧，你李叔能保你，以后你照顾好小斐就行。我说，爸，这事儿和你没关系了。然后闭上眼睛睡着了。

傅东心

搬家之前，有天晚上德增没在家，我想找老李谈谈。一个是关于将来的事儿，关于小斐的教育。一个是关于过去的事儿。走到他家门口，看见老李在炕上修他家的挂钟，今天小斐也没在，学校联欢会。1995年初秋的夜晚，在市区还能看见星星。我站在他家院子里，看他把挂钟拆开，用一个小钉子把机芯的小部件捅下来，擦擦，又用一个小螺丝刀拧上。头上的猎户座系着腰带，不可一世。院子里堆满了旧东西，皮箱、炕柜、皮鞋、锅和大勺。是要卖的，搬家带不走这么多，也许钟也要卖，但是他要先把它修好。我敲了敲门，他在炕上抬起头，说，傅老师来了。我说，小斐这么叫，李师傅就别这么叫了，跟你说过好几回了。他把钟的零件码好，下炕，站在地上，说，傅老师坐。我坐下，他用肥皂洗了洗手，走到院子里打开地上的炕柜，拿出一个铁罐，给我沏了杯茶。我说，你也坐，跟你聊聊小斐。他说，坐了半天了，站一会。我说，小斐上次模拟考试的成绩我看了，超过最好的初中三十分。他说，傅老师教得好。我说，我没教她考试的东西，是她自己上心。他说，这孩子能坐住。我说，择校费别太在意，我们这里有点闲钱。他说，没在意，孩子我供得起。傅老师的心意我领了。我说，古代徒弟学成下山，师傅还送把剑或者行路的盘缠，你别跟我客气，实在不行，回头你再还我，算我借你的。他拿起炕桌上我的茶杯，把水篦出去，又添了一杯热水。喝点热的，凉茶伤胃，他说，我也有徒弟，教完他们把我顶了，但是我不当回事儿。他们去广场静坐，我在家歇着，不丢那人，又不是要饭的。我伸手从裤兜想把准备好的纸包掏出来，他按住我的胳膊肘，说，傅老师别价，说说行，你拿出来我可就要轰你了。我看了看他的眼睛，很大，不像很多在工厂待久了的人，有点浑，而是光可鉴人。我松开纸包，把手拿出来，说，我明白了，毕竟是你和小斐的事情，我作为退路，这样行吗？他说，你也不是退路，各有各的路，我都说了，心意我领了。

一时没人说话，我听见炕桌上裸露的机芯，"嗒嗒"地走着。我说，还想跟你说个事儿，明天我就搬走了。他说，你说。我说，你能坐下吗？你这么站着，好像我在训话。那是九月的夜晚，他穿着一件白色的老头衫，露出大半的胳膊，纹理清晰，遒劲如树枝，手腕上戴着海鸥手表，虽然刚干了活，可是没怎么出汗，干干净净。他弄了弄表带，坐在我对面，斜着，脚耷拉在半空。我说，李师傅过去认识我吗？他说，不认识，你搬到这趟房才认识你，知道傅老师有知识。我说，我认识你。他说，是吗？我说，68年，有一次我爸让人打，你路过，把他救了。他说，是我吗？我不记得了。他现在怎么样？我说，糊涂了，耳朵聋，但是身体还行。他说，那就好，烦心事儿少了。顿了一下，他说，那时候谁都那样，我也打过人，你没看见而已。我把茶杯举起来，喝了一口，温的。我说，我爸有个同事，是他们学校文学院的教授，美国回来的，我小的时候，他们经常一起聚会，朗诵惠特曼的诗，听唱片。他说，嗯。我说，"文革"的时候，他让红卫兵打死了，有人用带钉子的木板打他的脑袋，一卜扎穿了。他说，都过去了，现在不兴这样了。我说，当时他们几个红卫兵，在红旗广场集合，唱着歌，兵分两路，一队人来我家，一队人去他家。来我家的，把我父亲耳朵打聋了，书都抄走，去他家的，把他打死了，看出了人命，没抄家就走了。他说，是，这种事儿没准。我说，这是我后来知道的，结婚之后，生下小树之后。他说，嗯。我说，打死我那个叔叔的，是庄德增。他一下没有说话，重又站在地上，说，傅老师这话和我说不上了。我说，我已经说完了。他说，过去的事儿和现在没关系，人变了，吃喝拉撒，新陈代谢，已经变了一个人，要看人的好，老庄现在没说的。我说，我知道，这我知道。你能坐下吗？他说，不能，我要去接小斐了。你应该对小树好点，自己的日子是自己过的。我说，你就不能坐下？你这样走来走去，我很不舒服。他说，不能了，来不及了。无论如何，我和小斐一辈子都感激你，不会忘了你，但是以后各过各的日子，都把自己日子过好比什么都强。人得向前看，老扭头向后看，太累了，犯不上。有句话叫后脑勺没长眼睛，是好事儿，如果后脑勺长了眼睛，那就没法走道了。

　　日子"嗒嗒"地响着，向前走了。我留了下来。看着一切都"嗒嗒"地向前走了，再也没见过老李和小斐，他们也走了。

李斐

　　我坐在窗边，看着杨树叶子上的阳光，前一天的这个钟点，阳光直射在另一片叶子上。这两片叶子距离很近，相互遮挡，风一吹，相互触碰，一个宽大，一个稍窄，在地下根的附近，漏出光影。秋天来了。叶子正在逐渐变少。我想把它们画下来，但是担心自己画得不像，那还不如把它们留在树上。这棵树陪伴了我很久，每次来这里治腿，完了，我都坐在这儿，看着这棵树，看着它一点点长大变粗，看着它长满叶子，盛装摇摆，看着它掉光叶子，赤身裸体。树，树，无法走动的树，孤立无援的树。

我想起第一次搬家，后来又搬过，但是人生第一次的印象最为深刻。搬家之后，大部分家具都没有了。房子比过去小了一半，第一天搬进去，炕是凉的，父亲生起了炉子，结果一声巨响，把我从炕上掀了下来，脸摔破了。炕塌了一个大洞，是里面存了太久的沼气，被火一暖，拱了出来。有时放学回家，我坐在陌生的炕沿，想得最多的是小树的家，那个我经常去的院子，想起小树用树枝把毛毛虫斩成两段，我背过脸去，小树说，怎么了？我说，没怎么。小树说，你知道什么？它吃叶子。我说，那也不是它的错。在搬离那条胡同之前，我对小树说，小树，快圣诞节了。小树说，闲的，还有三个月呢。我说，圣诞节的时候我们就不是邻居了。小树说，那有啥，该干吗干吗。我知道庄家是过圣诞节的，每年的平安夜傅东心都给大家包礼物，有一年送了我一个笔记本，扉页上写了一句话，谁也不能永在，但是可以永远同在。我虽然不太清楚这句话的意思，但是喜欢傅老师的字迹，像男人的，刚劲挺拔。我说，你想要什么？小树说，你买得起？我不要，我妈骂我还少？我说，我可以给你做个东西。小树说，做啥？我说，烟花行吗？小树说，就像你点了那个火柴盒一样？我说，你还记得？小树说，那玩意太小了，没意思。我说，你想要多大的？小树说，越大越好。他伸开双臂，能多大多大，过年我妈都不给我买鞭，怕我给人炸了。我想了想说，我知道，在东头，有一片高粱地，我爸带我去一个叔叔家串门，我在那过过，冬天的时候，有没割的高粱秆。都枯了，一点就着。像圣诞树。小树说，你敢？我说，兴许能一烧一大片，一片圣诞树。小树拍手说，你真敢？我说，你会去看吗？穿过煤电四营，就能看见。小树说，你敢去我就敢去。我说，无论你在哪？他说，无论我在哪。我说，如果傅老师不让你去呢？小树说，不用你管，我有的是办法。我说，几点？小树说，太早会被人看见，十一点？我说，十一点，你别忘了。小树说，我记性好着呢，就看爱不爱记。我准到。

天博过来，跟我说话。好像在说腿的事，说腿怎么了，我没听清，因为我想起了另一件很遥远的事。很多年之前，傅老师在画烟盒，我跪在她身边看，冬天，炕烧得很热，我穿着一件父亲打的毛衣，没穿袜子。傅老师歪头看着我，笑了，说，你爸的毛衣还织得挺好。我也笑了，想起来父亲织毛衣时，笨拙的样子，我坐在那帮父亲绕毛线，毛线缠到了他的脖子上。傅老师说，你别动，就画你吧。我说，要把我画到烟盒上？傅老师说，试试，把你和你的毛衣都画上。我说，不会好看的。傅老师说，会的。我说，那我把袜子穿上。傅老师说，别动了，开始画了。画好草稿之后，我爬过去看，画里面是我，光着脚，穿着毛衣坐在炕上，不过不是呆坐着，而是向空中抛着"嘎拉哈"，三个"嘎拉哈"在半空散开，好像星星。我知道，这叫想象。傅老师说，叫什么名字呢，这烟盒？我看着自己，想不出来。傅老师说，有了，就叫平原。我也觉得好，虽然不知道玩"嘎拉哈"的自己和平原有什么关系，但就是感觉这个名字很对。

我还想起，很多年前的另一个夜晚，我从这里的一张床上醒过来，首先看见的是天博，过去我们见过，但是没说什么话，我俩都是挺闷的人。天博坐在床边，在床单上摆扑克，从K到A，摆了几条长龙，要从床上出去了，就拐弯放。我觉得迷糊，腰上疼得厉害，下面好像是空的。我说，天博，我爸呢？天博说，你醒啦，那没事儿了，他也没事儿了，和我爸在外面抽烟呢，你玩扑克吗？打娘娘啊？我说，我的书包呢？天博指了指。和我的血衣服一起，在另一张床上。我说，帮我扔了，别让我爸看见。

这次我听清了天博在说什么，他说，今天感觉，你的左腿胖了。我说，肿了吧。他说，不是，是胖了，我针灸的时候，感觉经络活分了一点，你动一动脚趾。我试着动了动，没动。我说，你弄错了。他说，感觉到脚后跟热吗？我说，有一点。他说，是好现象。再观察看看。我说，你老是抱有希望，这样不好。他说，这是有依据的，虽然这么多年，应该没希望了，但是从上个月开始，我觉得有些变化，你伤在脊椎，按理说，不容易好，但是最近你的脊椎好像恢复了一些，有一些过去没有的反应，很奇怪，万物自有它的循理，我们再看吧。我说，外面阳光很好，推我出去走走。他说，有个事跟你说一下，昨天来了两个警察。我说，你跟我爸说了吗？他说，说了。他说没事儿。对了，昨儿我在街上给你捡了一个烟盒，估计你没有。天博从白大褂的右兜里，掏出一个已经拆开摊平的烟盒。我接过来看了看，我真没有。你看这小姑娘，画得真好，他说。我把烟盒夹在手边的书里，说，昨天那两个警察都问你什么了？他说，一个警察四十岁左右，另一个二十七八岁，问我知不知道十二年前，这附近出过一起案子，车祸，然后一个警察让人打废了。我说不知道，那时我还小，早就睡了。他们问我，我爸说起过什么没，比如那天晚上是不是来过什么人？我说，没听他说起过，他也是早睡早起的人。他们问我有没有病人的病志，我说有，他们让我给他们看看，看完之后，他们说，让你妈和我们聊聊，我说我爸下岗之后，他们俩就离婚了，我妈现在在干什么，我都不知道。他们就走了。我说，你不害怕？他说，我是大夫嘛……最近你不要来了，也不要打电话，等过了这阵子再说，我会把后面三个月的药给你弄好带着，然后你自己给自己按摩，我教过你。我说，嗯。他说，你最近写小说了吗？我说，写了，还没写完。写好了给你看。他说，你歇着吧，我去前面看看病人，热敷了半个小时了，快熟了。

庄树

我和赵队最后还是决定去一趟蒋不凡母亲那，就算是枯井，也要下去摸一摸。烫伤事件里的母女，我们都已经排查过，没有嫌疑，女人是单身母亲，女孩儿成绩不错，两人收到了大量的捐款，女孩的恢复也比预想的好，两人既无作案的能力，也无更深层次的作案动机，和旧案也无瓜葛。在孙天博那里，有一定的收获，这让赵队振奋。收获就是没有收获。孙天博的诊所极其干净，一尘不染，病历、锦旗、沙袋、针艾、草药、床，都在恰当的位置，还有两盆一人高的非洲茉莉。病志是整齐的十几本，两个人的字迹，前一个写得比较凌乱，后面的则字迹清秀，工工整整，情况也写得详细。从里面出来，回到车上，赵队说，有意思，这个姓孙的好像一点毛病没有。我说，是，太利整了。他说，说说你的想法。我说，得把他妈找着。赵队说，是，找人，用不着咱俩，让局里落实。我打个电话。他把电话打完，我们俩坐在车里抽烟，我说，蒋不凡留下什么东西了吗？他说，有，他当时穿的衣服，他妈都留着，上面还有血，没洗。她说这是他儿子的血，不脏。搬了几次家，都带着。我说，赵队，我想看看。他说，走吧。

蒋不凡母亲跟大女儿一起住，在市西面的砂山地区，属于三个行政区域的交界，发展得比较缓慢，三个区都想管，最后都没管。有一片地想开发，平房推倒，挖了一个大坑，一直没有盖东西。十年过去，还是一个大坑，所以那个地方也叫砂山大坑。她的大女儿在大坑边上开了一间麻将社，不大，六张桌子，有一个小厨房，麻友可以点吃的，炒饭或者炒面两种。我们去的时候，她的大女儿去接孩子，蒋母自己看店，她坐在一张桌子旁边，一边嗑毛嗑，一边和其中一个老头说话。老头说，今年退休金涨了一百五，真不错，死了能多穿一件裤衩。赵队说，大娘，没玩？她转过头说，小东来了。我把买好的水果递上，她说，老了，吃不了几个，下回别买了。赵队说，这是小庄。咱们后屋说啊。她说，咋地？人抓着了？桌子上的四个人马上抬眼看我们，赵队说，没有，说点闲话，有日子没来了。大爷，该胡就胡吧，别憋大的啦，五万对死了。几个老人笑了，继续打牌。

　　蒋不凡的衣服果然在这儿，一件棕色夹克，一件深蓝色毛衣，一件灰色衬衣，一件白色挎篮背心，一条黑色西服裤子，一条藏青色毛裤，一条灰色衬裤，一条灰色三角裤头。蒋母用一个包袱卷包着，好像一盒点心。赵队说，看看吧。蒋母说，我想了，我这身体越来越不行，今年小凡忌日，这些东西我就给他烧去了，要是我死了，怕是得让人扔了。赵队说，嗯，我们再看看。我把每件衣物翻检了一遍，没什么东西，血迹已经发黑，兜里的东西应该早就拿出去了。我说，我再看一遍。赵队说，你别急，都已经来了。第二遍我翻到裤子，发现右裤子兜是漏的，顺着裤腿，我摸下去，发现在裤脚，有个东西。裤脚扦过，是两层。我借来剪子，把裤脚挑开，里面有个烟头。我把烟头拿出来，举起来，过滤嘴写着两个字：平原。我说，大娘，蒋大哥当年抽什么烟你还记得吗？她说，大生产嘛，我给他买过，一天两包。现在买不着了。我回头跟赵队说，是吧。赵队说，是，我也抽大生产，后来这烟没了，换成红塔山，又换成利群。我把烟头递给他，说，那这烟头是谁的？

回局里的路上，我们俩停了一次车，去了烟店，买了一包新出的平原，打开一人一根抽上。我看着烟盒，觉得奇怪，上面有一个玩"嘎拉哈"的小姑娘，虽然图案很小，面目不太清晰，但是感觉很亲切。从烟标来看，做工是很好的。赵队说，挺好抽，当年也有这种烟，但是不好抽，后来没了。我说，不好抽？他说，是，还挺贵，抽的人特别少。我们可以查一下，95年，这种烟也许刚上市，抽的人更少。我说，那就明白了。他说，是，老蒋还是老蒋，可惜这么多年我们都不知道他兜里头有东西。我说，不怪你，那兜漏了。蒋哥在车上管凶手要了一棵烟，他也发现抽这种烟的不多，所以抽完之后，就把烟蒂放在裤兜里。他说，幸亏老太太没把衣服烧了。要不然老蒋就白死了。我说，不会的，不会有人白死的。

第二天赵队主持开了个会，烟头的事儿他没有通报，因为涉及过去的过失，等查出结果再说也不迟。他主要提了两件事儿，一个是密切监视孙氏中医诊所，二十四小时不能断人；一个是尽快找到孙天博母亲的下落。盯了一星期，孙氏诊所没什么动静，没有可疑的病人，孙天博也没有逃跑的动向，但是孙天博的母亲找到了。她叫刘卓美，现在在北京朝阳区东四环附近开了一家四川小吃店，卖面皮、麻辣涮肚、麻辣拌。老板是四川人，当年在本市走街串巷，推着一个两平米的小车，四面缝着塑料，里面有口锅，常年煮着飘着大烟葫芦的老汤，她常上他的车吃麻辣烫，后来孙育新下岗，她就跟着他推着车跑了。我和赵队马上连夜飞到北京，当时北京正在弄奥运，一片乱糟糟，我们两个外地警察，也被人反复查了一阵。到了那家小店的时候，已是晚上十点多，饭店里没什么人，几个服务员围着一锅面条，一边吃一边看墙角挂着的小电视，里面正在播盖了一半的鸟巢，一片狼藉，好像被拆了一半。我们拿着照片，看见刘卓美坐在其中一张靠里的桌子上点账，左手拿着一棵烟。每翻开一页纸，就用拿烟的手蘸一下口水，头发花白，其实已经焗过，但是在亚麻色中间，到处可见成绺的白发。我们说明了来意之后，她没有惊慌，而是让服务员提前下班，说要和我们好好聊聊。她说，老乡啊，虽然我的口音已经乱套了，老乡还是老乡。她的丈夫从后厨出来，是一个个子不高的中年男人，穿着一双安踏运动鞋，鞋帮已经裂了。他给我们沏了壶茶，她说，他可以先回家吗？赵队说，可以，主要问你一些事情。她说，那你回吧。那个男人走出门去，却没有走，而是蹲在路边，背对着我们抽起烟。赵队说，你是哪年走的？她说，94年10月8号。赵队说，说说怎么回事。她说，老孙下岗了，第一批被裁了员，过去他在拖拉机厂当木工。下岗之后，他想开诊所，那时给了他一笔买断工龄的钱，但是我反对，租房子，进东西，投入太大，而且他的手艺平常觉得好使，真开起诊所说不定哪天就让人封了。他不干，我就不给他钱，咱们家的存折在我这儿，他就打我，我和他一直关系不好，他老打我，手劲还大。那时候我和小四川很熟，我问他，你愿不愿意带我走，我有点钱。他说，你没钱，咱们也走。10月8号的上午，是休息日，老孙没在家，我给天博做好饭，看着他吃完，问他如果有一天妈不想和爸过了，你是跟妈走还是跟爸走。他说，跟爸。然后继续吃饭。下午我拿上存折，就跑了。赵队说，说得很清楚，那就是说，95年12月24号，你已经不在老家了。她说，95年？那时候我们在深圳打工。赵队看了我一眼，说，他们现在的诊所开得不错，你儿子接班了，老孙去世了。她没有表情，说，从走那天开始，我就和他们没有关系了。天博从小就是个心里有数的孩子。顿了一顿，她说，他结婚了吗？赵队说，没有。她说，嗯。这时我说，你当时把家里的钱都拿走了？她说，是，连他买断的钱我都拿了，就给天博兜里揣了十块钱。我说，那他拿啥开的诊所呢？父母能给不？她说，不可能，他父母早没了，兄弟姐妹比他还困难。我说，那他从哪来的钱呢？她说，这我哪知道？我说，你再帮着想想。她想了想说，他有个朋友，一直很好，如果他能借着钱，也就是他了，他们从小就认识，下乡，回城，进工厂都在一起。那个人不错，是个稳当人，不知道现在在干啥。我说，他叫什么你还能想起来不？她说，姓李，名字叫啥来着？他有个女儿，老婆死了，自己带着女儿过。我说，你再想想，名字。她说，那人好像姓李，名字实在想不起来，他那个姑娘，很文静，能背好多唐诗宋词，说是一个邻居教的，小时候我见过她，那孩子叫小斐。

赵小东

孙天博很有意思，什么也不说。我找了几个经验丰富的人问过，也不行。只是不说话。不让他睡觉，他就不睡，跟你耗着，把我们几个都耗累了，他还能撑。我说，你要是不知道，可以说不知道，我们记录在案。他连不知道也不说，只是不时用手按摩自己的颈椎。

我们让诊所开着，从别处找了一个中医坐诊。从里到外翻了一遍，没有发现。其中一个人说，没见过这么干净的地儿，就不像有人住的。我问小庄，往下怎么弄。小庄从北京回来，状态有点萎靡，在飞机上想抽烟，憋得乱转，下飞机之后，到局里的路上，把半盒平原都抽了。

我们查了本市所有叫李斐的女性的社会记录，发现有一个和我们要找的人高度吻合。此人生于1982年，父亲叫李守廉，1954年生人，身高一米七六，原是拖拉机厂工人，钳工，会开手扶拖拉机，也会开车，下岗之后，就从社会上蒸发了。李斐有小学的档案记录，小学毕业之后就没有了。而这两件事情的时间点，都是1995年。综合我们掌握的所有情况，李守廉是1995年劫杀出租车袭警串案和2007年袭击城管串案的重大嫌疑人。李斐即使不是从犯，也是重要的证人。人活着就应该有记录，李斐是否还在世无法确知，但是李守廉一定在世，这中间社会上换了一次二代身份证，他一定有了新的名字和身份。

　　小庄说，应该是这样，那年李家发生了几件事，下岗，李斐升学，朋友孙育新想要开诊所、借钱。李守廉一向仗义，先把钱借给了孙育新，李斐升学就没有钱。我说，没明白。他说，我是经过那个时候，考初中，就算你考全市第一，也要交九千块，我假设李斐这孩子考上了，但是李守廉的钱压在诊所里，所以他实施了对出租车司机的抢劫。我说，有道理。逻辑上可以成立。他说，第一起案子你还记着吗？那个出租车司机的储物柜里，有刀，他是转业兵，开夜班，防身带着，第一起案子也许是误杀，他本来是想拿点钱就走。后来手上已经有人命，就杀人抢劫了。我说，有这个可能，但是已经不重要了，第一起案子到底怎么回事儿，重要吗？他说，后来的袭警案，就和我过去假设的差不多，那天李斐应该在车上，他们不是要抢劫，而是去办什么事儿，也许就是去孙氏诊所串门或者看病，打的是蒋不凡的车，蒋不凡觉察出李守廉的嫌疑很大，中途两人下车，后面的事情我过去推论过了。我说，可能李斐也参与了抢劫，也有这种可能。小庄说，嗯，也有。但是可能性不大。我说，为什么？他说，从人性角度讲，父亲不应该这么干。我说，操，跟我说人性？他没有说话。

第二天我又带人去翻了一遍孙天博的家，的确收拾得很干净，应该是随时防备有一天我们会抓他。里屋是木地板，我让人撬开，什么也没有。我觉得既然如此，索性继续拆。所有能藏东西的地方全拆开，终于发现了一个中医枕头，里面有一层小石子，安眠用的。在石子底下，有一本带血的小学语文教材和七十多页复印的文稿。我把这些东西拿到孙天博面前，他像没看见一样，还是不说话，然后闭上眼睛，按摩自己的太阳穴。我看了一遍稿子，好像是小说，写的都是一趟房里邻居的事情，小孩儿之间的事儿，大人之间的事儿，玩毛毛虫啊，弹玻璃球啊，打啪叽啊。看意思应该是作者小时候的事情。我把这些东西转给了小庄，让他看看。小庄看过之后，没有提什么决定性的想法，而是向我请了几天假，说是实在撑不住了，身体要垮了，我同意了，毕竟年轻，第一次跟这种案子，休息休息是合理的。我提议他可以先见见孙天博，毕竟是目前我们手上唯一可用的线索，他说不见了，实在是太累，他还说，这几天他好好想一想，也许会想出个眉目，再见不迟。

就在他请假的第三天下午，出现了新的情况，这是所有人都没有想到的。年初我们搞过一阵子追逃行动，其实有些劳民伤财，抓回来的，即使手上有过人命，大多早已成了废物，不是未老先衰，就是成了沉默寡言的木头疙瘩，或者因为酗酒成了废人。有一个人现年五十一岁，1996年抢劫岐山路建设银行未遂，用自制短筒猎枪打死一名保安，潜逃。今年年初将他从河南省舞阳县抓回，他承认他抢劫杀人，并提出希望能见到自己离异多年的妻子。我没把此事当回事儿，如果每天满足他们的愿望，我就不用干别的了。小庄找到了这人的妻子，也已经五十多岁，重新结婚生子后，生活不错，现在退休在家，帮儿子带孩子。不愿意与他见面。小庄征得对方同意，给她照了一个半身像，带给案犯看了，并把实际情况跟他讲了。他收下照片没说什么。可就在这几天，他突然说有重要事情汇报，我去了。他要见小庄，我说小庄休假了，病了，我是他上级，可以代表他。他认识我，把情况讲了一遍，我听后，让他写下来，然后召集了专案组，拿着他所写材料的影印版，又让他讲了一遍。这人记性极好，无论是所写材料，还是两遍的供述，没有任何矛盾之处，而且十几年前的细节，很多都还记得。此人叫赵庆革，无业，酗酒嗜赌，麻将花面冲上摆着，他扫一眼，揉乱砌出城墙，所有牌的位置基本上都在心里亮着。可是就是这样，还是输钱，欠了不少外债，为了翻本，他就动了抢劫出租车司机的念头。他身高一米七五，手劲极大，据他自己说，年轻时吃核桃有时是用掰的。尼龙绳、柴油，上车之后坐在司机正后方，行到偏僻处实施杀人抢劫，然后焚车逃走。一共五起，每一起的时间地点人物，甚至连司机的大致相貌，年龄，甚至有的人的口头禅，他都记着。其中有一个司机上衣兜揣着一把梳子，一边开车一边梳头，说送完他就去跟相好会面，相好三十二岁，丈夫常年出差。他把他勒死后，梳子拿走，一直用到现在。

但是他说 1995 年 12 月 24 号，他并不在蒋不凡那辆车上，他去了广州买枪（但是没买到），那时出租车的案子他做了五起，没有纰漏，就准备向前走一步，去抢银行。我把李守廉和李斐的照片给他看，他说不认识，从没见过。

我看到了那把梳子，然后给小庄打了电话，他关机了。其实也没那么着急，只是案子的链条有了一个断缝，而我们需要做的工作并没有什么大的变化。

李斐

看见报纸那天，我晚上失眠了。我把那份报纸放在枕头边上，夜里起来看了好几回。前两天父亲跟我说，天博出事了，那盆非洲茉莉不在窗户边上了。我就知道，很多事情要开始了。但是我没有想到，首先出现的竟然是小树。第二天一早，我叫住父亲，把报纸递给他。父亲看过之后，说，太巧了。我没有说话。父亲说，我知道你是怎么想的。我说，我怎么想的？父亲说，你想，也许没问题。我点头。父亲说，按道理，天博不会说，我知道他，而且如果他说了，也不用登寻人启事找我们。我点头。父亲说，但还是太巧了。我说，爸，你是不是有事情没告诉我？父亲说，我先出车，你让我想想。

父亲现在是出租车司机。

晚上父亲回来，我坐在轮椅上，还在看那份报纸。

寻人启事

寻找儿时的伙伴，失散多年的朋友、家人小斐。我一周后就要出国定居，请速与我联系。不可思议，我们已经长大了。下面是我的电话。

在电话的下面，附了一张画。上面一个小男孩站在两块石头中间，一个小女孩正抡起脚，把球踢过来。

父亲摘下口罩，把买好的菜拿进厨房。吃饭时，父亲说，广场那个太阳鸟拆了。我说，哦，要盖什么？父亲说，看不出来，看不出形状，谁也没看出来。后来发现，不是别的，是要把原先那个主席像搬回来，当年拉倒之后，没坏，一直留着，现在要给弄回来。只是底下那些战士，当年碎了，现在要重塑。不知道个数还是不是和过去一样。我说，哦。父亲说，我想好了。我说，嗯。父亲说，去见见吧。我原先想查查小树，但是怕反而会惹麻烦。索性就这么去吧。我从轮椅上向前跌下来，碗掉在地上，饭粒撒了一地。父亲把我抱起，放回轮椅上。我说，爸送我过去，我单独见他。

父亲说，那得想个地方，你腿不方便，如果不好，能走的地方。我说，我想好了，船上。父亲说，船上好，一人一条船，挨着说话。我说，他也看不出我腿有毛病。父亲从腰上拔出一把枪，放在桌子上，说，你带着，放在包里，不到万不得已，不要用。一旦用，就不要手下留情。我看着枪。父亲从后腰又拿出一把，说，我们两个一人一把，你那里面有七颗子弹。在家等着，我去给你买张电话卡。

我用新的电话卡给小树发了短信，约第二天中午十二点，在北陵公园的人造湖中心见。发完短信，父亲把电话卡放在煤气上熔了。父亲说，明天中午，他来了就是来了，没来这事儿就算了，来了见完，这事儿也就算了，我们只能这么下去，你答应我。我说，我答应你。爸，我欠你的太多。父亲说，不说。你们两个总要见一下。以后还和以前一样。

庄树

我上船的时候，看见一条小船漂在湖心。我向湖心划过去。不是公休日，湖上只有两条船。秋天的凉风吹着，湖面上起着细密的波纹，好像湖心有什么东西在微微震动。划到近前，我看见了李斐。她穿着一件红色棉服，系着黑色围巾，牛仔裤、棕色皮鞋，扎了一条马尾辫。脚底下放着一只黑色挎包，包上面放着一双手套。我向她划过去的时候，她一直在看着我。她和十二岁的时候非常相像，相貌清晰可辨，只是大了两号，还有就是头发花白了，好像融进了柳絮，但是并不显老。眼睛还像小时候一样，看人的时候就不眨，好像在发呆，其实已经看在眼里了。我说，等很久了吧。她说，没有，划过来用了一段时间。我笑了笑，说，你没怎么变。她说，你也是，只是有胡子了。来见老朋友，胡子都不剪。我说，你现在在做什么？她说，你怎么上来就问问题？你呢？我想了想说，说实话吗？她说，说实话。我说，我现在是警察。她收了笑意，闭紧嘴看着我，说，挺好，公务员。我说，我小时候挺浑的吧？她沉默了一会，说，是。我说，现在我长大了，能保护人了。她又许久没有说话，把围巾重新系了系，隔了一会，她说，傅老师现在好吗？我说，很好，地球都要走遍了。她说，那就很好？我说，说实话，我也不知道。她一直在找你。她说，让她别找了，我什么都不是。我说，我不觉得。如果你时间不急，我跟你讲讲这么多年我都干了什么。她说，你讲吧。我就开始讲，讲了自己在警校交的女朋友，也讲了分手之后自己很难过，喝多了在操场疯跑，还讲了因为当警察，和父亲搞得很紧张，一直讲到现在。她听得很认真，偶尔中途问一点事情，比如，她人有趣吗？或者，没听明白，我没上过大学，请你再讲一下。很少能得到这样的听众。讲完了，我好像洗了个澡。我说，无聊吧，这么多年的事儿，这么快就讲完了。她说，不无聊。如果让我讲，一句话就讲完了。我说，一会是你自己回去还是李叔来接你？或者他现在就在附近看着？她没有说话。我说，他现在忙什么呢？她没有说话。我说，李叔十二年前，杀了五个出租车司机，不久前又杀了两个城管，一个用锤子或扳子，一个用枪打。她没有说话。我说，我不是请你帮我，我是请你想想这件事本身。她说，没这个必要，不用你提醒我这个。我说，你告诉我在哪能找到李叔。然后到我的船上来，我们划到岸边，然后我们去找傅老师。她说，如果没有这事，你会来找我吗？我说，也许不会，但今天我是一个人来的，没人知道我来，而且这件事情已经有了，我也已经来找你了，都不能更改了。

她抓住桨，把船向后轻轻摇了摇，和我拉开了点距离，说，其实我可以说，我不知道你在说什么，但是你刚才很坦白，我也可以跟你坦白，谁也不欠谁最好。其实这么说不对，应该说，我欠你们家的，能还一点是一点。我说，不是，这事儿和你我……她伸出手，意思是这时不需要我说话，我突然意识到这么多年没见，她果真在某一个局部，有了不小的变化。她说，1995年那几起出租车的案子，和我爸没关系，信不信由你。我爸的钱借给孙叔一部分，然后他把他小时候攒的"文革"邮票，全卖了，我的学费是有的。但是12月24号那天的事儿，我和我爸确实在。那人朝我爸开了一枪，他的左腿被打穿了。我说，嗯。她说，一辆卡车把我坐的车撞翻了。你知道吧？我说，知道。她说，然后那个人倒了，我爸满脸是血，把我从车里头拖出来，那时我没昏，腿没感觉了，但是脑袋清楚得很。他看了看我的腿，把我放在马路边,跑回去用砖块打了那个警察的脑袋。我说,哦,是这个顺序。她说,然后我跟他说,小树在等我啊。然后我就昏过去了。

这次轮到我沉默下来,看着她的眼睛,她一眨不眨,看着我,或者没有看着我。

然后她说,我爸什么也不知道,他以为我真的肚子疼。当时我的书包里装着一瓶汽油,是我爸过去从厂里带回来,擦玻璃用的。那个警察应该是闻着了。那天晚上是平安夜,白天我一直在想去还是不去,因为我有预感,你不会来。但是到了晚上我还是决定去,可我实在想不出什么办法,你说你总会有办法,可是我想不出来。孙叔叔的诊所离那片高粱地很近,我可以想办法下车,跑去用汽油给你放一场焰火,一片火做的圣诞树,烧得高高的。我答应你的。

我说,现在那里已经没有高粱地了。

她说,那天你去了吗?

我说,没有。

她说,是傅老师不让你去吗?

我说,不是。我忘了。

她说,你干什么去了?

我想了想说,也忘了。

她点了点头。

我说,当时我们都是小孩子,现在我们都长大了,对吧。

她说,你长大了,很好。

这时她指了指挎包，说，这里面有一把手枪，我不知道自己会不会使。我说，不会使我可以教你。她说，小时候，傅老师曾经给我讲过一个故事。说，如果一个人心里的念足够诚的话，海水就会在你面前分开，让出一条干路，让你走过去。不用海水，如果你能让这湖水分开，我就让你到我的船上来，跟你走。

我说，没有人可以。

她说，我就要这湖水分开。

我想了想，说，我不能把湖水分开，但是我能把这里变成平原，让你走过去。

她说，不可能。

我说，如果能行呢？

她说，你就过来。

我说，你准备好了吗？

她说，我准备好了。

我把手伸进怀里，绕过我的手枪，掏出我的烟。那是我们的平原。上面的她，十一二岁，笑着，没穿袜子，看着半空。烟盒在水上漂着，上面那层塑料在阳光底下泛着光芒，北方午后的微风吹着她，向着岸边走去。

大师

那时我还小,十五岁,可是个子不小,瘦高,学校发下来的校服大都长短正好,只是实在太宽阔,穿在身上即使扣上所有扣子,拉上能拉的拉链,还是四处漏风,风起时走在路上,像只气球。所有见过我的人,都说我长得像父亲,嘿,这小子和他爹一模一样,你瞧瞧,连痦子都一模一样。尤其遇见老街坊,更要指着我说:你看这小子,和他爹小时候一样,也背着个小板凳。确是如此,我和父亲都有一颗痦子长在眉毛尾处,上面还有一根黑毛。父亲也黑瘦,除去皱纹,几乎和我一样,我们二人于是都得了"黑毛"的绰号,不同的是,他的绰号是在青年点时叫起,而我的,是在城市的街边流传。

正因为身材一样,所以父亲能穿我的衣服。

母亲在我十岁的时候走了,哪里去了不知道,只是突然走了,此事在父亲心里究竟分量几何,他并不多说,我没哭,也没问过。一次父亲醉了酒,把我叫到近前,给我倒上一杯,说:喝点?我说,喝点。父亲又从兜里摸出半根烟递过，我摆摆手没接，喝了一口酒，夹进一口豆腐，慢慢嚼。豆腐哪禁得住嚼，两口就碎在嘴里，只好咽下，举着筷子喝酒。菜实在太少，不好意思再夹了。就这么安静地喝到半夜，父亲突然说：你妈走的时候连家都没收拾。我说：哦？他说：早上吃过的饭碗还摆在桌子上，菜都凝了，你说这是怎么回事儿？我说：我不知道。他点点头，把筷子搁在桌子上，看着我说：无论什么时候，用过的东西不能扔在那，尿完尿要把裤门拉上，下完棋的棋盘要给人家收拾好，人这东西，不用什么文化，就这么点道理，能记住吗？我说：记住了。那时头已经发晕，父亲眉间的那根黑毛已经看不真切，恐怕一打嗝豆腐和酒就要倾在桌上，所以话尽量简短，说完赶快把嘴闭上。父亲说：儿子，睡吧，桌子我收拾。于是我扶着桌子进屋躺下，父亲久久没来，我只听见他的打火机啪啪地响着，好像扭动指节的声音。然后我睡着了。

父亲原是拖拉机工厂的工人，负责看仓库，所以虽是工人的编制，其实并没有在生产线上做工，而是每天在仓库待着，和各种拖拉机的零件待在一起。所谓仓库管理员，工资也比别人低，又没个伴，没人愿意去，就让父亲去，知他在工作上是没有怨言的人。说白了，仓库管理员是锁的一种，和真正的锁的不同是，父亲能够活动，手里还有账本，进进出出的零件都记在本儿上，下班的时候用大锁把仓库锁住，蹬着自行车回家。工厂在城市的南面，一条河的旁边，据说有一年水涨了起来，一直涨到工厂的门前，工人们呼喊着背着麻袋冲出厂房，水已经退了，留下几处淤泥，据说还有人抓了一条搁浅的鱼回去，晚上炖了，几个人打过扑克，喝了鱼汤。父亲的仓库在城市的北面，事实就是如此，工厂在城市南面，仓库却在北面，来往的路上跑着解放汽车，一趟接着一趟。仓库紧挨着监狱，因为都在路边，都有大铁门，也都上着锁，所以十几年来，经常有探亲的人敲响父亲的门：这是监狱吗？父亲说：这是仓库，监狱在旁边。问的人多了，父亲就写了一块牌子立在仓库门口，写着：仓库。不过还是有人敲门：师傅，这是监狱的仓库吗？于是父亲又写了另一块牌子，立在仓库的牌子旁边，写着：监狱在旁边，北走五百米处。

之后还有人走错，父亲就指指牌子。

监狱的犯人们，刑期要满的，会出来做工。有一天清早呼呼噜噜出来一队，修的就是监狱门前这条路，三五十人，光着脑袋，穿着号儿坎，挥动着镐头把路刨开，重新填进沥青，然后圆滚滚的轧道机轧过，再挥着大扫帚清扫。忙了整整一天，正是酷暑，犯人们脖子上的汗，流到脸上，流到下巴上，然后一滴接一滴掉在土里，手里的镐头上上下下地抡着，地上晃动着上上下下的影子。黄昏的时候，活干完了，犯人坐在父亲的仓库前面休息，狱警提了两个大铁桶，装满了水，给犯人喝，前面一个喝过，脏手擦擦嘴角，把水瓢递给后面的人，自己找地方坐下。喝过水之后，狱警们抽起烟，犯人们坐成一排相互轻声说着话，看着落日在眼前缓缓下沉，父亲后来对我说，有几个犯人真是目不转睛地在看。这时一个犯人，从怀里掏出棋子和塑料棋盘，对狱警说：政府，能下会儿棋不？狱警想了想说：下吧，下着玩行。谁要翻脸动手，我让他吃不了兜着走。那犯人说：不能，就是下着玩，我们都不会下。说着把棋盘摊在地上，棋子摆上，带棋子的犯人执红，坐在他旁边的一个犯人把手在身上擦了擦，执黑。"你先。""你先。"最终红先黑后，俩人下了起来。

下到中盘，犯人们已都围在旁边，只是没有人高声讲话，静悄悄地看着，时不时有人说一句：这活驴还会下个棋哩？众人笑笑，继续看。红方棋路走得熟稔，卖了一个破绽，把黑车诱进己方竹林，横挪了个河沿炮，打闷宫，叫车。黑方没有办法，只好飞象保命，车便给红方吃了去，局势随即急转直下，两车对一车，七八步之后，黑方就递子认输。输的那人站起来，说：你这小子，不走正路子，就会使诈。红方说：那还用说？我是个诈骗犯啊。众人哄笑间，另一个坐下，接过黑子摆上，这时两三个狱警也围过来，和犯人挤在一团看棋，犯人渐渐把最好的位置腾了出来。下到关键处，一个狱警高叫了一声：臭啊，马怎么能往死处跳？说着，伸手把黑方走出去的马拿回，指住一个地方说：来，往这里跳，准备高吊马。黑方丁是按图索骥，把马重新跳过，红方后防马上吃紧，那黑马如同达摩克利斯之剑一样高悬，红方乱了阵脚，百般抵抗，还是给高吊的黑马将死了。众人鼓掌，有人说道：没想到政府棋好，政府上来下吧。众人都说是好主意，耍耍无妨，路已修完，天黑尚早，不着急回去。那狱警便捋了袖子，坐在红方，说：下棋是下，不要说出去，还有，不用让我，让我让我瞧出来，就给你说道说道。这么一说，没人敢上，你推我我推你，看似耍闹，其实心慌，哄狱警上来的犯人，早躲到最后面去。

这时，一个跛脚的犯人走上前来，站在狱警对面，说：政府，瘸子跟您学学。说是跛脚，不是极跛，只是两腿略略有点长短不一，走起路来，一脚正常迈出，稍微一晃，另一个条腿突然跟上，好像在用脚丈量什么。狱警说：行，坐下吧。还有多长时间出去啊，瘸子。瘸子说：八十天。狱警说：快到头儿了，出去就不要再进来了。瘸子说：知道，政府。你先走吧。狱警在手边扯过红炮放在正中，说：和你走走驾马炮。瘸子也把炮扯过来，放在正中，说：驾马炮威猛。然后就闭上嘴，只盯着棋盘，竟也开的是驾马炮的局。狱警说：咦？后手驾马炮，少见。瘸子不搭茬，有条不紊地跟着走，过了二十几手，狱警的子力全给压在后面，除了一个卒子，都没过河，瘸子的大队人马已经把红方的中宫团团围住，却不着急取子，只是把对方全都链住，动弹不得。父亲在旁边一直站着看着，明白已经几乎成了死局，狱警早就输了，瘸子是在耍弄他。狱警没有办法，拈起一个兵拱了一手，瘸子也拈起一个兵拱了一手，并不抬头，眉头紧锁，好像局势异常紧张。围观的犯人全都安静得像猫，就算不懂棋的，只要不是色盲，也知道红方要输了，虽是象棋，却已形成了围棋的阵势。狱警不走了，频频看着瘸子眼色，瘸子也不催，只是低着头好像在思索自己的棋路，天要黑了下来，犯人们突然有人说：和了吧，和棋。马上有人应和：子力相当，正是和棋，不信数数？瘸子你说是不是？瘸子却不说话，只是等着狱警走。这时父亲在旁边说：兄弟，炮五平八，先糊弄一着。狱警抬头看了一眼，知是仓库管理员，没怎么说过话的邻居，反正要输，依父亲的话走了一手，瘸子马上拿起车伸过去，把炮吃了，放在手里。父亲说：马三进二，弃马。狱警抬头说：大哥，马也要弃？父亲说：要弃。狱警把马放在黑方象眼，瘸子飞起象把马吃掉，和炮放在一起。父亲说：沉炮将军。狱警沉炮，瘸子把另一只象落回。父亲说：车八平五叫杀。瘸子又应了一手，局势又变，再走，又应，三五手过后，红方虽然少子，不过形成一将一衔之势，勉强算是和棋，不算犯规。狱警笑着说：以为要输了，是个和棋，瘸子，棋这东西变化真多。瘸子忽然站起，盯着父亲说：我们俩下。父亲还没说话，狱警说：反了你了，操你妈的，是不是想让老子把你铐上！瘸子把头低下说：政府，别误会，一个玩。狱警说：你还知道是个玩？是不是想把那条腿给你打折？操你妈的。众犯人上来把狱警劝住，都说：瘸子嘛，要不怎么是瘸子呢？算了算了。父亲趁机躲回仓库，在里屋坐着，很晚了才开门出来回家，路上漆黑一片，已经一个人也没有了。

之后狱警骑车经过仓库，车轱辘底下是新铺的路。看见父亲，会招手说：高棋，忙呢？父亲说：没忙，没忙，卖会呆。狱警点点头，骑过去了。那年父亲三十五岁，妈妈刚刚走了，爷爷半年之后去世。

一个月之后，父亲下了岗，仓库还是有人看，不是他了，时过境迁，看仓库的活也成了美差，非争抢无法胜任。按照死去的爷爷的话说，是这么个道理，就算有一个下岗也是他，何况有这么多人下岗，陪着，不算亏。

父亲从十几岁开始喜欢下棋，到了让人无法容忍的程度，爷爷活着的时候跟我说：早知道唯一的儿子是这样，还不如生下来就是个傻子。据说，父亲下乡之前，经常在胡同口的路灯底下下通宵，一洒灯光，一群孩子，附近会下棋的孩子都赶来参加车轮战，逐渐形成一群人对父亲自己的局面。第二天早上回家，一天一夜没吃没喝，竟还打着饱嗝，脸上泛着光辉，不说话，只是愣愣地看着爷爷傻笑，爷爷说：兔崽子，笑个什么？下个臭象棋还有功了？父亲说：有意思。然后倒头睡了。下乡之后，眼不见心不烦，爷爷知道在农村也要下，看不见就算了吧，只要别饿死累死就行。从父亲偶尔透露的只言片语判断，确如爷爷所料，在农村下了四年棋，一封信也没写过。后来没人与他下，又弄不到棋谱，就自己摆盘，把过去下过的精彩的棋局摆出来，挨个琢磨。回城之后，分到工厂，那时虽然社会不太平，工厂还是工厂，工人老大哥，人人手里一只铁饭碗。刚进了工厂没多久,举行了象棋比赛,父亲得了第一名,赢了一套印着"大海航行靠舵手"的被罩。母亲当时是另一个车间的喷漆工,看父亲在台上领奖,笑得憨厚,话也不会说一句,顿觉这人可爱又聪明,连眉毛上那根黑毛都成了可爱又聪明的缩影,经人说合,大胆与父亲谈上了恋爱。爷爷看有媳妇送上门,当即决定拿出积蓄,给母亲买了一辆永久牌自行车,黑漆面,镀钢的把手,斜梁,座位下面有一层柔软结实的弹簧,骑上去马上比旁人高了一块。母亲非常受用,觉得一家子人都可爱,一到礼拜天,就到父亲家里来干家务,晒被,擦窗,扫地,做饭。吃过了饭,掏出托人在百货商店买的瓜子和茶叶,沏上茶,嗑着瓜子,陪爷爷聊天。

有一次父亲站起来说:你们聊着,我出去转转。爷爷说:不许去。坐下。母亲说:让他出去转转吧,我陪您老聊天儿。爷爷说:前一阵子街上乱,枪啊、炮啊搬出来,学生嘴里叼着刀瞎转悠,现在好些了,也有冷枪,前趟房的旭光,上礼拜就让流弹打死了。母亲点点头,对父亲说:那就坐会儿吧,一会骑自行车驮我回去。父亲说:爸,旭光让打死的时候,正在看我下棋。街上就那一颗流弹,运气不好,我就没事儿。爷爷脸色铁青,对父亲说:你想死,等娶完了媳妇,生完了孩子再死。母亲忙说:大爷,您别生气,时候不早了,让他送我回去吧,我来的时候街上挺平静,响天白日的,不会有事儿。于是父亲驮着母亲走了,在车后座上,母亲掐了父亲一把,说:你啊,现在这么乱,上街干吗?净给老人添乱。父亲说：不是，是想下个棋。母亲说：你看这大街上一个人也没有，谁和你下棋？这么地，你教我，我回头陪你玩。父亲说：教你？棋这东西要悟，教是教不了。母亲笑着说：傻子，你还当真了，别说你看不起人，有跟你学棋的工夫，还不如说说话呢。正说着，路边一棵大树底下，两个老头儿在下棋，父亲马上把脚踩在地上，停了车，说：我去瞧一眼。母亲伸手去拉，没拉住，说：那我怎么办？父亲头也不回，说：等我一会。父亲刚在树荫里蹲下，一颗子弹飞过来，从母亲的脚底下掠过，把自行车的车链子打折了。

虽说如此，一个月以后，父亲和母亲还是结婚了。

父亲下岗之后，又没了老婆，生活陷入了窘迫。因为还生活在老房子里，一些老街坊多多少少地帮着，才不至于陷入更加悲惨的境地，老师看我不笨，也就偶尔帮我垫钱买课本，让我把初中念下去。"黑毛啊，课本拿好，学校给的"，她经常这么说，但我知道是她自己买的。父亲的酒喝得更多，不吃饭也要喝酒，什么酒便宜喝什么。烟是在地上捡点烟蒂抽，下棋的时候对方有时候递上一棵，就拿着抽上。衣服破了，打上补丁，照样穿，邻居给的旧衣服，直接穿在身上，胖瘦不在乎。一到我放暑假寒假，就脱下校服给父亲穿，校服我穿得精心，没有补丁。父亲接过，反复看看，穿上，大小正好，只是脸和校服有点不符，像个怪人。走，父亲然后说，把板凳拿上吧。

母亲还在的时候，我就跟着父亲出去下棋，父亲走在前面，我在后面给背着板凳。母亲常说：儿子，你也不学好，让你妈还活不活？我说：妈，闲着没事儿，作业也写完了，去看大人玩，算个什么事儿啊。你好好活着。就背上板凳跟着父亲走。父亲从不邀我，也不撵我，愿意跟着走就走，不跟着也不等，自己拿起板凳放在自行车后座，骑上车走。看得久了，也明白个大概，从车马炮该如何行走懂起，渐渐也明白了何为"锁链擒拿等"，看见有人走了漏着也会说：叔，不妙，马要丢了。然后叔就丢了马。只是看了两年，父亲的棋路还没看懂，大树下，修车摊，西瓜摊，公园里，看父亲下棋，大多是赢，有时也输，总是先赢后输，一般都输在最后一盘。终于有一天，我好像明白了一些，回家的路上，下起了雪，我把板凳抱在怀里，肩膀靠着父亲的后背，冷风从父亲的面前呼呼地吹来，让父亲的胸口一挡，不觉得多冷了。我说：爸，最后一盘你那个"仕"支得有毛病。父亲不说话，只是眼看前方，在风雪里穿梭，脚上用力蹬着车。我继续说：好像方向出了问题，应该支右仕不是左仕。到了家，锁上车进屋，母亲还没下班，平房里好像比外面还冷。父亲脱下外衣，从抽屉里拿出象棋，摆在炕上，说：咱俩来三盘，不能缓棋，不能长考，否则不下。我有些兴奋，马上爬上炕去，把红子摆上。父亲给了我手一下说：先摆的摆黑，谁不知道红的先走？我于是把棋盘旋转，又把黑的摆好，开下。输了个痛快，每一盘棋都没有超过十五分钟，我心中所想好像全被父亲洞悉，而父亲看起来的闲手全都藏着后续的手段，每个棋子底下好像都藏着一个刺客，稍不留神就给割断了喉咙。下完了三盘，我大为沮丧，知道下棋和看棋是两码事，看得明白，走着糊涂，三十二个子，横竖十八条线，两个九宫格，总是没法考虑周全。下完之后，父亲去生炉子，不一会炕就热了起来，父亲回来在炕上盘腿坐下说：现在来看，附近的马路棋都赢不了你，但是你还是个臭棋，奇臭无比。今天教你仕的用法，下棋的人都喜欢玩车马炮，不知道功夫在仕象。一左一右，拿起来放下，看似简单，棋的纹路却跟着变化，好像一个人出门，向左走还向右走，区别就大了，向左可能直接走进了河里，向右可能就撞见了朋友，请你去喝酒，说白了，是势的大不同。现在来说常见的十几种开局，仕的方向。说着，随手摆上，开始讲仕，讲了一个钟头仕，母亲还没回来，父亲开始讲象。从象，讲的东西散了，讲到朝鲜象棋象可以过河，这涉及中国的历史和高丽的历史，也就是朝廷宰相功能的不同；又讲到日本象棋，又叫本将棋，和国际象棋有些相像，一个兵卒奋勇向前，有可能成为独霸一方的王侯，这边和日本幕府时期的历史有了联系。如此讲下去，天已经黑了，我有点恍惚，从平时母亲的态度看，父亲的这些东西她是不知道的。我说：爸，这些你怎么知道的？父亲说：一点点知道的。我又问：那你怎么今天把仕的方向搞错了？父亲想了想，说：有时候赢是很简单的事，外面人多又杂，知人知面不知心，想下一辈子，一辈子有人和你下，有时候就不那么简单。说到这里，门锁轻动，父亲说：坏了，没有做饭。母亲进来，眉毛上都是雪，看见我们俩坐在炕上，雪也没掸，戴着手套愣了半天。

现在我回想起来，那个夜晚特别长。

从那以后出去，背上了两个板凳。我十一岁的时候，有人从新民来找父亲下棋。那人坐了两个小时的长途汽车，到父亲常去的大树底下找他。"黑毛大哥，在新民听过你棋好，来找你学学。"那人戴着个眼镜，看上去不到三十岁，还像个学生。穿着白色的衬衫，汗把衬衫的领子浸黄了，用一块手帕不停地擦着汗。眼镜不是第一个，在我的记忆里，从各个地方来找父亲下棋的人很多，高矮胖瘦，头发白的黑的，西装革履，背着蟑螂药上面写着"蟑螂不死，我死"的。什么样子都有。有的找到棋摊，有的径直找到家里。找到家里的，父亲推开一条门缝，说：辛苦辛苦，咱外面说。然后换身衣服出来。一般都是下三盘棋，全都是两胜一负，最后一盘输了。有的人下完之后站起来说：知道了，还差三十年。然后握了握父亲的手走了。有的说：如果那一盘那一步走对了，输的是你，我们再来。父亲摆摆手说：说好了三盘，辛苦辛苦，不能再下了。不行，对方说，我们来挂点东西。挂，就是赌。所谓棋手，无论是入流的还是不入流的，都有人愿意挂，小到烟酒和身上带的现金，大到房子金子和存折里的存款，一句话就订了约的有，找个证人签字画押立字为凭的也有。父亲说：朋友，远道而来别的话不多说了,我从来不在棋上挂东西,你这么说,以后我们也不能再下了,刚才那三盘棋算你赢,你就去说,赢了黑毛。说完父亲就站起来走。还有的人,下完棋,不走,要拜父亲当师傅,有的第二天还拎着鱼来,父亲不收,说自己的棋,下可以,教不了人,瞧得起我就以后当个朋友,师徒的事儿就说远了。

那天眼镜等到父亲,拿手帕擦着汗,说要下棋,旁边的人渐渐围过,里面说:又是找黑毛下棋的?都说:是,新民来的,找黑毛下棋。父亲坐在板凳上,树上的叶子哗啦哗啦地响,他指着自己的脑袋说:老了,酒又伤脑子,不下了。那年父亲四十岁,身上穿着我的校服,胡须长了满脸,比以前更瘦,同时期下岗的人,有的人已经做生意发达了,他却变成一个每天喝两顿散白酒,在地上捡烟蒂抽的人,话也比过去少多了,只是终日在棋摊泡着,确实如他所说,半年来只是坐在板凳上看,不怎么出声,更不下场下棋。眼镜松开一个纽扣说,不下了?听说半年前还下。父亲说:是,最近不下的。眼镜说:我扔下学生,坐了两个小时汽车,又走了不少路,打听了不少人,可是你不下了。父亲说:是,脑袋坏了,下也没什么用。眼镜继续用手帕擦着汗,看着围着的人,笑了笑,说:如果新民有人能和我下,我不会来的。父亲想了想,指着我说:朋友,如果你觉得白来了的话,你可以和他下。眼镜看了看我,看了看我眉毛上的瘊子,说:你儿子?父亲说:是。眼镜在眼镜后面眨了眨眼,说:你什么意思?父亲说:他的棋是我教的,你可以看看路子，没别的意思，现在回去也行，我不下了，说着又指了指自己的脑袋说，脑子坏了，谁都能赢我。眼镜又看了看我，用手摸了摸我的脑袋说：你几岁了？我说：十一。他说：你的棋是你爸教的？我说：教过一次，教过仕的用法。大伙儿笑了。眼镜也笑了，说：行咧，我让你一匹马吧。我说：别了，平下吧，才算有输赢。大伙儿又笑了，他们是真觉得有意思啊。眼镜蹲下，我把板凳拉过去，把黑子摆上，说了半天，确实年纪小，就执黑先走。到了残局，我一车领双兵，他马炮单兵缺仕象，被我三车闹仕赢了。眼镜站起来，从兜里掏出一支钢笔放在我手上，说：收着吧，自己买点钢笔水，可以记点东西。父亲说：钢笔你拿回去，他有笔。我们下棋是下棋。眼镜看了看父亲，把钢笔重新放进兜里，走了。

回家的路上，我在后座上想着那支钢笔，问：爸，你真不下了？父亲说：不下了，说过的话当然是真的。接着又说：你这棋啊，走得太软，应该速胜，不过这样也没什么不好。在学校不要下棋，能分得开吗？我说：能，是个玩嘛。父亲没说话，继续骑车了。

现在说到那时的事了。

那时我十五岁，鸡巴周围的毛厚了，在学校也有了喜欢的女生，一个男孩子样的女生，头发短短的，屁股有点翘，笑起来嘴里好像咬着一线阳光。偶尔打架，揍别人也被别人揍，但是无论如何最后一次一定是我揍别人，在我心里，可能这是个原则问题。父亲已经有三年没参加家长会了，上了高中一年级的时候，家长会是初中老师代表我爸去的。她比初中时候老了一点，可又似乎没什么变化，好像她永远都会是那个人，我知道那恩情可能同样永远地还不了了，虽然我也知道，她从没有等着那个东西。父亲有两次在冬天的马路边睡着了，我找遍了半个城市，才把他找到，手脚都已经无法弯曲，胡子上都是冰碴。自那以后，我在父亲的脖子上挂了一个牌子，上面写着我家的地址，因为没法不让他出门到棋摊坐着，只好寄希望于一旦走丢，好心人能把他送回来。他还穿着我的校服，洗得发白，深蓝色的条纹已经变成了天蓝色，他还是固执地穿着，好像第一次穿上那样，对着镜子笨拙地整理着领子。

包括我初中老师在内，没有人知道我下棋。十五岁的我，已经没人把我当孩子了，那时城市里的棋手提到"黑毛"，指的是我。傻掉的父亲很少有人再提了。

一个星期六中午，同学们都去了老师家补课，上午数学，下午英语，我背着板凳准备出门。问父亲去不去，父亲说，不去了。他说出的话已经含糊不清，很难听懂，之所以不去，是因为他还没起来，在被子里醉着。那是北方的七月，夜里下了一场暴雨，早上晴了，烈日晒干了雨水，空气还有点湿，路上都是看上去清爽的人，穿着短袖的衣服顶着太阳走着。楼下的小卖部前面围了一群人，小卖部的老板是个棋迷，门口老摆着一副硕大的胶皮子象棋，随便下，他在旁边擦着自己的自行车，有空就看上一眼，支上几着，这人后来死了，从一座高桥上跳进了城市最深的河里，据说是查出了肺癌，也有人说是有别的原因，那是多年以后的事情了。老板与我很熟，没人的时候，我偶尔陪他玩上一会，让他一马一炮，他总是玩得很高兴，没事就给我装一袋白酒让我带给父亲。那天我本来想去城市另一侧的棋摊，那里棋好，要动些脑筋。看见楼下的棋摊前面围了这么多的人，我就停下伸头去看。一边坐着老板，抽着烟皱着眉头，棋盘旁边摆着一条白沙烟和一瓶"老龙口"的瓶装白酒，我知道是挂上东西了。另一边坐着一个没有腿的和尚，秃头，穿着黄色的粗布僧衣，斜挎着黑色的布袋，因为没有脚，没有穿僧鞋，两支拐杖和一个铜钵放在地上，钵里面盛着一碗水。说是没有腿，不是完全没有，而是从膝盖底下没了，僧裤在膝盖的地方系了一个疙瘩，好像怕腿掉出来一样。

老板把烟头扔在地上，吐了一口痰说：嗯，把东西拿去吧。和尚把手里的子递到棋盘上，东西放在布袋里，说：还下吗？老板说：不下了，店不能荒着，丢东西。说着他站起来，扭头看见了我，一把把我拉住，说：黑毛，你干什么去？我吓了一跳，胳膊被他捏得生疼。你来和这师傅下，东西我出，说着把我按在椅子上。我看了看棋盘上剩下的局势，心里很痒，说：叔，下棋行，不能挂东西。和尚看着我，端起钵喝了口水，眼睛都没眨一下，还在看着我。老板说：不挂你的东西，挂我的，不算坏你的规矩，算是帮叔一把。转身进屋又拿了条白沙，一瓶"老龙口"放在棋盘旁边。和尚把水放下，说：再下可以，和谁下我也不挑，东西得换。老板说：换什么？和尚说：烟要软包大会堂，酒换西凤。老板说：成。进屋换过，重新摆上。人已经围满，连看自行车库的大妈，也把车库锁上，站在人群中看。我说：叔，东西要是输了，我可赔不起你。老板说：说这个干啥？今天这店里的东西都是你的，只管下。和尚说：小朋友，动了子可就不能反悔了，咱俩也就没大没小，你想好。我胸口一热，说：行，和您学一盘吧。

从中午一直下到太阳落山，那落日在楼群中夹着，把一切都照得和平时不同。我连输了三盘棋，都是在残局的时候算错了一步，应该补的棋没补，想抢着把对方杀死，结果输在了毫厘之间。和尚赢去的烟酒布袋里已经装不下了，就放在应该是脚的地方。最后一盘棋下过，我突然哭了起来，哭声很大，在人群中传了开去，飘荡在街道上。我听见街道上所有的声响，越哭越厉害，感觉到世界上我一个人也不认识，世界也不认识我，把我随手丢在这里了，被一群妖怪围住。

和尚看我哭着，看了有一会，说：你爸当过仓库管理员吧？我止住哭，说：当过。和尚说：眉毛上也有一根黑毛吧。我说：有。和尚说：把你爸叫来吧，十年前，他欠我一盘棋。我忽然想到，对啊，把我爸叫来，把我的父亲叫来，把那个曾经会下棋的人叫来。我马上站起来，拨开人群，忽然看见父亲站在人群后面，穿着我的校服，脖子挂着我写的家庭住址，一动不动地看着我，眼睛里像污浑的泥塘。我又哭了，说：爸！父亲走过来，走得很稳当，坐下，对和尚说：当年在监狱门前是我多嘴，我不对，今天你欺负孩子，你不对。我说错了没？瘸子。和尚说：不是专程来的，遇上了，况且我没逼他下。父亲说：一盘就够了，三盘是不是多了？和尚说：不多，不就是点东西。说着，把身子下面的东西推出来，布袋里的东西也掏出来，对老板说：老板，东西你拿回去，刚才的不算了。老板说：这么多街坊看着，赢行，骂我我就不能让你走。和尚说：我没有脚，早已经走不了，只能爬。说完，用拐杖把自己支起来，支得不高，裤腿上的疙瘩在地上蹭着，东西一件一件给老板搬回屋里。然后坐下对父亲说：刚才是逗孩子玩呢，现在咱们玩点别的吧。父亲用手指了指自己：我这十年，呵，不说了，好久没下棋了，脑袋转不过来。和尚笑说：我这十年，好到哪里去了呢？也有好处，倒是不瘸了。父亲在椅子上坐正了，说：好像棋也长了。和尚说：长了点吧。玩吗？我刚才说了，玩点别的。父亲说：玩什么？和尚说：挂点东西。父亲说：一辈子下棋，没挂过东西。和尚说：可能是东西不对。说完从僧衣的怀里掏出一个小布包，布包打开，里面是一个金色的十字架。十字架上刻着一个人，双臂抻开，被钉子钉住，头上戴着荆棘，腰上围着块布。东西虽小，可那人，那手，那布，都像在动一样。和尚说：这是我从河南得来的东西，今天挂上。人群突然变得极其安静，全都定睛看着和尚手里的东西，好像给那东西吸住，看了一眼，还想再看一眼。父亲在和尚手里看了看说：赢的？和尚说：从庙里偷的。父亲说：庙里有这东西？和尚说：所以是古物，几百年前外面带进来的，我查了，是外国宫里面的东西。你赢了，你拿走，算我是为你偷的。父亲说：我输了呢？和尚抬头看了看我说：你儿子的棋是你教的吧？父亲说：是。和尚说：我一辈子下棋，赌棋，没有个家，你输了，让你儿子管我叫一声爸吧，以后见我也得叫。人群动了一下，不过还是没有什么声音。父亲也抬头，看着我，我把手放在他的肩膀上，那个肩膀我已经很久没有依靠过了，我说：爸，下吧。父亲说：如果你妈在这儿，你说你妈会怎么说？我说：妈会让你下。父亲笑了，回头看着和尚说：来吧，我再下一盘棋。

向老板借了硬币，两人掷过，父亲执黑，和尚执红，因为是红方先走，所以如果是和棋，算黑方赢。和尚走的还是架马炮，父亲走平衡马。太阳终于落下去了，路灯亮了起来，没有人离去，很多路过的人停下来，踮着脚站在外面看，自行车停了半个马路。两人都走得不慢，略微想一下，就拿起来走，好像在一起下了几十年的棋。看到中盘，我知道我远远算不上个会下棋的人，关于棋，关于好多东西我都懂得太少了。到了残局，我看不懂了，两个人都好像瘦了一圈，汗从衣服里渗出来，和尚的秃头上都是汗珠，父亲一手扶着脖子上的牌子，一手挪着子，手上的静脉如同青色的棋盘。终于到了棋局的最末，两人都剩下一只单兵在对方的半岸，兵只能走一格，不能回头，于是两只颜色不同的兵便你一步我一步地向对方的心脏走去。象仕都已经没有，只有孤零零的老帅坐在九宫格的正中，看着敌人向自己走来。这时我懂了，是个和棋。

父亲要赢了。

在父亲的黑兵走到红帅上方的时候，和尚笑了，不过没有认输，可是继续向前拱了一手兵，然后父亲突然把兵向右侧走了一步，和尚一愣，拿起帅把父亲的黑兵吃掉。父亲上将，和尚拱兵，父亲下将，和尚再拱，父亲此时已经欠行，无子可走，输了。

父亲站起来，晃了一下，对我说：我输了。我看着父亲，他的眼睛从来没有这么亮过。父亲说：叫一声吧。我看了看和尚，和尚看了看我，我说：爸。和尚说：好儿子。然后伸手拿起十字架，说：这个给你，是个见面礼。眼泪已经滚过了他大半个脸，把他的污脸冲出几条黑色的道子。我说：东西你收着，我不能要。和尚的手停在半空，扭头看着父亲，父亲说：我听他的，东西你留着，是个好东西，自己一个人的时候还能拿出来看看，上面多少还有个人啊。和尚把十字架揣进怀里，用拐杖把自己支起来说：我明白了，棋里棋外，你的东西都比我多。如果还有十年，我再来找你，咱们下棋，就卜卜棋。然后又看了看我，用手擦了一把眼泪，身子悬在半空，走了。

十年之后，我参加了工作，是个历史老师，上课之余偶尔下下棋，工作忙了，棋越下越少了，棋也越下越一般，成了一个平庸的棋手。父亲去世已有两年，我把他葬在城市的南面，离河不远，小时候那个雪夜他教我下棋的那副象棋，我放在他的骨灰盒边，和他埋在了一起。

　　那个无腿的和尚再没来过，不过我想总有一天，他会来的。

我的朋友安德烈

一

我倒数第二次看见安德烈是在我爸的葬礼上。

东北的葬礼准确来说,应该叫集体参观火化。没有眼泪,没有致辞,没有人被允许说,死了的人活着的时候是什么样子的,尤其是死了一个普通人的时候。死者的家属彻夜不眠,想着第二天都会来什么车,谁给车扎花,谁去给井盖铺纸,谁在灵车上向外撒纸钱。若死者有儿子,这个儿子就要想想怎么把瓦盆摔碎,一定要四分五裂才好,人才走得顺当。若是碎得不够彻底,亲戚们便瞪起眼,觉得你耽误了行程,让他误了一班车,还要捡起来,重新摔过。我便亲眼见过有人摔来摔去也摔不碎。有人在旁边说:你妈还有未了的心事。那人正被瓦盆弄得起急,捡起瓦盆朝那人扔去,那人一躲,瓦盆碎了个稀里哗啦。

参加的人也要起个大早,通常是凌晨五点左右。车队要排好,瓦盆一碎,灵车的司机就斜眼瞧你,你塞给他三百块钱，他就马上喊道：起灵！这种人通常声若洪钟，两个字在黎明里荡开去，好像要让街上漂浮的游魂让路。若是塞给一百，他好像突然困了一样，叨咕一声：起灵吧。之所以这么早就要出发，是为了赶那第一炉，其实早没有什么第一炉，不知道什么人正赶在焚尸炉建成那一天死掉，获此殊荣，之后的第一炉，无非是那天还没有炼过人罢了。这浅显的道理任何人都懂，可还是要争那第一炉，似乎凡事都要有个次序，然后争一争，人们才能安心。

我爸葬礼的前一晚，我的睾丸突然剧痛，不知道是不是那阵子一直在医院忙着，没工夫尿尿，憋出了毛病，疼得好像要找大夫把自己阉了才好。我安排人把香看好，千万不要灭了，自己披上大衣，钻进零下三十度的寒风里，走进我家对面我爸去世的医院，躺在一张发黑的床单上，脱下裤子，让大夫把我的睾丸捅来捅去，看看这两个一直带给我快乐的东西，这天晚上怎么了。大夫是个男人，手却很细，好像在挑水果，他说：大小一样，应该不是先天畸形，最近性生活正常吗？我说：不正常，家里有事，没过性生活。他说：之前正常吗？我说：听人家说不正常，时间有点长。他说：没事儿，我看。说着他又捅了捅。你是喝水喝少了，可能里面有点锈。他话音一落，我就不疼了，一点也不疼。诊室里的电子钟指着四点四十五分，我提上裤子从床单上跳下来，冲着大夫鞠了一躬，然后跑回家里。车队已经就位，我从车队的尾巴跑向车头，亲戚们已经在院子里站好，我妈站在灵车边上，她从兜里掏出黑纱，上面有一个白色的"孝"字，戴在我胳膊上。瓦盆在地上，烧纸已经放好，我从裤兜里掏出打火机，司机及时拉了我一把，递给我一盒火柴，于是我用火柴把烧纸点燃，看它们冒出黑烟然后化为灰烬。我吸了口气把瓦盆举过头顶，这时突然忘了台词。我妈在我身边轻轻说：爸，一路走好。我喊：爸，一路走好！瓦盆摔了个粉碎，好像是见了风的木乃伊一样，灰飞烟灭。她塞给司机三百块，司机声嘶力竭：起灵！

然后，我看见安德烈，披着他初中时的那件灰色大衣，和初中时候一样，敞着怀，里面只有一件背心，手提着初中时的破书包，像是提着刚刚斩下的人头，在熹微中向我走过来。

我第一次见他时，他就穿了一件背心，那是初一的第一堂课。班主任是个三十岁出头的女人，姓孙，初中三年她一直陪伴着我们，在不得已的相互了解中，我们发现对她来说，生于和平年代是个不小的失误。当老师，对于她是屈才，对于我们是有点过头了。当时她擦了擦黑色小皮鞋上的灰尘，好像刚刚爬过几座大山赶到此地，说：你们应该能猜到，我今天能教你们，一定是我这些年教得不赖，我有办法治他们，我教过的学生没有一个回来看我的，我不难过，他们要是不怕我，早就完蛋了。所以，还是那句话，你们都是好学生，都是考上来的，我不想管你们，我太累了。然后她抬头看了看我们，好像在确定是不是听懂了她的话。大部分人都投去听得不能再懂的眼神，我也是。那是1997年，东北的教育体系中诞生出一种择校制度，堪称深刻洞察家长学生心理的伟大发明，即是在原本不错的初中内，设立至少甲乙丙丁四个班（基本上都是如此，为了和普通的一二三四等班区别开），叫作"校中校"，吸收小学毕业的考生。和后来的中考高考有所不同的是，这种考试就算你考了第一名，也需要交纳九千块钱才能入学，所以又叫九千班。不过就算九千块钱在当时是笔不小的数目（我家的这笔钱便是东拼西凑的），可几乎所有小学毕业生都会试图报考这样的学校，谁会在刚刚起步的时候就停下来看着别人从身边跑过去呢？我们当时的班级便是甲乙丙丁四个九千班里的丁班。

孙老师讲话的时候，有一个人拿了把小刀，一直趴在桌上刻字，发出嘎吱嘎吱的响声。孙老师指着他，说：你，起立！他用手撑着桌子站起来，脸上露出不可遏制的笑容，想捂嘴又似乎有些难为情。孙老师说：你叫什么？他说：我叫安德烈。她说：你怎么会叫这个名字？到前面来，把你的名字写在黑板上。他走出来，我们都笑出声，不只是名字奇怪，他穿了一件极长的挎篮背心，下摆遮住了屁股，好像是穿了一件女人的套裙，两条光溜溜的细腿，脚上穿着一双旧球鞋。他走到前面，说：老师，没有粉笔。孙老师从讲桌里拿出一整盒，抽出一根递给他。他把粉笔掰断，一大半还给孙老师，留在手里的只有一小点，趴在黑板上写：安德烈。字极难看，却写得极大，结果把难看放大了，尤其是"烈"的四点水，好像黑板上爬满了肥硕的蚯蚓。写完最后一笔，粉笔刚好用完，"烈"字的最后一点是用手涂上去的。孙老师翻开点名册，说：名册上的安德舜是你吗？他说：那是我爸起的，和我没关系。孙老师的恼火已经装满了教室，安德烈却不以为然，笑嘻嘻地站在她的面前。她说：安德舜，你刚才在桌子上刻什么？他说：周总理。孙老师似乎吓了一跳，说：下课之前你要是不把课桌上的周总理划掉，我就让你父母来赔！以后考试，你要敢写安德烈，我就给你零分，以后你要是还穿背心短裤来上学，我就让你当着大伙脱掉，听明白了吗？我下意识在底下点头，这是小学时落下的毛病，老师问"听明白了吗"，无论如何是应该点头的。安德烈摇摇头说：没有。孙老师把黑板擦在讲桌上狠狠一拍，说：有什么不明白的？他在浮起的粉笔灰中慢慢地说：你让我把字划掉，是因为写字破坏了桌子，可如果划掉，桌子就破坏得更厉害了，而且周总理怎么是能够轻易磨灭的？你让我写那个我爸起的名字，是因为名册上是那个名字，可现在我们已经认识了，你已经把名字和我联系上了，我写哪个名字你都会知道是我啊？你觉得我穿背心短裤不对，可走廊里的校规没写不让穿，你不让穿是觉得难看，我穿是觉得凉快，如果你让我脱干净，那不是更难看，我不是更凉快了吗？

孙老师的脸在几秒钟之内已经变换了好几种颜色，最后定格为苍白，她说：你觉得你很有理是不是？他说：嗯，和你一样。她顿了一下说：以后我的课，你不要上了。他想了想，好像在算数，说：那你得退给我五分之一的学费。九千除以五，一千八百块钱。她知道今天没有胜算，当着这么多人动手打人又违背她刚刚说过从来不动手的话，就说：你回座位，晚上叫你父母来。他不置可否，笑嘻嘻地走回去，刚刚坐下，她说：全体起立。他又站起来，用手撑着桌子。她说：都到教室外面去，按大小个儿站好，今天排座位。于是我们呼呼啦啦出去，男女分成两列，一个个对好。这时孙老师把安德烈从队伍里拽出来说：你先等着。等大家全都坐定，她指着最后一排的最右侧，挨着教室的后门，对安德烈说：你把你的桌子搬过去，坐那。

安德烈在那里坐了三年。就算初三的时候，我们班开始搞座位轮换，也没有能够拯救他。刚上初三就有些家长反映自己的儿女长得个大就坐在后面不公平，个大本来是好事，这么一弄倒成了歧视。那时候大家的眼睛都开始纷纷出了毛病，除了生在知识分子家庭先天就遗传父母的近视，其他生下来时正常的眼睛到了初三都模糊起来。一方面是课上的内容越来越多，黑板上的字也就越来越小，有些老师不会安排空间，上来先痛痛快快地写几排大字，写到第二块板子，发现写不完，字就骤然变小，到了最后，简直像趴在黑板上刻字一样，刻出白色的一小团，整个黑板白上而下就像一张视力表；第二方面是，大家越睡越晚，听说有几个女生经常熬通宵，第二天照常上课，还能站起来回答问题。这是孙老师告诉我们的，她说：睡那么多有什么用？不睡不也好好的？后来其中一个叫作于和美的，一天在课堂上突然把脑袋放在地上，老师开始以为她在捡东西，看她迟迟捡不起来，说：于和美，先听课。她轻轻地说：老师，我觉得，不是，我猜，我的脑袋缺血了，我要把血控上来，控一会就好了。老师觉得不妙，走过去把她拉起来，只见她的鼻孔喷出两道血流，好像要把她顶上天空一样。第二天孙老师告诉我们，她是先天脑供血不足，以前不知道，我们可不信这个，至少不信先天两个字。况且供血不足，血怎么还会从鼻孔汹涌而出呢？当然像于和美这样脑袋一度出问题的还是很少的，实在是太少的人会相信不睡觉也能好好的这种话。所以一些大个子的家长，当然是那些能和老师说上话的家长，发现自己的儿女看不清黑板了，而那些小个儿每天就在黑板底下听课，想不看黑板都不行，黑板就在眼前，只要不是垂直趴在桌子上，随时都在视野里，就提出班里的座位应该轮换，每周一次。对于这样的家长，老师通常还是民主的，马上就轮换起来。可安德烈从来没有轮换过，除了初一下学期，也从来没有过同桌，他就像一颗钉子，被老师钉在后门的窗户底下，然后锈在那里。

　　不但是老师希望他坐在那，开始的时候，我们也希望他坐在那不要走。

　　初一上学期的一天下午，班里自习，大家正乱作一团，汪洋说马立业前几天从他那拿的一本《灌篮高手》一直没还给他，马立业说是被汪海拿走了，当时他告诉了汪洋，汪洋说知道了，可现在看来他不知道。汪海说他是从马立业那拿过一本《灌篮高手》，可不是他们说的第二十五集，而是第二十六集。汪洋把书包里的书倒出来，发现原来第二十六集也没了。他就说先不要说第二十五集的事儿，把二十六集还给我，汪海说在家呢，然后又加了一句，二十六集真没劲，也不知道三井的那个三分球进没进，马立业叫起来说，不对，这是第二十五集里的事儿。大家便开始热烈地讨论三井，大多数人认为三井是那套漫画里最有味道的人物。安德烈突然喊道：别说了，孙老师来了。大家正在愣神，班里出现了整个下午唯一一刻短暂的寂静。门开了，孙老师走进来，看见每个人尚未合拢的嘴，有的是因为话还没有说完，有的是因为惊讶，她也惊讶得把嘴微微张开，低头看了看自己的高跟鞋，惭愧地笑了笑说：你们学会听声了。说完扭头走了。我们看向安德烈，他正拿着圆规在桌子上刻东西，那张桌子上除了他的名字之外，他已经刻上了海豚、鹿、阿基米德，当然还有周总理，不知道这回他刻的是什么东西。也许是他的耳朵灵吧，我相信大多人当时都这么想。

第二天，还是那个时候，大家正在谈论《神雕侠侣》里的尹志平是不是该死，马立业正在大讲守宫砂的科学依据，当时古天乐和李若彤主演的《神雕侠侣》播得正热，李若彤被尹志平侮辱那一集，是所有人心头的痛楚。安德烈说：别说了，孙老师来了。大家就好像听见长官说立正一样，马上用眼睛盯着眼前的书，桌子上没有书的就从抽屉里随便摸出一本盯上去，一时间大家眼观鼻鼻观口口观心，坐禅一样宁静。没有脚步声，门开了，孙老师穿了一双运动鞋走了进来。她这次看见的不是微张的嘴，而是一排排的后脑勺。我用眼角余光看见她有些茫然，好像正在回忆哪里出了问题，就像电影里被共产党员戏弄的特务。最后她说：把书包交上来，考试。看来她真是没有办法了，只好枪毙俘虏。

考完之后，我们向安德烈走过去，虽然他害我们多挨了一场考试，可我们更想知道他为什么会像雷达一样神奇。他从桌膛里掏出一面镜子，已经破了，被人用透明胶粘起来，上面的人影好像脸上有疤。他说：这条走廊宽两米半。大家点头，好像都去量过一样。他伸手指了指头上的窗子，说：这块玻璃离地面一米六五左右，几乎和孙老师一样高，现在是十月份，下午两点到三点阳光和地面的角度应该是四十五度多一点，可以认为是四十五度。他看我们全部傻在当场，又掏出一张草纸，上面写着几个方程式，也是蚯蚓一般的模样。他说：我的书桌离地面八十三厘米，好，有了这些值，我把镜子放在距离我胸口三十五厘米，距离玻璃七十五厘米的地方，因为我们的教室在这条走廊的尽头。他抓起背心的下摆擦了擦鼻子继续说：所以孙老师要是想搞突然袭击，只能从东向西走过来，她又戴眼镜，你们知道她戴眼镜吧？我把镜子摆好之后，只要她不是故意贴着墙走，而是走在走廊的中轴线或者中轴线靠右，在她距离后面这块玻璃……他看着我们，没人回答，他失落地说：三米半的时候，我就能看到她的眼镜反射的光。我们惊讶了一会之后，汪洋说：真牛逼啊，真牛逼！然后我们像逃兵一样退去，把安德烈留在那个属于他的哨岗上。

不知不觉半年时间过去了，我的成绩越来越差。因为我爱上了一个同班的女孩儿，或者说，为了和这看不到边的苦闷生活作对，我选择爱上一个女孩儿，然后成绩就自然而然地差起来。现在我早已忘了她的样子，其实在当时我也经常想不起她的样子，那时却被一种爱的感觉彻头彻尾地征服。我挨了很多次打，当然是因为成绩的原因，我爸妈无法理解花了九千块钱把我送上一所我考上的好学校，我竟然成绩突然不行了，这对于他们来说无异于一种诈骗。我对自己是很理解的，因为我知道小时候那些所谓的优异成绩，只是比同龄人更早地使用了大脑。而在其他方面我则更晚觉悟，而我现在已经觉悟，至于大脑，用不用是我自己的事情。为了那个我现在已经忘记的女孩儿，我做了许多的事情，很多我至今想起来都无法相信，其中一件就是在凌晨时分，爬过学校的围墙，用准备好的晾衣杆捅开窗户，跳进教室，为她整理桌膛。把她前一晚随意扔在桌膛里的书，分门别类摆好。然后坐在她的椅子上，想象再过几个小时她坐在上面的样子。这样的事情我不是每天都做，偶尔一次突然的莫名其妙的整齐，她才不会起疑心。

就在这种爱最炙热的时候，或者说，就在这种爱冷却之前，我们开了政治课，那是初一下学期。

　　政治老师是一个四十几岁的女人，却还没有结婚，长得像是三十几岁，爱穿花衣服，脸也经常抹得如同墙皮的颜色，走起路来喜欢扭屁股，忽左忽右，好像在和一个我们看不见的人跳舞。她姓宋，我们都叫她"宋屁股"。听说她年轻的时候美得可以，不光是屁股，哪里都好看，还写得一手好文章，这是历史老师告诉我们的。历史老师是一个男人，是我们学校里唯一打着领带上课的老师。他上课的时候不爱讲历史，说历史书太脏，经常撇着嘴说：秽史啊，秽史。他专讲宋屁股，讲宋屁股的历史。他说宋屁股下乡的时候没有书看，身边只有一本字典，就天天背字典，吃饭睡觉下地干活都背，后来就精神出了问题，说简体字越看越不像字，这话传出去，她就成了那个公社里最年轻的反革命。但是也有人说她的精神病不是因为背字典，而是因为公社书记。我们问：公社书记？他说：你们不懂了，讲也白讲，反正她是她那一批里最晚回城的，回城之后，精神病就好了。因为中考不考历史和政治，历史课和政治课实际上是摆设，只有半学期，上完就可以把书卖掉。历史老师深刻地领会了他事业的精髓，把历史课变成了政治老师的历史的课，一到他的课，我们就打起十二分的精神。那时候老师们都喜欢扮作上帝，我们也没有觉得如何不对，可突然有一个上帝愿意讲另一个上帝的八卦，我们便趋之若鹜，觉得没有任何一门课能和历史课媲美，就像是任何一个国家的历史在我们的眼里根本不能和宋屁股的历史媲美一样。

一天我又早早到了学校,去给她整理桌膛。我把晾衣杆伸向窗户,却没有碰到玻璃,退后几步才发现窗户已经开了,一定是劳动委员隋飞飞前一天晚上忘记关了,我想。我扬手把晾衣杆扔进教室,做了一个简短的助跑,上了窗台,等我落在教室里的时候,我发现教室有一个人,在清晨的黯淡曙光里,我认出她是宋屁股。

她看见我的惊诧不次于我看见她的惊诧,我们面对面惊诧地站着,屋里像是没有人一样安静。她的手里拎着一个编织袋,站在她的书桌边,另一只手拿着一本书,包着生物书的书皮。可我认识这本书,它十分容易辨识,除了厚度比生物书厚出三分之一,从侧面看,有一排书瓤已经发黑,那是描写尹志平迷奸小龙女的段落,上面留下了很多人手上的汗渍。从她的表情和姿势看,如果我没有突然跳进来,她应该会把《神雕侠侣》放进编织袋里面去。我突然想起来汪洋丢失的《灌篮高手》第二十五集,安娜丢失的《我的灵魂骑在纸背上》,之后马立业的《幽游白书》也不见了一本,许可的《福尔摩斯探案集》也找不到那本《血字的研究》了。这些书本来就不应该拿到学校来,如果向老师报案就相当于自首。她首先停止了惊诧,把"生物书"丢进了编织袋,然后她站直了身体,编织袋在她的手里显得有些分量,看来她是沿着走廊一路摸过来的,我们的教室是她今天的最后一站。她向我走过来,把编织袋敞开,说:挑一本。里面五颜六色，我想找到那本《神雕侠侣》，结果却抽出一本《第三军团》。她笑了笑，很自然的笑，好像是我做错事，她在施舍我，说：有点眼光，这本不错。我扔回去，把脑袋伸进编织袋，翻出那本《神雕侠侣》，放回她面前的桌膛。她把编织袋拉上，说：我这些书是要交到德育处的。我在椅子上坐下，没有说话，然后我听见她跳了出去，轻盈地落在地上，之后我一直在想，她是怎么跳出去的呢，穿了那么一件紧身的裙子，我当时真应该回头看她一眼。

上课铃响起的时候，刚才那会儿的沉默和狐疑已经过去，毕竟因为我，她今天没有得逞。也许我应该向班主任报告，可如果我告诉孙老师今天清晨在教室里发生的事情，首先要说清楚我大清早跳到教室里干什么。我来干什么呢？睡不着觉跳进教室来一场大扫除？还是我一直在暗地里调查我们班的课外书失窃案？况且宋屁股长得又不那么难看，曾经还因为书或者其他什么事得过精神病，只要她被我吓到，以后不偷就好了，而且一想到我要站在孙老师面前举报另一人，我就为自己感到恶心。我刚刚想到恶心两个字，孙老师走进教室说：李默，早自习不要上了，给我出来。

她进了办公室坐下，说：你书包呢？我一惊，想起来刚才在座位上，椅子怎么那么宽敞，可以动来动去，原来是书包没在屁股后面。她从办公桌底下的阴影里把我的书包拽出来，说：你小子真行，给我打开。我看见我的书包已经变了形，好像一只吃多了的胃，无须我动手，书包的盖子已经自己弹开，里面的书掉出来，教材都还在，只不过被压在最下面，上面的一层是《第三军团》《基督山伯爵》《窗外》《萧十一郎》。她说：捡起来。我把这几本捡起来，她拉开抽屉，我把它们放进去。她推上抽屉说：你要不是傻一点，我还真发现不了是你把这些东西带到班上的。她得意得好像眼睛要掉出来，说：你把书包落在走廊，我要是不捡，你说，是不是对不起你？我明白了事情的原委，我跳进去的时候，书包落在走廊里，宋屁股跳出去的时候，发现我的书包，就把我们班的书放进去，她以为我马上会把书包拿回去。可我当时正在疑惑和恍惚中，完全把我还有一个书包这件事情忘得一干二净。结果孙老师黄雀在后，我就进了她的办公室，书也进了她的抽屉。

宋屁股并不是要害我，她是希望我拿回属于我们班的东西，然后把这个早晨的事情忘掉，可她却真把我害惨了。

孙老师的处理方式除了把那几本书留在抽屉里，还让我把桌子搬到安德烈旁边。她说：从现在开始谁犯了大错，就去和安德舜同桌，什么时候你考了年级第一名，我再把你调回来。这明摆着是要我和安德烈一起坐上三年。我抱着桌子搬过去的时候十分沮丧，其实这样的发配和打击我早已经不放在心上，像我这样成绩不好，又有些内向的学生，每天经受的侮辱和打击已经融进我的血液，铸就毫无廉耻心的免疫系统，就算我看不见黑板又有什么关系呢？我看见了不也和没看见差不多，还少了一个堂皇的借口。让我沮丧的是安德烈是我们班里最脏的学生，好像是一个年轻的乞丐溜进了我们的教室旁听。冬天他穿的棉衣上，有一层发亮的油渍，整个人像是一面镜子，走到哪里都有光线在他的身上折射到四面八方。他的身上有一种发霉的味道，不知道是衣服还是他的身体，总之一定是有什么东西正在腐坏，经过他的身边就像是经过一个小型的垃圾场，尤其是在一个人的视力正在减退的时候，他的嗅觉就变得特别灵敏。

我搬过去的那天下午，第一堂课是政治课，安德烈并没有对我表示欢迎，也没有表示抗拒，只是把他的书桌向旁边靠了靠，使我能够有足够的空间趴下睡觉。我没有睡，而是坐直了等着宋屁股扭着屁股走进来，我没有胆量走过去告诉她，虽然你害了我，可还是感谢你把那些书留下，我不会向任何人说起这件事。我只是想平静地看她一眼，也许她能够明白我的意思。可是走进来的却是打着领带的历史老师，他说：宋老师今天有事，她的课窜到下周，大家把历史书拿出来，今天我们讲……他把自己的书翻开，试图回忆起他这门课的进度……第一章，人类的起源。我正在惊奇他为什么没有讲宋屁股的故事，他已经开始朗诵课文，"人类的曾祖父是一种相貌丑陋，毫无吸引力的动物。他五短身材，比现在的人类要矮小得多"。我无法集中精神听关于人类的曾祖父的故事，第一是宋屁股本人的和在历史老师口中的双重缺失让我很焦虑，我一直不知道原谅一个人是什么感觉，好不容易有了一次原谅别人的权力，被原谅的对象又不见了，要下周才能出现，这一周的时间让我心头的原谅安放在何处？第二，安德烈一直在旁边小声说话，自言自语，我有几次差一点就听清了，可最终还是没有听清。在快要下课的时候，我终于忍无可忍，说：哎，你在那叨咕什么呢？他看了看我，说：他讲得不对。我说：他讲什么了？他把自己的书挪过来，不知道他到底是哪里出油，竟然连历史书上都是油渍，他指着其中一段说：书上说，人，他指了指我俩，就是我们这样的，是从猿也就是一种大猴子进化来的。我说：啊，动物里也就它们和我们最像了。他说：你去过动物园吗？我说：没有，听说过。他说：我也没去过，但是里面肯定有猴子对吧。我说：对，咱书上画着呢。他说：动物园这玩意，他拿出一个小本，是一些报纸的碎片，用线缝在一起，看上去像是一沓钱。报纸上写，动物园这玩意已经诞生了几百年，怎么没有一只猴子进化成人，不说动物园，有人类之后，森林里的猴子也没有跟着灭绝啊，那些猴子怎么到现在没有一只像咱们这样，能写能算，还能坐这儿听课呢？我顿时被问住，但是为了证明我不是从来没想过这个问题，让他在猴子和人的领域遥遥领先于我，我问：那你说，人是从哪来的？他把报纸片放回他的灰色大衣里，说：有人说，人是上帝造的。但是这个问题无法证明，你既无法证明人是上帝造的，也无法证明人不是上帝造的，我也觉得人应该是被造出来的，但是不一定是上帝，谁知道那是个什么东西？我忽然灵光一现说：人不是从宇宙里来的吗？我的意思是先有了宇宙，才有了人，对不对？他说：宇宙是谁造的呢？我投降了。我说：你赢了，我们是人造的。他摆摆手，说：不对，不对，我只是觉得，也无法证明，我只能证明他们不对，从逻辑上，可也无法证明自己对。我说：别跟我说逻辑和证明，上次数学考试我考了三十几分。他说：我也是，你三十几？我三十二。我说：比你多两分，你那镜子整得多牛逼，怎么数学考这么少？他听我问起，马上把那次的考试卷子翻出来，指着第二题说：这道题其实用了一个很简单的定理，但是我在算的时候，发现这个定理有些不够，怎么说的，有点啰唆，我就想把它弄短一点，我又得证明短了之后的定理和原来的定理其实是一样严密的，你懂吧，严密，结果呢？他兴奋地搓着手，说：考试的时间就过去了。我看到他的卷子上，抬头处写着蚯蚓一般的"初一丁班安德烈"，第一题是满分，第二题的运算占满了卷子剩余的所有空间，结果是零分。看来，他是把还有其他三十几道题这件事情忘记了。我问：最后呢，你的定理怎么样？他高兴地说：错了。原来的表述，应该是最完美的。

我和安德烈真正成为朋友是因为足球。

初一下学期的冬天，迟迟没有下雪。就在那个冬天，雪把地面覆盖之前，我开始懂得了一点踢球的窍门。足球来到我脚下之间，我能听见自己兴奋的呼吸，我的所有神经都把灵感传导到脚上，髋和脚腕随时准备把这只皮球控制得像是我身体的一部分。我无师自通地掌握了球的旋转，我发现要想让球听你的话，就要让它在你的脚底下旋转起来。只用一个月的时间，我便可以带球的时候不用低头看它，让它自如地在我脚下打转，然后观察我的队友正在什么地方奔跑，对手正在从什么方向向我赶来。我热爱带球，就像一个婴儿热爱妈妈的乳头那样，无时无刻不想把它衔在嘴里。我讨厌传球，就算是所有人都向我扑来，而我队友已经排列整齐站在对方的面前，我也会勇敢地选择独自把球从所有人中间带出来，绕过队友，送进对方的门里。这也许是我那时生活中仅存的快乐。可当时我忙着把球踢得更加精湛，根本没工夫想到这是快乐，在我的生活已经全面褪色的时候，足球成了我紧紧抓住的色彩，我妄想，在这个操场上重新成为英雄。

当时很多人讨厌和我踢球，因为他们会闲下来，除了向我吆喝着希望我把球传给他们，没有别的事可做，有几次我听见他们的声音已经近乎于哀求：李默，传啊，传给我！我无动于衷，继续让我和我的足球舞蹈。有一次足球从我的侧面飞来，我用脚内侧把球轻轻停在半空中，它像一只陀螺一样在那里旋转。两个人站在我的身边，他们同时伸出脚希望把球踢走，我把身体从他俩之间穿过，在他们以为我忘记了球已经在我身后的时候，我用右脚的后跟把球磕过两人的头顶，侧身把球抽进球门。我记得所有人都愣在那里，发出难以抑制的惊呼。

安德烈也是在那个冬天开始学习踢球，马上陷入痴迷。和我不同的是，他是一个后卫。可是他天生骨头僵硬，两条腿跑起来就像操场上谁在搬一条两条腿的凳子。而且他的运动神经明显不如他的理科神经发达，经常是球到了近前，露出惊讶的表情，好像是在想，咦，它是什么时候过来的？然后两条腿像是骑自行车一样，一通乱蹬，把球蹬出去。可他的脚却硬得像是石头一样，经常把球踢过围墙，如果你不小心被他蹬上，一定是一个疼痛难当的下午。他经常因为踢人惹事，因为他踢了人之后自己毫无察觉，对方在地上打滚的同时，他已经冲着球追过去，抬起一脚把球踢远，有几次不小心踢在倒地的人脸上，估计对方一时不知道腿和脸哪一个部分更疼。等人家爬起来揪住他，他还无辜地说：不是我，你弄错人了，踢了你，我一定知道的。

就在那次我把球从两人的头顶勾过之后，我坐在球门里，脱下鞋子，看着别人把手伸出围墙的栅栏买水喝，心里盘算着谁能让我喝一口。他坐了过来，也脱下鞋子，空气马上变味，他的袜子已经臭得发干，我相信如果脱下来，可以像两只靴子立在地上。他伸手摸了摸我的脚，我吓一跳说：你干吗？他说：你怎么踢得那么好？就是刚才，你怎么能，就是那么一踢，你怎么能想到那么一踢？我说：哪有工夫想，就是随便一踢呗，我还会别的呢。我把球抱过来，穿着袜子把球颠过头顶，等球快落到膝盖附近的时候，用脚把球在空中一带，球像被抽了一鞭子转起来，然后稳稳地落在我的脚面上。他瞪大眼睛说：你的脚上怎么像是有胶水？我把球踢给他说：你试试。不难。他站起来，我说：你踢球的底下，落下来的时候像我那么向旁边一带，画一个半圆。他照我说的，结果一脚把球踢过了围墙，落在一位卖水的老太太的车上。老太太马上在墙那边骂起来：谁踢的？是不是丁班那个小傻子？迟早有一天我得让你踢死。他抱着球回来的时候说：我不行，我的脚法不够黏。

从那天起，无论什么时候踢球，他一定要和我在一边，他说：你上去，上去，过他们，我给你当后卫。他给我当后卫的方式除了把球踢出围墙和把对方踢倒在地之外，就是一定要把球传给我。在他逐渐掌握了长传球的技巧之后，这一特点变得尤为明显。他不在乎我是不是已经陷入重围，或者根本没有准备接球，有几次我稍一溜号，球已经飞到我的脸上。同伴们后来也逐渐发现了他这一癖好，看他要传球的时候就喊起来：安德烈，还有我们呢。这样的话对他没有任何影响，他的眼睛里只有我这一个队友，足球对于他来说不是十一人制的，而是两人制的，就像是乒乓球里的双打。最可气的一次是我已经坐在场下，我刚刚扭了脚，他的球还是朝我飞过来，我狼狈地趴在地上把球躲过，然后一瘸一拐地把他拉出来，说：你传给我之前，能不能先看我一眼？他说：我看了啊，要不然我怎么知道传到哪？我说：我的意思是你得看一眼我是不是方便接球。他说：我怎么能知道你方不方便？我想了想说：如果我也看你，我就是方便，你看我的眼色行事。他说：我听你的。从那天之后就变成，如果我不看他，他就把球踢到界外去。

在我和他成为朋友之后，政治课换了老师，来了一个嬉皮笑脸的胖子，走进教室之后的第一句话是：我这课没什么用，该睡睡会，都挺累的，但是我还是得讲，不讲不好，你们睡你们的，咱们谁也别耽误谁。上了初二，政治课取消，我还是记不住这个老师姓什么，我只记得那个宋屁股，她为什么不来了，没人告诉我们。我便说服自己，她一定是有了更好的出路，不用在这儿讲没人听的政治。我不敢相信她的离去和那个早晨有什么关系，我宁愿相信她根本不需要我这个孩子的原谅，她一定是早已经把我忘了。就在那一刻，我发现我已经很长时间没有想起过我曾经喜欢过的那个女孩儿，也没再给她整理过桌膛，我竟然在对宋屁股的等待中不知不觉把她忘记了。永远忘记了。

二

上到初二，我的朋友安德烈成了围墙里最著名的人。

初二开学的时候，学校的升旗仪式有了些变化。之前的一年，柳校长（虽姓柳，此人长得又高又壮，且十分挺拔，一点不像柳树的样子）要求，每周一都要有一个班级派出最出类拔萃的一个女孩儿，戴上白手套，穿上特制的白色制服，在国歌声中把国旗升上天空。在国旗飘扬的时候，柳校长走出来，和升旗手亲切地握手，大约持续五秒钟，然后拿出一个名单，宣布上一周都有哪几个人打架，买零食，早恋,上课看课外书,然后进一步指出这些人的哪几个是警告,记过还是留校察看。我们这个年级一共只有甲、乙、丙、丁四个班级,加起来不到二百五十人,那些出色的挺拔的漂亮的女孩儿在初一的时候已经轮番走上升旗台,有些人在升旗台上已经出现了许多次。也许柳校长觉得他已经看够了,于是到了初二,他决定自己亲自升旗,所以每个周一,我们都会看见他穿着特制的白色制服,戴着白手套,把国旗升上去,然后为他鼓掌,以表示我们知道他辛苦了,希望他能注意身体。之后他取消了宣布处分决定的环节,这个环节变成了一张大纸,贴在教学楼的外墙上,不单是周一,我们每天都能看到。取而代之的是讲演比赛,我们每个人都要轮流上去讲演,按照学号的顺序,没有一个人能够逃脱。毕竟那时候女孩儿的身体和容貌经常在短短一个月的时间就有了难以置信的变化。

我们班的好几个人从此变成了讲演高手,每一个人都形成了自己的经典腔调。隋飞飞讲演的开头通常是"有这么一个故事,我从来没向别人说起",然后中间便是自己默默地帮助孤寡老人或者偷偷为班级修理坏掉的桌椅,结尾一般写道"他们不会知道,一个人正在角落里,甜蜜地笑呢",整篇讲演稿笼罩在一种鬼鬼祟祟的氛围里,好像她干的好事如果被人发现,她就要杀人灭口。于和美的风格是情绪饱满,从上台的第一句话开始,眼里就饱含泪水,好像随时可能扑在柳校长身上号啕大哭,讲的故事一般和希望小学有关，因为她曾经给希望小学捐过一件崭新的棉衣，然后被邀请去学校参观。捐棉衣的当天她妈妈错把新棉衣当作旧棉衣放在了袋子里，她稀里糊涂地交了上去，等老师发现之后表扬她，她哭了。她讲演的结尾一般是"看见孩子们的笑脸，看见他们穿着我的崭新的棉衣，穿着单衣的我，突然觉得无比地温暖"。这时她眼睛里的泪水便会配合着"温暖"两个字流下来，非常准时。高杰则高级得多，他是我们班的学习委员，是个天生的顺民和讲演者，声音浑厚，手势有力，他的特点是善于引用诗词歌赋和名人名言，毛泽东和辛弃疾是他使用得最多的两个诗人，"天若有情天亦老，人间正道是沧桑"和"了却君王天下事，赢得生前身后名"我就听过两遍。一次正赶上把他养大的外婆去世，他讲演的第一句是：少年不识愁滋味，爱上层楼……而今识尽愁滋味，欲说还休。音调有些哀伤。可中间的内容却不是思念，而是外婆之死对他的激励，最后他把手放在升旗台的栏杆上：把吴钩看了，栏杆拍遍，无人会，登临意。激昂的情绪重又回到他的眼睛里。

　　安德烈登上升旗台那天，谁也没有防备他会给大家带来一个特别的早晨。他掏出讲演稿的时候，柳校长在旁边马上皱眉，他要求所有人都是脱稿的。他把讲演稿在手中翻滚了几遍，找到了开头，念道：今天我演讲的题目是《下水井盖为什么是圆的》。同学们，它之所以不是方的是因为……所有人笑得东倒西歪，我笑得蹲在地上，口水顺着嘴角流下来。在笑声中，他没有停下来，而是镇静地朗诵着：圆形的直径是圆周上任意两点的最长距离，你们知道，井盖如果掉下去，一定是两点之间的距离小于那个窟窿……柳校长怒气冲冲地打断了他说：井盖掉不下去，是因为底下有东西卡着。安德烈摇摇头：你肯定没看过《十万个为什么》，这是一个几何问题，不是一个东西卡着的问题。柳校长原来是一个体育老师，几何问题离他实在太遥远了，他说：你是故意扰乱升旗仪式的秩序。安德烈说：我在发表演讲，是你打断我的。校长一时没有反应过来，想了一会说：下周演讲还是你，题目是《祖国在我心中》，回去向你们班的好学生学习，要讲得深刻，孙老师？孙老师狼狈地从队伍里走出来，他俯视着孙老师说：如果这个学生下周讲得不好，我再找你谈。

  孙老师的对策除了把安德烈骂得狗血喷头，说他是她这辈子见过的最大的祸害，是害群之马，是腥了一锅汤的臭鱼之外，就是让高杰当他的老师，手把手地辅导他，她还暗示高杰可以替他把稿子写好。那一个星期，安德烈的草纸上写满了毛主席诗词，他好像对这些一点也不排斥，在高杰的悉心照料和好言相劝下，到了下一个周一之前，他已经背熟了几首。我提醒他，这次一定要脱稿，不要再给校长抓住把柄。他点点头说：现在已经背得一个字也不差了。到了周一，孙老师借给他一套干干净净的校服，然后把他拽到洗手间，盯着他把头发洗净。他再次登上升旗台的时候，整个人焕然一新，如果不是他下意识地手脚乱动，几乎和高杰长得一模一样了。他把麦克风拿在手里，环顾四周，等大家彻底安静下来之后，他大声说：今天我讲演的题目是《祖国在我心中》。然后他深吸一口气，像其他人一样，指挥家似的把一只手缓缓抬起："钟山风雨起苍黄，百万雄师过大江。虎踞龙盘今胜昔，天翻地覆慨而慷。人生易老天难老，战地黄花分外香……下面，我来讲一下海豚的呼吸系统。"整个校园爆发出雷鸣般的笑声和掌声，有些人吹起口哨，大家像是过节了一样，在这一圈围墙里面从未有人这么集中地给我们带来快乐。我一边笑得喘不上气一边开始担心，安德烈这次可闯了大祸了。他在欢乐的节日气氛中讲道：海豚的呼吸是有意识的，如果它们想要自杀，只要让自己放弃下一次的呼吸就可以了。

之后安德烈再也没有走上升旗台，而是走上了教学楼前面的大纸，他的名字后面写着：留校察看。

孙老师对他没有办法，她已经把所有能够毁灭他自尊心的话都说尽了，可他的自尊心似乎没有受到任何损伤，而是越发坚定地支撑着他坐在离黑板最远的角落，每天自得其乐地生活。

我也一样，无忧无虑，既然永远逃离不了这里，何不躺下好好呼吸自由的空气呢？可安德烈不这么想，至少对于我，他不这么想。一天他对我说：你老坐这也不行，你还得往前坐，后窗户有我看着就行了，你还是得好好学习，咱俩不一样。我说：怎么不一样，我早就不想学了。他说：不对，不对，不一样，你是有希望的，你就是话少。我说：有个屁希望，这三年咱俩注定做伴儿，你换不了人了。他说：孙老师说，这次期中考试就考这学期学的东西，你先把这次考好。我说：我就算这次有进步，也考不了年级第一啊，还是得坐这儿，来来，下盘五子棋。他说：咱们试一次，代数刚开始讲二次方程，几何讲切线，物理化学上学期刚开课，现在还讲基本概念，这几门我能帮你从头到尾捋一遍。英语我不会，你得自己背，语文会也没用，没准儿，到时候看运气。现在离期中考试还有十五六天，从明天开始，咱俩六点半到教室，你背英语，我听着，你就当我能听懂，然后这一天你也别听课，反正也看不清黑板，咱俩复习咱俩的，就这么定了。说完，他开始在他的书桌上刻小人，小人长了一张窄脸，嘴角高高翘着，笑得很开心，然后他画了一个箭头，箭头的终点刻上了我的名字。我想了想，如果像他说的试试，我能损失些什么呢？万一某一科考得不赖，是不是也能吓那些老师一跳，证明我虽然成绩不行，但我不是傻子。我突然发现我真的很想吓他们一跳。

那次期中考试成为我初中三年唯一的巅峰，我考了年级第一名。几何代数物理化学加起来丢了一分，英语出奇地简单，大家分数相近，语文题出得很怪，作文是让用白话文写一首唐诗。那首唐诗我恰巧背过，是杜甫的《从军行》，小时候我爸拿着绘图的铁尺子逼我背的时候（我爸一直很推崇传统的教育方法），还要背上注释，所以每一句的意思和典故我都倒背如流，几乎不假思索地把作文写完，而大多数人写的完全是另一个故事。成绩出来那天，隋飞飞、于和美还有其他几个所谓的好学生突然不和我说话了，好像我的第一名是趁她们不注意偷的，她们看我的眼神是看小偷的眼神。安德烈在成绩出来的时候，一下从书桌里跳起来，撞翻了桌子上的几本书，说：成了吧？成了，成了！虽然他的总分比我少了一百多分。在孙老师把我调回前排的时候，他又不停地用袖子擦鼻子说：李默，书桌里的铅笔别忘拿了，钢笔水，钢笔水在我这儿，别忘拿了，你的草纸够吗？我这有草纸，你拿点。好像我不是被调到前排，而是被调到另一个学校。然后在书桌上刻了一个胖脸的小人儿，嘴巴两边耷拉下来，箭头冲下，指着他自己的胸口。

成绩出来没有几天，安德烈下课的时候把我叫到厕所，我们的厕所一般是打架和谈机密之事的场所，我见过乙班的一个男孩儿正蹲着拉屎，突然跑进来几个人趁他屁股露在外面，裤腰带卡在胸口，把他揍了一顿，这人被打得鼻青脸肿，追出去的时候人已经跑没了，他又蹲下来把屎拉完。我还见过有人扶着厕所的墙拿着一封信大哭，我以为他是觉得这一封信当作手纸还远远不够，结果他哭完之后把信叠好揣起来然后撒了泡尿走了。安德烈却是来说正经事的。他告诉我，他在老师的办公室听见，教育局出了一份文件，我们学校今年有一个去新加坡留学的名额，在那里读高中大学，学费全免，还发生活费，只是需要毕业之后在那里工作三年。

我说：这事需要在厕所说吗？今天有体育课，你球鞋带了没？他说：带了，带了。我还没说完呢，老师说，教育局的文件上写，这个名额应该给这次期中考试第一名的学生，那不就是你了？我突然觉得自己想拉屎，赶紧解开裤子蹲下，说：你还听见啥了？他站在我面前说：我没听见别的，老师这两天找你了吗？我说：没有，她把我调回前面就没再找过我。他说：那就对了，她说这话的时候，面前站的是隋飞飞。说完，他满怀期望地盯着我，好像在等着我和他心有灵犀，可是我还是没有明白他的意思。我说：然后呢？他说：你怎么比我还笨？你没听说吗，孙老师现在在自己家里开了个补课班，又怕被人抓住，隋飞飞就帮她在班里拉皮条。我说：什么叫拉皮条？他说：我也不知道，我听我妈说的，反正就是帮她拉学生，你懂了没？我说：我说最近孙老师讲课老是说一半话呢，原来那一半留着回家说。他说：我操，你还是没懂。她是想把那个名额给隋飞飞，这下你懂没？你拉屎真臭。我说：我是第一啊，文件上说是我，她也说了不算。他说：我觉得这里面可能有问题，你最好去问问她，让她知道你知道了。我说：对，我问问她去。然后我一边使劲一边开始想象新加坡是什么样子，开始想象我远离了这里的一切到一个陌生的国度是什么样子。我突然意识到，这也许是我一辈子唯一的机会，像小时候被爸妈反锁在平房里的时候一样，捅开后窗户，爬过一排低矮的小房子，跳在邻居的院里，再爬过一扇高我两头的木门，落在街上，然后在另一个世界，获得新生。我笑起来，笑容旋即僵在脸上，我说：安德烈，你带手纸了吗？安德烈掏出怀里的笔记本，撕了一张空白的给我，说：轻点，这纸硬。

第二节课刚好是孙老师的课，我准备下课就跟着她去办公室谈谈。她却好像知道我在想什么。我们起立坐下之后，她说：这次期中考试，我们班的李默进步很大，大家鼓掌祝贺他。掌声过后，她冲着我说：我就知道你有潜力，所以把你放在最后一排，你这种学生，就得用激将法。然后对着大家说：但是，这次考试的数学卷子的倒数三题，出现了很多误判，数学组讨论了之后，发现很多同学的证明方法虽然和标准答案不一样，但是也是正确的，所以决定给一些同学修改分数，老师们虽然辛苦一些，可是只有这样，成绩才能公平一些。她拿出一份新的成绩单，说：这个事情对我们班的影响不大，只是，我看看，年级第一名是我们班的隋飞飞，李默是第二名，还都是我们班的学生，而且就算是第二，李默的进步已经很大，大家鼓掌祝贺他俩。我没有鼓掌，趴在桌子上。整整一堂课，我都没有把头抬起来，我怕看见老师，不知道为什么，那个时候我就怕看见她的脸。下课的时候，安德烈走过来喊我：李默，体育课了。我没有动，我感觉如果我把头抬起来，这一节课流出的眼泪会从臂弯里淌出来。他伸手摸了摸我的头发，我听见他用那两条僵硬的腿跑出去了。现在回忆起来觉得真的奇怪，我初中三年只流过那么一次眼泪，之后的很多年在我爸去世之前基本没有掉过眼泪，只有那么一次，眼泪毫无预兆地袭来，几乎把我冲垮。

之后的几天我一直有些恍惚，我没有向我爸妈说起，说了只会更加印证他们的人生大部分时候都是无能为力的。我的恍惚是因为我一直在和自己讲话，说服自己新加坡这件事情从来没有存在过，我这样的人怎么能和这样的地方发生关系？安德烈一向喜欢胡思乱想，谁要是相信他的话一定倒霉，他还说人不是从大猴子进化来的，关于新加坡的故事就和猴子的故事一样，只是他小世界里的幻觉。

突然有一天傍晚，孙老师几乎是把门撞开，冲进教室里，她的脸完全变了样子，像是谁刚刚刺了她一刀，她正要找兵器刺回去。她喊道：李默，安德烈，给我出来！我俩还没有站起来，她已经跑过来，先是我，然后是安德烈，她拽住我们校服的领子，把我俩拖出教室去。我不敢相信她竟然有这么大的力气，她几乎是把我俩一个胳膊夹一个，提进校长室，鲁智深倒拔垂杨柳也不过如此吧。我还来不及想我们到底捅了多大的娄子，就已经立在校长室里。而这时候我发现，我爸妈竟然都在，还有两个中年人站在他们俩旁边，应该是一对卖肉的夫妻，因为男的系着一个围裙，上面都是血和油，如果不是刚杀过人，那就是刚杀过猪。我看到他的脸，突然明白他就是安德烈的爸爸，两个人简直长得一模一样，只不过他的脸就像是安德烈的脸不小心掉在地上，被过往的行人踩了几年。系着围裙的男人突然冲过来，一脚把安德烈踢倒，说：操你妈的，你活着就是要我的命，你再不死，我和你妈就都让你气死，踢死你，踢死你我给你偿命。他和着自己的节拍，把安德烈踢得满地打滚，女人并没有上去拉住他，而是两手拢在袖子里，小声说：挣的钱都给你花，你这些年花了多少钱，你把我们挣的钱都花了你。老安，回家再说吧，老安。我爸这时候走过来，拉住他，说：同志，这不是打孩子的地方，也没有这么打孩子的。他把两只手在围裙上蹭了蹭，好像刚才是用手踢的，说：大哥你不知道，以后不是他死，就是我死。安德烈趁机靠着墙站起来，手捂着肚子，人突然小了一圈。在他们走动的时候，我看见柳校长坐在他的大办公桌后面，阴沉着脸，好像在等小鬼们闹完了，在生死簿上打钩。他说话了，我第一次听见他这么近地对人说话，感觉特别刺耳。我现在想听你亲口说，这张大字报是不是你写的？安德烈说：是我写的，不是别人。好，那是谁把它贴在校长室的门上的？是你自己，还是有别人？安德烈说：是我贴的，没有别人。安德烈的爸爸这时又抬起腿踢了他屁股一脚。柳校长说：同志，这不是菜市场，孙老师，如果他再打人，你就把黄师傅喊过来。黄师傅是我们学校资格最老的德育处老师，每天都带着手铐上班。安德烈的爸爸说：校长，我就是想让他站直了，你给我站直了。柳校长继续对安德烈说：同学，你要想好，你的回答对于你很重要，你现在还小，不要以为讲朋友义气是多么光荣的事情，搞不好会耽误你一辈子。他说：我从不骗人，这张纸是我写的，草稿我可以拿给你看，在我的书包里。贴上去的也是我，昨天晚上八点左右贴的，用了一卷透明胶，我怕有人帮你撕下来，你看不见，我贴了三层。柳校长点点头，"大字报"一直摆在他的桌子上，一张卷子那么大。撕下来的人当时一定费了一些工夫，整张纸没有一点损坏，透明胶粘在纸上，上面的字迹就像写在水里一样。

柳校长把它递给孙老师，说：你给几位同志念一念。孙老师接过来，小声念：大字报……柳校长说：大点声，你不知道大字报怎么念吗？孙老师努力笑了笑，大声念：大字报，炮打孙老师。红军不怕远征难，万水千山只等闲。五岭逶迤腾细浪，乌蒙磅礴走泥丸。柳校长，我是初二丁班的一名学生，李默也是初二丁班的一名学生，孙老师是我们的班主任，也是我们的老师。李默是这次期中考试的年级第一名，我不是，隋飞飞也不是，李默应该去新加坡，不是我，也不是隋飞飞。孙老师……念到这里她停下来，有些不知所措，安德烈小声说：篡改。原来她不认识"篡"字，这不奇怪，我们的老师们经常会不认识一些字，语文老师倒是认字多些，可是有时候她会被两位数之间的加法搞糊涂，比如给我们合分数的时候。孙老师排除了障碍继续念道：篡改分数的做法违背了毛泽东思想、邓小平理论、五讲四美、以德治国和柳校长制定的校规，我坚决拥护毛泽东思想、邓小平理论、五讲四美、以德治国和柳校长制定的校规，我要向孙老师这种行为开炮，不止一炮，如果她不改正，我还要继续开炮，我愿意做一门拥护毛主席、邓小平同志、江泽民同志和柳校长的迫击炮。最后，我想说的是，去新加坡的应该是李默，不是我，也不是隋飞飞。此致敬礼，最最崇高的敬意，初二丁班，你的炮手，安德烈。校长室里安静下来，安德烈的文采超出我的预料，他不但留下名字，竟然称自己为"你的炮手"，他竟然还要拉拢柳校长做自己的后盾，我一度不敢相信这是他写的，可是确实是他的字迹，忽大忽小，弯弯曲曲。柳校长说：开炮这个词你从哪学的？安德烈说：我们曾经做过一道阅读题叫《炮打司令部》。柳校长点点头说：同学，你的出发点是好的，有什么事情可以讲，我们学校一直鼓励学生把自己的想法讲出来，这样我们才能知道你们想些什么，才能更好地教育你们。我心里想：完了，后面是可是。柳校长说：可是，你的方法是极其错误的，极其偏激的，你的这篇东西，是会毁掉一个年轻教师的，也会毁掉我们整个教师队伍对于学生的爱惜。你明白我的意思吗？他摇头说：我说的是事实。她先错的。柳校长说：这个我会调查，谁对谁错不重要，重要的是我不能允许类似的事情再次出现在我的学校里。安德烈说：这不是你的学校……安德烈的妈妈打断他说：校长，你给他一次机会，他是一时冲动，而且他也不是为了自己。我爸马上说：校长，这件事情和我们家孩子可没有关系，我们家李默完全不知情，他我还不知道？他没那个胆儿。安德烈的妈妈哭起来：德舜从小就老实，别人说什么都信，他就是让人当枪使了。安德烈说：

妈,这件事情就是我一个人干的,你诬赖别人干什么?安德烈的爸爸的右手应声动了一下,他应该是想到了黄师傅,手没有举起来,而是说了句:你等回家的。柳校长摆了摆手说:你们的意思我都明白,这件事情我已经心里有数了。这件事情虽然和李默有关系,他一进来我就知道他什么也不知道,不知者不怪。孙老师改分数的做法如果确实有问题,学校决不姑息,一定严肃处理,该谁去新加坡就谁去,按照上级的文件来。他挪了挪面前的茶杯,靠在椅子上,从抽屉里拿出一沓钱,对安德烈说:这是三千块钱,退给你,这是你留校察看的记录和这三千块钱的收据,这不是开除,名义上你还是我们学校的学生,中考我们也会安排你参加,但是从今天开始,你不用来上学了,我们学校的老师教不了你。然后他对着安德烈的爸妈说:如果你俩觉得我的处理有什么问题,你可以向相关部门反映。一会孙老师会安排你们在收据和相关材料上签几个字。孙老师,送几位同志出去,刚才是谁接的他们,一会让他把几位同志送回去。

晚上放学之后走进家门,我爸正坐在饭桌后面抽烟,他问:真有新加坡这回事吗?我说:我不知道,不知道安德烈从哪听来的。他说:校长说有文件,那应该是有这么回事。我说:我不知道,我们谁也没看过文件。我妈拿着一把筷子,撒到桌子上说:吃饭了。我爸说:嗯,去洗洗手,吃饭吧。然后把烟头按在烟灰缸里。烟灰缸里堆满了烟蒂。

过了两天,学校的教学楼上,记过和留校察看的学生的名单旁边，出现了一张红榜，是这次期中考试的最终成绩，第一个不是我，也不是隋飞飞，是一个我们谁也不认识的名字，看名字应该是个女孩子，不知道她后来在新加坡生活得好吗，那到底是个什么样的国家。

孙老师连续几个星期情绪极坏，把隋飞飞都骂了几次，还取消了我们的体育课，她经常在讲课的时候突然开始数落我们，从骂我们脑袋笨开始，最后一句一般都是：你们这帮白眼狼。

三

从 1998 年的冬天，到 2008 年的冬天，这十个春夏秋冬，我经常和安德烈见面。后来我勉强上了大学，毕业之后进了一家小广告公司做些文案工作，虽然也属于我们初中同学里面混得差的，毕竟也算是在社会上厮混着。他初中毕业之后去了一个极差的高中，念到高二退学回家。这么多年，一直待在家里，白天睡觉，等他爸妈睡下之后起床看书。前面几年他一直在研究解析几何和电磁铁，中间几年好像说发现了宇宙里反物质存在的证明，这些研究和发现都属于他自己，他从未想过让除了我之外的其他人知晓，更没有想过要去考个夜校或者学门手艺，到社会上混口饭吃。他一直靠着他的爸妈卖猪肉猪排骨猪血挣的钱养着他。他爸开始的时候经常要把他打出去，可他很经揍，每次挨完揍，躺在床上就能睡着，第二天还是赖在家里。后来，他爸得了膀胱癌，命暂时保住了，膀胱没有保住，腰的附近就多了一个尿袋，每天要倒几次，还得定期打消炎针，于是就打不动他，只能躺在床上指着同样躺在床上的他骂个不停。他有时候会回嘴，因为他知道虽然两张床离得很近，可对于他爸却是无法逾越的距离。两个每天躺在床上对骂的男人要靠着一个女人独自卖猪肉来养，我经常会想象这三个人是怎样痛苦的一副组合。

到了二十一世纪之后，安德烈得到了一台计算机，是亲戚淘汰下来的废品。他每天跑图书馆，终于自己把计算机修好了，还学会了偷邻居的网线，他说：反正他们晚上都睡觉了，我和他们谁也不耽误谁。没多久，他又学会了用代理器上一些国外的网站，他不怎么懂英文，可他说他能看懂，我也相信他。

我们每周都要聚在一起踢球，他的脚法还是那么硬，穿的也还是初中时候的校服，他后来几乎没怎么长个儿，自行车后面夹着初中时候的破书包，书包装着他搜集的报纸碎片。无论我站在哪，他都要把球传给我，有时候会惹一些陌生人不高兴，我只好拉着他走掉，我可不想和他一块挨揍。有一天他跟我说：这周他不能来踢球了，他要练功。我说：练功？他说：嗯，练气功。我说：我还以为你不信这个。他说：这个不一样。他解释了我很多疑问。他告诉我什么叫作真善美。几个月的时间，他不断瘦下去，不知道他是在练气功还是在喝减肥茶。没多久，气功教众闹出了乱子，安德烈又出来踢球了，可是心情看起来很不好，他说：李默，原来都是假的。我说：什么是假的？他说：气功是假的，说气功是假的人也是假的，真相是不存在的。我没明白他的意思，觉得他又出来踢球就是好事情。可从那以后，他的身上开始起了变化，他不再和我讲，他在做什么实验，他心中的宇宙在进行着什么样的演变，而是经常和我谈起新中国成立之后的历次运动，人之间有怎样的龌龊，谁是谁的干儿子，我搞不明白为什么他突然对政治和近代史发生了兴趣，而且主要是政治黑幕和近代野史。他告诉我：迫害知识分子和亩产万斤之类的事情一直在发生，只不过不再是赤裸裸的那种，而是暗地里偷偷摸摸地进行，用人们感觉不到的方式。虽然我混得也不怎么样，可我不能同意他的说法，我告诉他这已经是一个完全不同的时代，苦难依然在民间流行，但是已经完全不是我们父辈经受的那种。而且我们都太渺小，都不配把整个时代作为对手，我们应该和时代站在一起，换句话说，自己要先混出个样来。他也完全不能同意我，他说他拒绝和这样一个时代同流合污。我说你这样活法，革命还没有来到，你已经先成了烈士了。

在很长时间里，我们谁也不能说服谁，可我们也没有因为对时代的看法南辕北辙而疏远。我们还是经常在一起踢球，然后找一个饭馆，喝上几瓶啤酒，他讲他的信念，我讲我的生活，好像在面对另一个自己自言自语，因为谁也说服不了谁，后来干脆变成一种光有诉说而没有倾听的谈话。我们唯一的共同话题是追忆我们的初中生活，他把那段时光当作他一生里最美妙的时光，尽管他的初中生活并不完整，也命途多舛，可是他觉得那时候他能和他的朋友坐在一个教室里，不管当时他受了多少迫害，他管这个叫迫害，他还是无比怀念他仅有的两年初中生活。到了2007年，有一天他兴奋地告诉我，他终于找到了他一生的研究方向。我问：什么方向？他说：朝鲜。我一时没有明白他的意思，我还以为他想要到朝鲜留学，可是朝鲜是不是有大学我都拿不准，他说：我要研究朝鲜这个国家。我说：那个国家有什么研究的？那时候朝鲜正和美国闹别扭，说自己兜里其实揣着原子弹，别看你过得好，我扔你一个，你扔我一个，咱们两个国家就都回到史前了。他说：你不知道，朝鲜太重要了，他是我们的过去，也是我们的未来。我说：照现在看，我们的未来即便不是美国，也不可能是朝鲜。他说：你不知道，李默，这方面你真的不知道。我心想，好吧，那我就不知道吧，在家研究朝鲜，总比时刻准备着提着冲锋枪上战场让人放心。之后他便经常和我说，朝鲜最近怎样怎样。我开始觉得有趣，像是听评书一样听他义愤填膺地讲下去，可是随着他研究的深入我开始有些担心，他讲这些事情的时候变得小心翼翼，有的时候环顾左右，好像随时要塞给我一张秘密图纸。有一次吃饭吃到一半，他正小声讲着朝鲜政府怎么改装老百姓的收音机，让它只能收到一个频段，就是朝鲜中央广播电台，突然他喊道：老板，结账。我说：干吗？我还没吃完呢。他把食指放在嘴唇上，示意我不要出声，然后又喊：结账！出来之后，他告诉我：那家饭店不安全。我说：哪不安全？他说：坐我们侧后方那个人有问题。我的心里升起来一种十分不好的预感，而根据我对于预感的经验，不好的预感通常都要成真。我这次的预感是，我的朋友好像是要生病了。

在我父亲生病的时候，他被杀猪的父母送进了精神病院，导致此事的直接原因是他把他家养了五年的猫掐死了，他怀疑这只猫是间谍，用胡子当作天线发送电波。我没有时间去看他。而在我父亲去世的时候，我想到我这个认识了十二年的朋友，虽然他已经不一样了，可是我还是想找他说说。他接到我的电话马上听出是我，他说：默，你一定是有事找我。我说：你还好吧。他说：我很好，我尽量表现得像个疯子。你那边出什么事了？我尽可能平静地说：我爸今天去世了。他说：叔叔遭罪了吗？我说：最后他肺子里长满了肿瘤，他是给憋死的。他说：肺癌最惨的是，人被活活耗死，叔叔这种还算可以了。我爸的癌症最近也扩散了，我希望他赶快死掉，起码还能像个人一样死掉。我说：既然人要死，为什么还要活着呢？他说：其实，人是不会死的，因为，人在死去那一秒已经不是人了。我说：你什么时候能出来？他说：我进去的时候，大夫问了我无数的问题，我只问了她一个问题。我问：什么？他说：我问她你只需要告诉我，你们放不放无辜的人？我说：她放吗？他说：她笑了，说，欢迎你，这里都是像你一样"无辜"的人。

当他在我父亲葬礼的清晨，提着书包向我走来的时候，我怀疑我不但睾丸出了问题，因为过度劳累，我的精神也出现了幻觉。可马上我知道这不是幻觉，一辆救护车从他身后赶上来，车上跳下来几个男护士，七手八脚把他擒住，他向我喊道：默，别哭，我在这儿呢。他被拖上车的时候，灵车也发动起来，我坐上灵车，向外撒起纸钱，向着和他相反的方向驶远了。

我最后一次见到他，是在我父亲头七之后，我挂着孝走进他的病房。精神病院在离城区很远的地方，也围着铁丝网，可比我们学校的网高出很多。大夫说：他已经认不得人了。我说：一个星期之前他还认得我。大夫说：被抓回来后，他的病情恶化得厉害，院里也加大了药量，辅以物理疗法。他的病房干净得很，没有油渍，没有乱堆的书本和草纸，只有一排白色的病床。他的床靠窗，我把水果放在窗台上，他正坐在床上看书，是《时间简史》，我知道他初中时候就看过，不知道为什么这么多年之后又重看。他好像没有发觉他的床边多了一个人，我叫他：安德烈。他抬头看了眼我，说：别问我，我什么都不知道。我说：这儿怎么样？他把眼睛移回书上，说：此地甚好。我想起来，这句话他曾经给我讲过，是瞿秋白临刑前说的。我在他的床上坐了很久，他一直在看书，时不时用手蘸着唾沫翻动书页，我说：我先走了，你多保重，出来的时候我们一起踢球。他像是没有听见，等我站起来，他突然一边翻书一边说：书桌里的铅笔别忘拿了，钢笔水在我这儿，别忘拿了，我这有草纸，你拿点。我找到他的手握了握，走了。

大夫说我走之后，他的情绪变得很不稳定，袭击了护士，禁止我再去探望。

我再也没踢过足球。

仅此而已。

跋
人

从现在算起，十七年前的时候，我的年龄是现在的一半，十七岁。在那个时期，除了大多数人都有的问题，还有两件事情困扰着我的精神：一是，我的母亲是一位德高望重（虽然那时候她并不老），极容易焦虑的英语教师；二是，我的女朋友，刘一朵，是一位非常可爱但又患有某种青春期疯癫的美丽女孩儿。关于后者，我举一个例子：在高三中间的那个寒假，一天凌晨，我正点着电褥子在被窝里呼呼大睡，身上沾着细汗，当时我做了一个奇怪的梦，梦见自己正在一条狭长的跑道上奔跑，超越了身边一个又一个对手，可就在眼看要达到终点的时候，我跌了一跤，这一跤把我跌得实在够呛，我的双腿忽然不听使唤，怎么也站不起来。眼看着那些原本的手下败将，一个一个地从我身边跑过，我心急如焚，可是两条腿就是怎么也动不了，用手去搬也一动不动，好像两座大山坐落在跑道上。于是我开始用双手向终点爬去，这时整个体育场响起了大人们震耳欲聋的嘲笑声，我破口大骂，可是我的声音瞬间就被更大的嘲笑声淹没了，好像一滴吐沫落入了海水里。当我醒来的时候，我发现刘一朵光着身子睡在我的身旁，我大叫一声，她捂住我的嘴说：你这是骂谁呢啊？我说：你怎么进来的？她指了指窗子，说：你家的窗户没有冻牢。我才明白，她是在隆冬的夜晚，爬上二楼，从外面打开窗子，爬到了我的床上。而我的父母就睡在隔壁的房间里。我想拧身把她压在身下，这时我发现，我的双腿被绑住了，这个刘一朵用胸罩绑住了我的双腿。那个夜晚，她再次捂住我的嘴骑到我的身上，好像提着缰绳在草原上奔驰。最后她解开我的双腿，穿上胸罩从窗户溜走了。

之后我怎么也睡不着，我实在想不起来，最后我到底是不是爬过了终点。

而我的母亲，所作所为要比刘一朵文雅得多。她那时四十五岁，看上去还要年轻一点，她擅长打扮，衣柜里有无数条各种颜色的丝巾。她教过的学生全都对她无法忘怀，他们给她起了一个外号叫作上校。原先可能前面还有一个德国军官的名字，一些年过去，只剩下上校两个字。她这么多年来成功的秘诀是，永远不要把学生当作自己的臣民，而是当作自己的敌人。这让她时刻警觉而且重视每一个学生。我曾经翻到过她的一个小本子，上面罗列了她历年来在学生中安插的线人的代号。她还在代号底下对他们的工作进行品评。而不幸的是（当然这也是她自己的意愿），我是她班级上的一个学生，这让她在面对我的时候陷入了两难的境地。就在高考之前，一天早饭的时候，我正喝着她精心熬制的补脑汤，她突然问我：儿子，你想没想过，如果你落榜了怎么办？我说：那我就去肯德基当服务员。父亲看了我一眼，没有说话，他的眼神里分明在问：为什么不是麦当劳？母亲点了点头说：不错，有计划就好。如果你落榜了，你知道我会怎么办？我说：我不知道，你别太难过就行。她说：我会去死。然后她站起来，像往常一样，系上一条蓝色丝巾，收拾好碗筷，慢悠悠地夹着教案走出了家门。

在考过最后一科的那个下午，我和刘一朵坐在考场外面的操场上。我们看见其余的人从我们眼前向大门口走去，他们有的两三个聚在一起，热烈地讨论着，好像此刻的讨论能够更改已经发生的事实，有的人用手背抹着眼泪，独自慢慢地走着，有人把书本抛向空中，大叫着向门外狂奔而去。操场上遥遥相望的两个球门，没有网子，好像永远不会相遇的两张嘴巴。我们知道门外就是我们的家人，此时他们绝对不会离去。刘一朵跟我说：哎，问你个问题。我说：问。她说：你到底是喜欢我多一点，还是喜欢别人多一点？我说：别人是谁？她说：别人就是别人，别的人。我说：那喜欢你多一点。我们分头走吧，横竖都要出去，大不了再来一年。她说：还有个问题，你知不知道世界上最大的中心广场在哪里？我说：这时候不要再给我问答题，我做卷子已经够够的了。她从书包里拿出了一千块钱，和两张车票，说：我们跑了吧。这时候天光正亮，操场上空无一人，盛夏的暖光落在刘一朵的脸上，我看见几颗被挤破但尚未痊愈的青春痘，看见她充满着欲念的薄嘴唇,看见她镇静而又温情的大眼睛。日光倾城。胸中有一种热气荡开来,在脊柱里缓速地流动。有一次,几个外校的孩子来我们学校寻我,他们想要结结实实地揍我一顿,这事儿的起因好像是其中一个孩子从我们学校转学过去,他和我的母亲有点恩怨。我在教室里等了很久,然后准备从学校的后门逃走,可是刘一朵已经去前门挥舞着带钉子的板凳条把他们击溃了,不知道为什么,这时候我想起了这件事。我说:你穿着裙子能爬墙吗?她用实际行动证明了我的担心是无谓的,她脱掉裙子叼在嘴里,穿着内裤翻过学校的围墙,我紧随其后,从墙头跃下的一瞬间,我感到从未有过的欢愉,似乎在空中飘浮了很久,像跳水运动员一样折叠翻滚了几周,才终于落在地上。

火车站到处都是人。许多人背着大包,包的体积基本上和人相当,有的人除了背着大包,手里还抱着孩子,孩子在这种嘈杂的环境里肆无忌惮地大哭,像指南针一样挥舞着小手。我和刘一朵,背着书包,拉着手挤在人群里,我忽然对自己的轻装简从感到有些惭愧。一个老人,足有八十岁了,脸上的尘土和皱纹好像伤疤一样结了痂,光秃秃的头上长了一只红色的瘤子。他弓着背走到我们身边,晃动着手里的铝制饭盒,里面有几枚小小的硬币,无情地相互撞击。佛祖保佑你,菩萨保佑你,他对我们说。我扭过头,看向别处,刘一朵从书包里拿出一百块钱,放在他的饭盒里,我说:你干什么?烧的?她说:让佛祖保佑我们吧,能顺利看见那个广场。我说：然后呢？还回来吗？她说：你想回来吗？我说：我不知道。她说：你是那种人不？能赚钱养家那种人。我说：我不知道。她说：你养我吧，好不好？我伸出头，轻轻地吻了吻她的嘴唇。

终于挤上了那列绿皮火车，我们裹挟在人流里，向着自己的座位移动，根本就不用费力，因为前胸后背都贴在别人身上，只需要适时地移动双脚就可以。等我们终于挤到了座位，火车已经驶出了站台，把一栋栋楼宇甩在身后，窗户外面的景物也开始逐渐稀疏，露出大片的旷野和零星的小屋，我看见有些小屋的屋檐底下，挂着成串的辣椒和玉米，有人站在迟缓流动的小河边上，从河里向外拽着渔网。落日在向远山的外缘靠拢，余晖散在所有的景物上面，使人发困。刘一朵倚在我的肩膀上，瞪着眼睛沉默不语。车厢里闷热异常，没有座位的人东倒西歪，包围了我们，有人试图钻进我们的座位底下睡觉，被我拒绝了，刘一朵穿着裙子呢。

"热吧？啊？"对面有一个人问我。

"热啊，上不来气。"我说，车厢里有股混杂的臭味，可是我没好意思直说。他坐在我的正对面，四十岁左右，皮肤晒得黝黑，穿着一件黑色T恤，两只手叉在一起，放在我们面前的茶几上。手指又粗又长，关节好像核桃一样。一双浑黄的眼睛一眨不眨地看着我。

"来，把窗子开开。"

我们俩一人扶住一边的把手，向上一提，把车窗拉开了一道大缝。风"呼"地吹进来，车厢里的气味也向外逸散了。我发现这人力大无比，我还没有用力，手刚刚放在把手上，窗子已经向上开启了。刘一朵一只手按在我的裤裆上，把鼻子送到窗户旁边，努力吸气，风吹动着她的短发，使她看起来如同奔跑一样，我担心她一不小心摔出去，把她拽回座位。

"你们到哪里？"中年人问。

"北京。你呢？"刘一朵坐回来说。

"我回家。你们以前去过北京吗，北京？"

"没有。"

"我也没有。我一直想去看看天安门广场。"

"然后呢？"刘一朵问。

"我去过好多个城市，有二十几个吧，就是没去过北京，北京。有意思不？"他从挂钩上的兜子里翻出两个苹果，递给我们。

"不吃，谢谢你。"刘一朵看着他的手，说。

他把两个苹果小心翼翼地放在茶几上，说："你们俩多大了？啊？"

"十七。"我说。

"好时候。十七。好时候。"这时我发现，他虽然力气很大，可是那两只放在一起的手，一直在轻微地抖动。每次说到一句话的末尾时，都要扭动一下脖子。好像想用下巴给脖子根挠痒痒。

"小兄弟，十七，好时候。"他又重复了一遍，然后突然扫视了一下我们俩说："能喝一点吗，一点？我请。"

刘一朵偏过头，看着我。我和她喝过酒，那是个冬天，我们刚刚恋爱，她的父母也刚刚分开。喝过酒之后，跑去城市中央的广场放风筝。我拽着风筝奋力奔跑，她在我的身边拍手笑着，后来寒风把风筝吹到了广场中间那尊领袖人像的脑袋上，风筝线缠上了他的脖子，我和刘一朵比赛谁能先把风筝取下，有几次我差点从人像的大衣上滑下去，那是一个五米高的人像，也许滑下来会摔死吧，可是当时好像已经忘记了这些，刘一朵抢先站在了他的肩膀上，向天空挥舞着风筝。我也许永远不会忘记她当时的样子。

要么不喝，要喝大家一起喝，今天正应该喝一点，一点。这是刘一朵眼神里的意思。

"能喝一点。我们俩都能少喝一点，我们请吧。"我想要招呼卖货的列车员。

"不用不用，"他把两手一拍，"我年纪大，酒和菜我都带了，这就好了，我们有七个小时，小时。"他再次把头扭了扭，用手指了指上面的行李架："劳驾把那个黑箱子帮我拿下来，东西都在里面。"我站起来帮他把箱子取下，箱子不赖，还有密码锁。他背对我们调开密码锁，把行李箱打开。里面满满一箱子罐装啤酒，一件衣服都没有。

"我的东西，数这箱子最贵。有意思不？"

我开始怀疑这人有些问题，也许是傻子，也许是和傻子相近的某种状态，可是刘一朵好像没有意识到这些，她把那人递给她的酒打开，迅速地喝了一大口。

"你是做什么的？"她问。

"我啊，"他再次把苹果递给我们，"下酒菜。我啊，我干过好多事情，好多事情，卖过东西，修过自行车，还在火葬场给人挖过坑，骨灰盒知道吗？"说着，他用手比画一下骨灰盒的大小："把骨灰盒放进去，上面盖上石板，有时候坑里渗水，我就得把水舀出来，有意思不？像是船要沉了那样，赶快把水舀出来。"

说完，他打开一罐啤酒，把拉环顺着窗户扔出去，几口把酒喝干，然后又拉开一罐，把拉环扔出去，端着酒看着我们。

"刚才那杯是解渴，这杯是欢迎你们来到北京，北京。"说着他在我们的酒罐上撞了一下，又一下把酒喝干了。

刘一朵也喝光了酒，她的脸颊开始泛起红润，眼睛变得水汪汪。她再次把手放在我的裤裆上，然后在我耳边说：

"我喜欢这哥们，一会跟我去洗手间。再喝一会的。"

我喜欢洗手间，想一想就让人喜欢啊，飞驰的火车上的洗手间。

"你现在干什么啊？"刘一朵问。

"我很小就出来了，比你们还得小两岁，什么也没有，现在我有钱了，"他冲上指了指他的箱子，"我有钱，这衣服是脏了，可买的时候很贵，不信你摸摸，料子好。我现在替人打架。"

"替人打架？"我说。

"是，替人打架。"他抓住衣襟向上掀起，前胸有一道修长的刀疤，好像平原上一道紫红的山脉。"我用棍子，铁棍，这么长，一下把人敲倒，有意思不？我有劲儿，不信你跟我掰腕子，小兄弟，咱俩掰腕子，我让你两只手，啊，窗户得关上，要不然把你扔出去。我掰腕子没输过，有一次赢了两百块钱，你信不，我掰腕子也能挣钱。"

他咬了一口苹果，又把酒喝光了。

"我和我爸打了一架，因为什么，我现在想不起来了。小兄弟，我告诉你，你应该少喝点酒，慢点喝，对，一口一口喝，对，就这样，用嘴喝，别用喉咙喝。我把他打趴下了，我妈把我拦腰抱住，我给她来了个大别子。坐长途汽车，跑到了一个地界，什么地界，反正很冷，我就在那给人修车。我先把夹克卖了，卖了二十块钱，卖给了一个收破烂的老头，然后我买了个气管子，在路边给人打气。用我的气管子，自己打气两毛钱，我给他们打气五毛钱。两只手都是冻疮，可是我给自己挣了口饭吃。如果一直那样也挺好。可是世上很多事情和你想的不一样，这是我总结出来的，无论你怎么想，世上的事情就是和你想的不一样。"

他低下头，看着自己的两只手，他把两手摊开，两只手已经不再颤抖。然后他抬起头看着我们。

"这是谁的主意？"他说。

"什么谁的主意？"我说。

"你们两个跑出来玩，是谁的主意？"

"我的主意。"刘一朵说。她已经喝多了，不是在说话，好像是突然嚷了一声。

"书包里是什么东西？"他一直在喝酒，我发现自从他喝上酒之后，脖子也不勾了。

"没什么东西。都是书。"

"打开我看看。"

"你什么意思？"

他拿起半只苹果扔出车窗，火车正和另一列车交会，苹果摔在那列火车的车窗上，发出"嘭"的一声闷响。

"打开我看看。"

"给他看看。咱们书包里有什么啊。"刘一朵又嚷起来。

我转头看了一眼身边的人，他们有的向这边望了一眼，不过好像没有看见什么，夜已经来临，车厢里的灯还没有亮起来。坐在那人旁边的中年女人，用头巾裹住了自己的脸，一只手抓着自己的皮包，在睡觉。大家都在昏昏欲睡。

他接过我们的书包，移开啤酒罐，把东西倒在茶几上。我的书包只有几本教材，准考证和考试必需的文具，刘一朵的书包东西可就多了。钱，床单，被罩，化妆品，安全套，还有一把折叠刀。

他拿起钱数了数。

"九百块钱，干什么用的？"

"去那边生活啊。"刘一朵笑着说。

"生活,生活,啊?"他把钱放回茶几上,拿起那把折叠刀,打开,用手试了试刃。

"这是干吗的?给苹果削皮?啊?"

"谁敢欺负我,我就捅他。"刘一朵说着,右手做了一个前刺的动作。

他把折叠刀放在我手上说:"来,捅我试试。"

"我不捅。"我说。

"捅我试试,啊?"

"不捅!"我感觉自己好像有点生气了。

他一把把刀夺过去,掰折了,扔在茶几上。

"赔我刀,你大爷的!"刘一朵站起来,伸手向他的头发抓去,他拿住刘一朵的手腕一拧,刘一朵嚎叫了一声,坐在我的身上。她挥拳向我打来,劈头盖脸地攻击我的脑袋。

"给我打他,打他!"

我任她痛打,没有出声。到底是怎么搞的?什么时候一切就全不对劲了?

窗外的夜色已经沉下来,月亮高悬,默然无声,只有夜风吹进来,不是熟悉的气味,我发觉这是全然陌生的地方。

刘一朵不闹了,抱着我的胳膊呜呜地哭了起来。他又拿着那叠钱看了一会,好像是他突然捡到的,在想着应该拿这钱怎么办。终于,他把我们的东西全都放回书包,钱,安全套,一样一样放回去。他把两个书包递给我说:"我爸死了，有意思不？"

"哦。"

"我爸死在家里的炕上，死之前一声不吭，他能说话，但是一声不吭，有意思不？"他看着外面，又喝起了酒，这次喝得很慢，一口一口从喉咙里咽下去。

"下一站我就下车了。到家了。"他轻声说着。我好像透过衣服，看见他的刀疤在闪闪发光。

车厢安静下来，刘一朵不哭了，她睡在我的怀里，嘴角流出的东西弄湿了我的校服。我和他谁也不说话，就这么面对面坐着。在之后的几个钟头里，他无声地喝光了所有啤酒，把空酒罐一个一个扔出窗外。没有发出任何声响。

在一个陌生的站台，我从来没有听说的一个地方。他取下了挂钩上的兜子，对我说："小兄弟，劳驾，帮我把那个东西拿下来。"我站起来用手去摸行李架的深处。那是一根木头拐杖。他接过拐杖支在腋下，从黑暗里立起来。一个只有一条腿的人从黑暗里立起来。他把兜子斜挎在肩上，一手拉着轻飘飘的行李箱，看也没看我们一眼，挤在人群里一晃一晃地走开了。

刘一朵醒来的时候已是午夜，我还没有睡着，她用手理理头发，晃了晃脑袋。

"人呢？"

"下车了。"

"我们的书包？"

"在这儿呢。"

"刚才我闹了吗,是不是打你了?"她看着我身上的脏东西说。

"没有,你一直在睡觉。"

她贴过来舔了舔我的耳朵,说:"我们再也不和陌生人喝酒啦。还有多远了?"

"还有最后两站吧。"

"跟我去洗手间吗?"

我看了看她,她是认真的。

"去吗,帮你把衣服弄弄。"

火车的洗手间狭窄坚固。在这个密闭的空间里,她用手纸帮我把衣服擦干净,然后脱了我的裤子,蹲了下去。

"谢谢你跟我出来,我爱你,你知道不?"

过了一会,她脱掉自己的裤子转过身去。

我看着那块黑暗,弯下腰帮她把裤子提上,然后抱住她说:"我们回去吧。"

她推开我:"害怕了你?"

"不是害怕。我们回去吧。"

"我要去天安门广场放风筝。我要去天安门广场看你给我放风筝。"

"那个地方不能放风筝。"

"我不管,那是他们的事儿。"

"那个地方不能放风筝啊。"

"最后问你一遍,你跟我去还是不去?"

"我真的得回去了,跟我一起回去吧,好不好?"

她伸手摸了摸我,好像在摸一件自己的东西,然后贴过来吻了吻我的脸颊,打开门出去了。

我撒了泡尿,洗了洗脸,在那块脏兮兮的镜子里,我看见自己十七岁的面容,窄小,白皙,在那个时刻,那是无法更改的十七岁。

我回到座位,发现刘一朵和她的书包已经不见了。她的位置上坐了一个三十几岁的女人,借着头上昏暗的小灯,在看一本书。她身体匀称,穿着一件素色的连衣裙,头发在脑后梳成马尾,看上去十分美丽。我走过去把窗户关上,那窗户真是沉得可以,我把整个身体压在把手上,才终于咣当一声把它关上了。

"谢谢。"她说。

火车再次停靠的时候,我没有看清到了哪里。但是我下了车,在火车站睡了一夜,第二天一早,找到一部公共电话。我回到家里的时候,感到前所未有的疲倦,爬到自己的床上很快就睡着了。等我醒来的时候,发现父亲睡在我的身边,鼾声如雷,母亲在厨房里准备着早饭,她的动作很轻,好像拿着什么易碎品。

半个月之后,母亲让我去复读,她已经完全恢复过来,找回了过往和我交谈的方式。

"出息点,好吗?你想让我活不?"她坐在我面前,妆容典雅,即使在家里她也穿戴得相当整齐。

之后我再也没有见过刘一朵。没有人找到她。现在的我,大部分时间在北京生活,偶尔回家。我从没有遇见过她,即使在天安门广场,在全国各地来此朝圣的人流里,我也从没有遇见过她。

我也没见过有人在那里放风筝。不过据我观察,在夜深人静的时候,那里确实是一个放风筝的好地方。

long眠

长眠

唯有我一人逃脱，来报信于你。

——《圣经·旧约·约伯记》第一章第十九节

老萧死了，这让我始料未及。按道理说，我应该死在他前面。我比他大两岁，我属鼠，他属虎，从属性上来讲，他站在食物链的顶端，而我是个任人驱赶的小东西。从年龄上说，如果我们两个一起活下去，不生病，也应该是我先死，这么说似乎有点奇怪，不生病的人该如何死去呢？死无论怎么突然，似乎都要走过病变的过程，即使从三十层楼跳下，脑袋接触到水泥地面的一瞬间里，好像也是先有一个组织飞散崩坏的过程，然后才是死亡。不过老萧曾经跟我说过，经他的研究发现，病和死是两码事。病是理性的，或者换句话说，是写实的，而死亡，是哲学的，换句话说，是诗性的。他这么告诉我的时候，我们两个还是朋友，所以我深以为然，也曾经把他这套理论跟别人讲过，忘记了是否注明了出处。而后来我们交恶，我想把他和与他有关的东西全盘否定，但是发现很难，一种言论一旦与人分离，就生发出独立的命运，有的甚至相当强悍，你越是想要否定，越是沉溺其中，否定的过程成为了一次更为深刻的领悟。

就目前来讲，老萧在死亡这个章节里毫无疑问地领先了我一步，就像某些享乐主义人士说的，再丰富的想象和严密的逻辑也抵不过切身的体验。而且他这一死，也就拥有了永远沉默的权利，就算你具备了击败他的能力，也无法促成击败他的事实。他的死是小米告诉我的，当时我正在公司上班，为客户量身定做一套理财计划，所谓理财，即是说服对方把他的积蓄借给我使用，如果使用不当，到了还款的日子，就把别人的积蓄借给他使用。据我的观察发现，有很大一部分人，会因为你送给他一个价值二十块钱的"太阳能手电筒"而把毕生的积蓄交给你。所以我通常会自掏腰包，准备各种各样的小礼物，待摸清对方的品性之后，酌情赠送。那天我正在给一个四十几岁的妇人出示一面能够瘦脸的镜子，即使胖头鱼照上去，也如泥鳅一样纤细。手机响了，是个陌生的号码，我接起来，礼貌地说了你好，因为我本人也经常会打骚扰电话，十个里面有五个，会不声不响地接起，不声不响地挂掉，这是比被骂几句更难过的事情，好像自己身上有种难闻的气味。可是这次十分奇怪，我说了你好，竟然轮到对方沉默起来，我说，无论您是哪位，我都是您最贴心的理财经理，您的每一份积蓄都是我的生命，我会像捍卫自家庭院一样去捍卫。那边又沉默了几秒，说，说不出来，给你发短信吧。说完电话挂掉了。那声音十分熟悉,可是一时想不起来是谁。两分钟之后,短信来了:老萧死了,有事请你帮忙,我是小米。我把短信看了两遍,确认应该没错。我跟坐在对面的妇人说,姐姐,我收工了,镜子你留下。她说,我还没决定买不买呢。我说,没关系,不买也送,买的话我再送别的,记住我的电话号码,还有记住,我是您最贴心的理财经理,您的每一份积蓄都是我的生命。她说,知道了,你会像捍卫自家庭院一样去捍卫。我站起来拿起手提包,走出公司,找到一片非常空旷的地方,把电话拨了回去。

关于老萧、小米和我的关系,如果用最简洁的语言概括,可以这么来讲:老萧是诗人,我的朋友,小米曾经是我的女朋友,后来和他跑了。我也曾经喜爱过诗,大学里写诗的人不多,诗社也没有,据说曾经有过,在八十年代,油印的刊物,但是在八十年代末的时候,因为有人成了"暴徒",手里拿着诗刊作为武器,妄图击穿坦克,看起来相当危险,诗社就被断掉了。到了二十一世纪,曾经有人搞出一次复兴,不过由于领头的乱搞男女关系,使几个女孩儿相互撕咬,后到了寻死觅活、分别割腕的程度,闹到了校方。诗社又一次消失了。我从高中时期开始写诗,写在教科书的空白处,从未示人,从未朗诵,也从未想认识另一个诗人。在那个年纪,写诗对于我来说,等同于自渎,属于应该在被窝里干的事情,是无法启齿的快乐经验。大学里的第一个圣诞节，晚上天空下起了大雪，寝室的温度降到了零下二十度以下，供暖系统彻底失灵，暖气管爆开，流出冰碴，饭盒里的面条冻成满头乱发的方脸，所有被褥都变得像纸片一样薄。室友们挨不过，全都上了街，伙着女生去了市里的教堂，据说那座教堂有座大钟，一年到头只被允许在今夜鸣响，一旦响起，就会传遍城市的四面八方，第二天就会多了许多信徒。我留在寝室看书，《白鲸》，"别的诗人用颤音赞美羚羊柔和的眼睛以及从不落地的鸟儿的可爱的羽毛；我没那么高雅，我要赞颂的是一条尾巴"。《白鲸》是我最喜欢的一本书，曾不断地重新看过，但是一直没有看完，我不知道那头苍老的硕大无朋的鲸鱼到最后究竟怎么样了，也不知道埃哈伯船长和他的"披谷德"号是不是回到了故乡。而我重复阅读的唯一理由，不是要知道这些，而是单纯地想要读它。

寝室的门缝里塞进来一张纸，上面分三行，用蓝色钢笔水写着一句话：午夜十二点／操场中央／有诗／蜡烛／和不会熄灭的雪。我推开门看去，走廊里空无一人，声控灯兀自亮着，然后熄灭了。

临近午夜的时候，我穿好棉衣，戴上帽子和手套，向操场走去。远远看见在操场中间立着一个人影，一手端着蜡烛，另一只手挡着。雪片很大，密密麻麻地落下。他看见我在远处停住，把身子转向了我。我没有动，风撕扯着蜡烛的火苗，在火光波及的区域，我看见那人留着很长的刘海和浓密的胡子，离烛火的外焰很近。和火苗一起随风摆动。

"是来听诗的吗?"他喊道。

"是。没有别人吗?"

"还没有。请过来吧。"

我走到他近前,发现此人相当高,也相当瘦,手掌也相当大,拢起来如一口钟,也许若不是这么大的手掌,蜡烛早就灭了。他从怀里掏出一个本子,说:"现在读可以吗?"

"可以。"

苹果河

冬天从北方的老人脸颊开始,
然后死在南方的女人腿上。
我从一只苹果的中途啃咬,
吃到它腐烂的瞬间。

苹果啊
我为你送葬。
我用担架抬着你的核,
葬你在活水之滨,
让那无主的残舟为你守灵吧,
我要回家去,
等待你明年漫过河堤的时日。

念完,他用大手把诗稿揣回衣服里,说:"念完了,觉得怎么样?"

"不懂。什么意思?"

"你写诗吗?"

我想了想说:"有时候写。"

"能不能念念?"

"不能,太冷了,你刚才怎么张开嘴的?"

他手中的蜡烛烧到了一半,烛泪把下面的雪滴出了一个细洞。看不见他的鞋子。

"我的脚没有知觉了。"他说。

"我也是,我们走吧。"我说。

"去我寝室聊聊,我走的时候烧了热水。你说我的脚会坏掉吗?"

"不会的,雪这东西保温。"

"坏掉也没关系,什么事情都有代价。"

他说完笑了,颧骨动了动,眼毛冻得像树挂一样。我们俩走出操场的时候,他还举着蜡烛,已经烧成了一个小方块。迎面走来一个女孩儿,穿得极多,把自己捂得溜圆,她朝操场中间看了看,又看了看我们,说:"同学,我来晚了吗?"

后来我们三个来到他的寝室,聊到天亮,女孩儿也读了一首自己写的诗,大个儿找纸记了下来,改了一些词句。我在雪停的时候睡着了,完全忘记了那首诗的内容,只记得女孩儿脱下外套后,胸口扁平,十分瘦弱纤细,声音却平静坚定。我还记得一直没有听见教堂的钟声。

电话响了半天,小米才接了起来。"老萧怎么死的?"我听见那边好像传来了放鞭炮的声音。"很难说清楚。你现在怎么样?为什么不发短信?"她说。"我很好,卖东西,你找我什么事情?""老萧临死的时候,让我找你帮他一个忙,他说你不会拒绝。""他以为他是谁?凭什么我不会拒绝?""因为他死了,"她说,"而且你是他的朋友。"然后又是一声鞭炮响,好像就在她身前炸开了。"我现在事情很多,客户都缠着我,即使我想帮,也可能力不从心,况且死了又如何,死了个陌生人我一点也不在乎,世界上哪天不死人?你现在在哪?""他想让你把他下葬,他不想被烧掉。"我把电话挂掉,走回了公司。

坐在自己的座位上,拿着鼠标乱晃,找不到想要点开的那个图标。临近毕业的时候,我和老萧动过一次手,我抓住他的头发,把他往桌角上撞,他用手死死推住桌子,把桌子推得如磨盘一样在日租房里打转,小米坐在床上,光着身子看着我们。老萧踩中地上的一只避孕套,摔倒了,我骑在他身上,打他的脸,他想用手把脸捂住,我用一只手把他的手扯开,另一只手扇他的耳光。小米走下床去,拉开窗帘,外面是普通的夜晚,远处闪烁着陌生人家的灯光。"我跟他走,"她说,"我决定跟他走了,我已经决定跟他回去了。"我掏出手机发了一条短信过去:把地址给我。小米很快回复了,并且详细写了在何处换车还有诸多需要注意的事项,因为那是一个相当偏僻的地方，北方的农村，下了火车需要换乘长途汽车，然后再叫跑夜路的黑车。我知道那是老萧的老家，他曾经跟我讲过，冬天的时候，尿出的尿会马上结冰，村子周围有一条清澈的河，村子里念书的孩子不多，可是他却学会了写诗，我还记得他说起此事的时候不是洋洋得意，而是有些悲伤。

下午我跟上司请了假，说自己被诊断出得了肾结石，明天要去医院体外碎石。上司同意了，并告诉我一个偏方：你可以尿尿的时候跳一跳，对，像这样跳一跳，然后用两只手拍你的后腰，后腰是假，拍的是肾，肾知道吗？对，就是那。边跳边拍，小石头就会出来。那大石头呢？我问。大石头出不来，你以为你的输尿管有多粗，也不是松紧的。那中号的石头呢？中号的石头？他想了想，会卡住吧。还是去医院体外碎石吧，卡住了就麻烦了。我照着小米的指示买了车票，在一个小站下了车，只有我一个下车的乘客，车门在我身边迅速地关闭了。站里面也没有几个人，候车室里都是空座位，有人躺在上面，发出鼾声。站外有人摆摊，算命的，卖袜子的，还有卖艺的人。我已经很久没有看过有人在街头卖艺了，那是一个四十几岁的中年人，带着一个十几岁的孩子，孩子不停地把板砖砸在自己的额头上，粉末从脸上流下，中午人光着膀子对着一支火把喷着火，时不时向观众龇一龇两排黑牙。我找到了到那镇上的长途汽车，那个镇子有个奇怪的名字，叫玻璃城子。上车的时候我问司机，师傅，到玻璃城子大概多久？车上竟然一个人没有，好多座位都坏了，锈迹斑斑，有的地方油漆掉了，露出肉一样的白铁。车门也有些问题，打开之后迟迟无法关上，司机用手把车门关严，说，你到玻璃城子？我说，是。一定要去？我说，是。那你还问它干吗？他说。我被噎得够呛，鼓起勇气又问了一个问题，师傅，为什么车上没有人呢？他说，你去之前不知道那是哪里？我摇摇头说，不知道。你去那干吗？一个朋友去世了。他从副驾驶上拿起一个带着白毛的皮帽扣在脑袋上，说，那里几乎没人住了，因为正在塌陷。我说，塌陷？他拉起手刹，把车子发动了，说，来，坐在我旁边，和你说说。我坐下，他说，先把票买下。我不知道要多少，从裤子后兜里掏出一些零钱，他伸出一根带着黑色手套的手指摇了摇说，得要张整的，这么大个车给你一个人用，看你小子不错，我送你到村子里，把叫黑车的钱也给你省了，故事还免费。我拿出张一百的塞给他，他揣进里怀，说，坐稳了，起锚。

  车子突然向前冲去，发出金属摩擦的怪响，好像马上就要散架，可是速度却是相当可观，路两旁的枯树迅速地向后退去，前方的小汽车也赶紧向旁退让。想听哪段？前面是一条笔直的宽阔土路，他双手放开方向盘，拿起脚边的茶水喝。我说，说说塌陷的事儿吧。他说，好，就说塌陷。不瞒你说，我祖祖辈辈住在玻璃城子，在下是个土生土长的玻璃城子人，就算有一天我眼瞎了，给我根棍子，去哪我也能自己找着。为什么叫玻璃城子，我问过村里的老人，没有人知道，一个老头据说一百多岁，光绪时候的事儿都记得一清二楚，可是也不知道这个地方为什么叫玻璃城子。玻璃城子原来有三个村子，一条玻璃河绕镇而走，夏天的时候，小孩子都到河里玩，河水很清，一根针掉进去都看得见。冬天的时候在河面凿一个窟窿，下一张网子，能捕着一人高的大鱼，可这鱼在春夏的时候却看不见，只有从冬天的窟窿能捕到。在我四十岁的时候，陆续有几个孩子滑进河里淹死了。村里人四处勘察，发现河水比之前涨了不少，那年雨也没见怎么下，河水怎么就涨了呢？后来住在河边的一户人家，突然有一天脚下地里渗出水来，还没来得及跑，一家四口连房子带人，都陷进了水里，捞出来时已经变成长短不齐的冰棍。我们这才发现，不是河水涨了，而是镇子在向水里陷。村长带着会计，去一个很灵的庙里算过，和尚说，玻璃城子的地下是一大块冰坨子，在那里可能千年不止了，一直相安无事，就在那年，不知为什么冰坨子开化了。没有什么解决之道，只有赶紧迁走，因为不用多久，整个镇子就都会给融化的冰水淹没了。于是我搬了家，到了这里开长途汽车，刚才你在站外看见一个喷火的人了吗？我说，看见了。那是我们村长，那个拍砖的小子，是他和会计的儿子，他说。

车子前面的道路上渐渐露出雪迹，路边枯树的皮也大多裂开，刚才没有看见鸟，这时有了鸟，几只乌鸦被车惊起，从地面飞到了树上。司机的手一直没有放回到方向盘，他从脚下拖出一张渔网，逮住一个窟窿，用两只梭针织起来，梭针舞得飞快，他的眼睛兀自看着前方，好像一台陈旧的缝纫机。路上的雪厚了，没有车辙，也没有脚印，两旁枯树林里，树皮没有了，成了一片默然站立的棕色木材。不知是从道路上，还是从枯树林里，升起了雾，贴在四周的车窗上，车子好像给什么托着，向前飘动。织好了，你看怎么样？司机说。我说，不错，还有多久能到？他说，快了，等你听到声音的时候，就到了，这网好用，三十年不会坏。说完，他拉开车窗，把渔网顺出去，拴在后视镜上，然后把皮帽子拉下来，趴在自己脸上，睡着了。我掏出手机，想看看时间，发现手机已经自动关了机，打开后盖，电池淌出水来，想拉开窗户把电池扔出去，发现窗子已经冻死了，冻出了漂亮的窗花。我便把手机揣好，摇低座位，也睡了过去。

毕业之后我便和老萧小米失去音信，他们两个毕业证也没有领，就从学校消失了。我虽然获得了学士学位，但是失去了所有东西，爱人，朋友，还有对写诗的兴趣。我曾经试图写过几次，想写在理财计划书的空白处，可是一个字也写不出来，诗好像一个旧行囊，被老萧和小米背走了。这也可能是小米离我而去的原因，和我相比，老萧才是一个真正的诗人，他虽然邋遢成性，胡子老长，一贫如洗，没有女朋友的时候，时常管我借钱去嫖娼，还睡了朋友的女人，但是他是诗人，就像他曾经跟我说过的：我所做的一切都和诗有关。小米后来也不写诗，在老萧的身边，好像其他人马上就会丧失写诗的能力，但是小米把爱恋老萧当作另一种诗的形式，那是十分有益的事情，我相信她是这么认为的。这也是为什么她离开我的时候，没有一点点歉意。

我搬回了自己出生的城市，做过许多工作去谋生，谋生本身并不艰苦，无非是使某种形式的思考成为习惯，然后依照这种习惯生活下去。艰苦的是，生活剩下了一个维度，无论我从上从下，从左从右，从四面八方去观察，生活都是同样一个样子，这让我感觉到有些难受，但是也没有难受到不得了的程度，只是觉得如此这般下去，也许我终于一天会为了拥有一个新的角度而疯掉，而且疯掉的我对于已经疯掉这件事还不自知。有一次搬家，我整理大学时的旧物，大部分东西都已经全无价值，只好扔掉，我发现老萧曾在我的一个本子的扉页上写过一首诗，而且写下了时间，那是我发现他和小米的问题之前，也许是在已经出现问题之后，诗的题目叫作《回去》。

> 在下已经准备好了回去，
> 阁下呢？
> 问也白问，
> 和在下没有关系。
>
> 我曾经在冰下游泳，
> 在树叶里游泳，
> 在女人的身上游泳，

没有看见已经在那的网子。
莫比·迪克也不够大,
我要变得非常小,
才能生还。

握手吧,
或者扇我一个耳光,
和在下没有关系。
你要变成石头,
我却变成冰,
在下已经准备好了,
回去。

  我醒来的时候,发现车已经停了。司机没在身边,车窗外传来响动,好像有人在敲一面闷鼓。我擦了擦嘴角,拿起手提包推开车门下去。迎面是一条宽阔的冰河,河对面有一根烟囱冒着炊烟,那烟囱看去很小,香炉里插的香一样。司机蹲在地上,网子里面全都是鱼,大的有胳膊那么长,小的也有脚那么大,都长着六只鳍,有的还有两只爪子,他用一支木棍,正在把鱼挨个敲晕。下手既准又狠,一棒子下去,鱼就不动了,只有鱼嘴还在吐着泡沫,鱼眼已经彻底呆滞。我向冰河上看去,没看见窟窿,也许是我睡得太久了,窟窿已经冻上。"醒了?"他说。我说:"醒了,我们到了吗？""自己不会看？河那边就是。"我道谢，然后走上冰面，向对岸走去。这时他在我的背后说："你的朋友叫老萧吧？"我回头，看见他已经坐在车子里，从车窗外探出头来，我说："是，你认识他？"他说："不认识。"说完车再次轰隆隆地发动起来，向后退去。

河面之宽，超出了我的想象。走了不知道多久，天正在黑下来，烟囱依稀要看不见了，却还没有走到，回头看，我的来处也依稀要看不见了，车子早不见了踪影。寒意袭来，我浑身发抖，突然意识到，如果这河面足够宽，我不是要冻死就是要饿死，因为脸面和耳朵已经毫无知觉，双脚像棒子一样硬了，肚子咕噜噜直叫。于是我把围巾取下来，用打火机点燃，扔在地上，把双手双脚烤热，虽然我没了围巾，但是至少能让我支撑一阵子，有活着走到的希望。这时我看见远处有一点移动的火光，正在向我靠近，我便不动，立在原地等着，围巾成了灰烬，我的周围完全陷入了黑暗，只有那火光飘忽着，一点点地近了。是小米，举着火把来找我。她明显胖了，身上穿着黑色的棉袄棉裤，胸脯很厚，好像一只大黑枣，眼睛却还是水汪汪的，没有一点结冻的迹象。"跟我走吧，一路上辛苦吧。"她说。我说："没什么，就是饿了，想吃东西。"她说："知道，已经准备了，炖肉，行吗？"我说："太行了，肉还不行？"这时我注意到她的另一只手里，拿着一支双筒猎枪，我说："你怎么带着枪？"她说："没有枪，你怎么吃肉？都是我打的。"我跟在她后面，一路走着，因为知道迟早会走到，所以力气也回来了，脚也有了知觉。

进到屋里，她让我先上炕，然后从灶台上，盛出一碗肉，说："吃吧，狍子肉，吃完说话。"我说："我吃我的，你说你的，我时间很紧，客户还在等着，办完该办的事赶紧回去。你知道我现在干什么吗？"她没有回答，把筷子递到我手上。我发现这个矮房的墙很厚，炕热得发烫，裤子好像都要烤焦了。身上刚暖和过来，就开始猛烈地冒汗，只好脱得只剩一件衬衫，继续吃肉。衬衫是公司统一做的，上面有我的上司拟的标语，前胸是：燃烧自己，留下纯金的舍利。后背四个字：不要纸币。炕只有一个，人，有两个，晚上怎么睡呢？我突然想到。借着方桌上的油灯，我偷偷地仔细看了看小米，比过去胖了一圈，头发也比过去黑了不少，过去她的头发是天然的亚麻色，随着弧度的变化深浅不一，我曾经给她梳过，拿在手里好像正在熔化的金属，而现在，完全黑了，盘在脑后，民国画像中的人物一般。我随后发现，屋里的墙上挂着长短不一、各式各样的猎枪，地上堆着一个麻袋，敞着口，半麻袋子弹，也是有大有小，不过都是金光灿灿。她开始说话了，好像一个给孩子讲故事的母亲。"五年之前，我和老萧搬到这里，这里是他的老家。搬来不久，我们就发现这个地方正在下沉，其他住户陆续地都搬走了。但是老萧不走，他觉得，这个地方突然下沉了，一定有它的原因。后来他终于发现，是有人动了那个苹果。"我从炖肉上抬起头，说："什么苹果？"她说："这里原来有过一个小教堂，几百年前一个英国传教士建的，村人不叫它教堂，叫他外国庙，每干六天活，就休息一天，去外国庙听福音。这个传教士手巧，在外面背回一块山石，自己动手雕了一条大鱼，因为这里不知道为什么，冬天的时候能捕到一人高的大鱼，他心里喜欢，就雕了一条大鱼，雕着雕着，从石块里掉出一块玉石，有拳头那么大，他拿起来看了看，把这块玉石雕成了一只苹果，放在大鱼的嘴里。这座石雕村里人都很喜欢，叫它苹果鱼。后来传教士老了，死了，教堂也荒了，成了祠堂，耶稣像搬走，换成了祖先的牌位，偶尔有不肖子孙在前面跪着，'文革'的时候，也在那前面打死过人，可是苹果鱼一直摆在那，没人动它。"

这时我再次听见了发动机的声音，起初以为是自己的幻觉，车子坐得久了，发动机映进了耳朵里，可是不是，声音来自外面的河面上。然后又寂静无声。小米把放在炕头的猎枪拿起，说："你下来。"我说："什么？"突然一颗子弹飞进来，把我面前的大花碗打碎了，肉汤洒了我一身。我从炕上滚下来，趴在地上，紧接着一串子弹飞进来，桌子都打翻了，墙上噼里啪啦向下掉着弹壳。小米抓住我的衣领子，把我拉到窗根底下，说："故事还没讲完，一会接着讲。你打过枪没？"我说："当然没，我摸了十几年笔杆子，现在卖理财。"她坐在地上，从墙上勾下一把长枪递给我："用这个，能打六百码，打一枪拉一次栓，记住，你不打死他，他就打死你，你就能打准了。"说完端起枪伸出窗户，开了一枪，外面传来短促的一声喊，应该是有人中了弹，然后又是一串子弹钻进来，射在对面的墙上。我探头朝窗外看了一眼，一辆长途汽车横在大约一百米外的河面，是载我来的那辆，车后面亮了一下，一颗子弹飞来，打中窗框，木屑溅在我头发上。我问："他们是什么人？"她说："来抢老萧的。"我说："老萧不是死了吗？"她说："这个一时说不清楚，做事要专心，先把他们打退再说。"我把枪杆伸出窗外，缩着脑袋开了一枪，步枪从我手中向后飞走，掉在地上。"用肩膀顶着，你这么开枪，一会得把我打死。"小米一边说着，一边有条不紊地还击，每一枪出去，都有喊声应着。不一会外面安静下来，有人用大喇叭喊道：兄弟媳妇，我给你算着，你已经伤了我们十六个，待我们逮到你，一刀一刀给你找回来。小米不回答，向窗外又放了一枪。大喇叭接着喊道：兄弟媳妇，你嫁到我们这里，哥哥对你咋样？若不是怕你饿死，谁教你打枪？哪个爷们多看你一眼，哥哥就踢碎他卵子。把我兄弟的尸身给我，过去的事一笔勾销，马上接你去吃饺子。伤了几个人算什么？谁叫他们不会躲？我说："是土匪？""不是，是村长。""是喷火那个？""是他。""他搞老萧的尸体干什么？""要拿去烧了。"外面车的引擎发动了，不出意外是由那个司机驾驶的，怪不得他的车子破成那样，原来白天是长途汽车，晚上就是掩体。大喇叭又喊：兄弟媳妇，听说一个小子进了你的屋，我兄弟才死不久，你把腿给我夹紧了，莫把人丢到外面。我们吃了饺子再来，看你挺到啥时候。

村长走后，小米把地上扫了扫，桌子翻过来，又给我盛了一碗肉，说："子弹快打完了，你吃完赶紧给老萧下葬。"我说："好，办完事我就回去，要不一定得被开除。"她说："我接着讲。"我夹起一块肥肉说："你讲你的。"

"几年前，村长要把祠堂翻修，怕把鱼给碰了，就想把鱼搬到外面，一不小心苹果从鱼嘴里掉了出来。村长把苹果捡起来，还没来得及放回去，祠堂周围就起了雾，大雾迅速笼罩了整个村子，对面看不见人，大家都立在原地不动，怕走进河里头。等雾退了，有人发现，河边晾着的渔网里，全都是长着六只鳍的大鱼，扔进锅里炖了，味道极鲜，吃完之后身上热气滚滚，吃得多的人张嘴就能喷出火来。村长觉得此事一定跟苹果鱼有关，就开了全村大会，在全村人面前做了实验，只要苹果放在鱼嘴里，就平静无事，和过去几百年没什么两样，鱼还在冰面底下，需凿个窟窿，下进渔网才能逮到；苹果从鱼嘴里拿出，村周围就每天一次大雾，无论挂多少张网，雾退了一定都是满的。于是全村表决，全票通过，把苹果拿出来，放在村长家里保管，之后每天下雾就在雾里张网捕鱼，鱼里面有特别大的，一人多高，会飞，就拿枪打死。结果一年过去，有的人家在睡梦中突然掉进水里，全都淹死了，整个镇子正在被冰水侵蚀，看样子迟早都会陷进水里。于是大家几乎全都迁出了，但是每天还会按时回来，到冰面上的雾里捕鱼。"

我说："你说了半天，我都饱了，还是不知道老萧是怎么死的。"她说："老萧回来之后，觉得事情不对头，晚上就去村长家里把苹果偷了出来，想放回鱼嘴里，可是他发现，不知道啥时候，那条石鱼已经没有了，只剩下一个座子。"我说："然后呢？"她说："然后他就在这个屋子里，跟我交代了一些事情，主要是关于你，还有他的诗稿，无论如何要让你来，把他和他的诗稿埋了，然后他吻了吻我，说，现在只有一个办法能尽到他的责任，不让我们沉没，然后他把苹果吃了下去。"我说："再然后呢？"她说："吃下苹果后他就没醒。每天还会下雾，雾里还是有鱼，但是比过去小了，也少了。村长想把他的尸体抢走，烧了，把那个苹果炼出来。"我说："完全明白了，他的尸体和诗稿在哪里？"

小米从房子角落里拖出一个大行李箱。我认识它，那是一年生日我送给她的，当时我光着身子钻进里面，由老萧拖到她的寝室，给了她一个 surprise（惊喜）。她把行李箱打开，里面躺着老萧，啥也没穿，双手放在胸前拿着一摞稿纸。我蹲下仔细看了看，活的一样，脸上没有皱纹，肌肉也没有僵硬，唯一特别的是，胡子完全白了，像是圣诞老人。我说："冷不？"他不回答，我趴在胸前听了听，确实没有心跳了，皮肤是凉的。我拿下他手里的稿纸，翻了翻，工工整整写了大约三十首诗。从字体看，好像是从儿时开始到最后的，开始的几首笔画歪歪扭扭，个别字还用拼音代替，写文具盒，写村头的树，后面的字就越来越纯熟，翻到最后一页，只有一个题目：《长眠》。没有诗句。我说："这个没写完？"她说："这页是送给你的，是他唯一的遗产，其他的都埋掉。""你也是他的遗产啊。"说完我把那页纸揣进怀里，剩下的稿纸放回他手中，再一次把他看了看，除了死了，还是那个老萧，一点都没变，然后把行李箱扣上，拉链拉好。"埋吧。"

小米递给我一把铁锹，自己手里也有一把，指着脚下的地面说："这儿挖。"我说："石灰的，能挖得动？"她说："已经软了，挖吧。"我把锹往地上一蹬，果然插了进去，挖出一摊黏土。我们两个便你一锹我一锹挖起来。挖到大约两米见方，我把衬衫也脱了，光了膀子，汗水顺着脊梁往下滴，我说："差不多了，你把老萧递我。"她说："不行，还得挖。"外面天色渐亮，不知不觉挖了一宿，小米把一根麻绳拴在我腰上，我下到坑里，她用另一根麻绳把装土的铁桶提出去。又挖了一会，脚边渗出水来，冰冷刺骨，抬头看小米，脑袋像树上的桃子那么小了。她冲我喊道："快挖，他们来了。"我再次听见鞭炮似的响声，几个弹壳掉在我脑袋上，小米一手向外拉着桶，一手拿着枪还击。我挥舞着锹努力向下挖去，冰水已经没到了我的膝盖。这时听见小米喊道："可以啦，闪开。"我向旁闪身，行李箱落了下来，竖着掉进冰水里。我把箱子放平，它马上沉了下去，好像千斤重，沉到了我的脚边。"抓住绳子，拉你上来。"上到地面之后，发现小米已经中了两枪，一枪在大腿上，一枪在肩膀。她偎在墙上，摇了摇手中的枪说："嗯，没子弹了。"我穿上衣服，感到寒风刺骨，说："了解。我们投降吗？"子弹还在飞着，外面没有喇叭声，我从窗户向外看，长途汽车在冰面上缓缓开着，一群穿着棉袄皮靴的人，躲在车后面探头探脑，朝屋里放着枪。"你会游泳吗？"小米说。我说："你忘了，有一次你在游泳池里抽筋，我去救你，你差点把我勒死，还是游出来了。那天没有老萧。"她说："想起来了。一会找机会你就游出去。"我说："都冻了，往哪游？你怎么办？"她说："我没事，我陪着老萧，他会照顾我，你不用担心。记得那时候我说过吗？我得跟他走。"我看见血从她身上两个窟窿淌出来，黑色的棉袄和棉裤变成了紫色，知道她产生了幻觉。我咬了咬牙，从窗子跳出去，向河面奔去，"投降啊！投降了！投降！"子弹从我身边飞过，有一颗打穿了我的袖子。车子停了下来，村长和司机从车后面走出来，村长说："服了？"我说："服，赶紧救人。"司机说："兄弟，别挑我，你坐过我的车，不是针对你，事是事，人是人，老萧呢？"我说："埋在屋里，进屋就能看见。"村长拿出喇叭，朝车后喊道："都给我上车，我们开过去，办完了事儿我请客吃火锅。"车后走出无数的人，男女老少都有，手中都拿着枪，只有村长的儿子手里拿着板砖。他们呼呼啦啦走上车，你挤我我挤你，这破车还真能装，那么多的人全都挤了进去。我扒住车门刚想上去，村长用喇叭敲了敲我的手说:"没地方了,该干吗干吗去,这儿是你待的地儿吗?"说完指了指河对岸的广袤黑暗,车门关上,摇摇晃晃向前去了。

我站在冰面上,看见老萧和小米的房子,烟囱上又冒出了炊烟。怎么回事?难道她在这个节骨眼上又饿了?这时冰面开始摇晃起来,我一屁股摔倒,前方的冰面裂开了,发出巨大的声响,好像无数野兽在平原上奔腾。长途汽车掉了下去,我看见村长在水和冰块中挥舞着手,嘴里喷出火来,发不出声音,然后沉了下去,火熄灭了,整个汽车都沉了。紧接着四面八方的冰全都碎了,水从冰下涌出来,把我吞了进去。我奋力踩着水,让自己脑袋保持在水面上方,这时我看见整个村庄沉没了,目力所及全都变成了一片汪洋。我心想,完了,小米也没了,遗产我继承不上了,只拿回一张破纸。然后一个大浪打来,我呛了两口水,等我翻了几个个儿,再次探出脑袋,却看到了奇妙的景象。小米的房子还在,还冒着炊烟,只是并不再是待在土上,而是漂浮在水里,顺流向远处漂去。我喊着她的名字,小米,小米,你这是去哪?窗子里没有人影,她没有回答我。我继续喊道:老萧,老萧,你大爷的,你要把小米带到哪去?还是没有人回答我,只有雷鸣般的水声。只见那栋房子越来越小,终于看不见了。

我再一次沉到水下,看到了村庄的土地,祠堂,水井,磨盘,渔网,都在水里。司机从一个方向游了过来,他长出六只鱼鳍和两只爪子，正愉快地游着，完全没有注意到我。我知道无论如何，这次小米是彻底不见了，我以后再也接不到她的电话或者和她一起挨枪子儿了，便在水里哭了一阵，然后擦了擦眼泪，向着火车站的方向游去。

坐上火车，我借了邻座的手机给上司打了一个电话，说自己的肾结石治好了，水流通畅，再也不用担心堵住，明天就可以上班。他很高兴，说没想到你还真回来了，本来想辞退你，又嫌麻烦。我表了表忠心，把电话挂掉。手提包落在小米的房子里，里面装着一些本想在火车上处理的文件，现在无事可做，就伸手把老萧留给我的稿纸掏了出来。

长眠，这个家伙是什么意思，我琢磨着，长眠？

长眠

没有人能躲开子弹，
除非你已经死了。
没有人能不被溺死，
除非你有鳃。
没人能不憎恶爱情，
除非她也爱着你。

让我们就此长眠，
并非异己，

只是逆流。
让我们就此长眠,
成为烛芯,
成为地基。
让我们就此长眠,
醒着,
长眠。

无赖

我家原先住在胡同里，一条直线下去，一间房子连着一间房子，有的房子门口有片空地，我家就是。奶奶刨开土，种了些大葱和黄瓜。有时吃饭吃到一半，我叫一声：奶，吃饭吃得不过瘾，没有葱。奶奶就站起身来，迈着小脚，走到院子拔一棵葱，洗净放在我面前，笑说：孙子，吃完还有。谁家有这葱？

1991年年初，我十二岁，苏联快要解体，作家三毛刚刚用丝袜上吊自杀，一伙人走进了我家的院子。为首的一个递了一张纸给我爷爷，说：大爷，看看，这是现在的政策。爷爷说：我不认字，要交什么钱？那人说：不是交钱，大爷，是给你们钱。你们整个胡同要拆迁。爷爷说：拆我们家？你敢？爷爷那时已经半身不遂，可还是奋力举起拐棍要戳对方下阴。那人后退半步说：不是光拆你们家，也不是光拆这一条胡同，这一片都要拆迁，要盖一个大超市。找认字的人看看政策吧。说完领着那伙人向下一户走去。父亲从工厂下班之后，拿起"政策"仔细读过，对我们说：说啥也没用了，准备搬家吧。

爷爷和奶奶去了J市老姑那里，前提是拆迁费要给老姑。亲人们在炕上的小圆桌上签字画押，然后爷爷和奶奶上了火车。走之前，奶奶在院子里揪了两棵葱放进了包袱里。从此之后，我再没见过他们，因为一年之内，他俩陆续死在J市。字据上写的老姑的责任是"养老送终"，养老短暂，只剩下了送终，让人始料未及。

那天我们一家三口坐在马路边上，面前堆着大大小小的行李。那是盛夏的傍晚，蚊子在路灯底下成群结队地晃动。有几只吸了我的血逃走了，有一只被我打死在胳膊上，我从胳膊上抬起蚊子的尸体，说：爸，我们今晚要睡马路吗？凉快是凉快，可是有蚊子。父亲说：不睡马路，等我朋友来接。母亲一边检查着行李，把有些松散的绳子绑紧，一边说：你爸的这个朋友可不是什么好东西，听妈的话，以后住在你爸单位要处处小心，那里的每一件东西都是国家的，不像在家里，都是咱们自己的。还有最重要的一条，离这个老马远点。他是三只手，还是大酒鬼。我心头一惊说：爸，你的朋友长了三只手，那只手长在哪里，是前胸还后背？父亲看了母亲一眼，说：三只手不是长了三只手，是有点别的本领，而且是很多年之前的事情了。从今天起，我们先住在车间，等爸妈攒够了钱，我们就出去租房了住，但凡爸有一口气，就不让你受委屈。正说到这里，一架倒骑驴停在我们面前。上面骑着一个瘦削的中年人，可打扮得却十分年轻，腿上穿着黑色的西装裤，脚上蹬着黑皮鞋，上身穿着一件花衬衫，最奇怪的是，这人头上戴着一顶黑礼帽，这样一身打扮坐在倒骑驴上，路人无不侧目，以为是在拍电影也说不定。见到我们之后，他用三根手指把礼帽从头发上拿起来一点点说：久等了吧，那妞缠着不让走，要不是她屁股大，让人舍不得，我早就来了。上车吧几位。然后又把礼帽放回了油光光的头发上。

于是呼呼啦啦地上了车，我和母亲一起抬那只红木箱子，那是母亲的嫁妆，每次搬家数它最为金贵，母亲来来回回地检查，可我从没见母亲打开过，上面挂着一只金色的小锁，不知道里面沉甸甸到底装了什么东西。我坐在倒骑驴的铁沿上，父亲提出要蹬车，黑礼帽一摆手说：我这倒骑驴，别人骑不了，一骑就歪，只认我，上去坐着吧！

一路上黑礼帽兀自讲话，说刚跟自己的小姨子睡了觉，那小姨子的奶子滚圆，拿在手里像只大白梨，皮薄汁多，让人忍不住去咬。说着说着，忽然插进一句：兄弟媳妇，你老拿那大眼瞪我干吗？母亲说：孩子才十二岁，你满嘴喷粪，我要领他下车走路，你给我站下。黑礼帽一脚踩住脚闸说：这车上的东西数你那红木箱子最沉，你也要扛着走？母亲默不作声，转头对父亲说：若是你有点能耐，能让人这么欺负？眼睛竟然含了泪。这时我忽然问：叔，啥是小姨子？黑礼帽说：小姨子就是我老婆的妹妹，你有小姨没有，那就是你爸的小姨子。我说：你不跟老婆睡觉，跑去跟老婆的妹妹睡觉？黑礼帽一笑，露出两排熏黄的牙齿说：老婆跑了，只剩下小姨子。准确地说，应该是前小姨子，前小姨子也有老公，不过睡一睡也无妨，她那玩意闲着也是闲着。因为这次离得近，我闻到他嘴里浓重的酒气，好像酒窖一样。父亲这时瓮声瓮气地说：老马，少说两句，孩子还小，什么都当真。老马说：以后低头不见抬头见，先互相了解了解嘛，难道是求我帮了一次忙就拉倒了？以后绕着我走？父亲说：哪能？住了车间，凡事还得依仗你，只是面子上要过得去嘛。老马说：嗬，出息了，面子于你有啥用？但还是住了嘴，剩下的路哼上了小曲，不再对我们讲话。

　　父亲的车间大概有两千平方米，老马给我们找的隔间大概有六七平方米，在车间的二楼。里面塞进了一个双层的铁床，就不剩什么地方了。因为料到是如此情况，所以原来的家当，凡不是生活必要的，搬家之前摆了地摊，卖的卖，丢的丢了，剩下的东西统统放得进去。母亲的红木箱子放在角落，上面铺了塑料布，当了饭桌和我的书桌。我掏出自己的台灯也摆在上面。卖东西的时候父亲问我：有什么东西一定要留着的，只能挑一件，要不然就全卖了。我想了想说：把那个台灯给我留下吧，也卖不了几个钱。那台灯到我手里的时候就是个旧物，邻居用过的，要扔。我没见过台灯，看她扭着那东西的脖子走过我家的院子，我问：姨，这是什么东西？姨说：台灯，书桌上用的，我姑娘手欠，把开关按坏了，怎么也不亮。我说：姨，给我吧，我看罩子挺好，倒过来能盛点东西。台灯到了我手里，我鼓捣了一个晚上，终于亮了，只是开关还是不好用，就那么一直亮着。于是插头成了开关，即插即亮，拔了就灭，除了这点，是一个真正的台灯。

老马帮我们把东西搬进来，说：地方是小点，不过不要钱，厂里的保卫科每天八点来查岗，到时候你们把门锁上，不要点灯，一会他们就走。我小舅子那边已经打过招呼，就是走个形式，你们不要给他上眼药就好。电视我屋子里有，要看就下来。父亲说：老马，怎么谢你？老马说：兄弟还说这个？你看着办吧。父亲从裤兜里掏出二百块钱塞进老马手里，老马说：你租房子一个月多少钱？这里有我在，包你不花一分钱。父亲说：那是。又掏出一百块递过，老马接了，把礼帽翘了翘，走了。

从此住下。车间有一条生产线，无数的车床、吊臂、工具箱、电钻、扳手、螺丝。白天开动起来好像不是要生产什么，而是要砸碎什么那样嚎叫着。一到夜里，硕大的落地窗洒进月光，机器们全都安静，一点声音也没有，好像全都死了。潮气从地面返上来，弥漫着坟墓的气息。母亲不准我去老马的屋子里看电视，所以搬进车间三个月，我还不知道老马的屋子是什么样，电视是黑白的还是彩色的。每天八点之前，我点上台灯做完作业，就拔了插头，揣着父亲的半导体到车间四处溜达。一边捡起散落在四处的螺丝，放在就近的工具箱上，一边听着单田芳用沙哑的嗓音讲着《童林传》，那声音在空旷的车间里回荡，仿佛有无数个单田芳，无数个童林童海川。

有时晚上在车间里遇见老马，他提着手电筒检查电闸和门锁。一般我都躲开，只是半导体不舍得关，他其实能够听见我，但是并不找我。他总是醉的，即使是清晨，他也好像是刚刚喝过酒的样子，走路晃晃悠悠，见到女人就抬起礼帽，但是从不摔倒。

我一直纳闷父亲是怎么和他成为朋友的，两人的共同点像是夏天的雪花一样少。父亲年轻时是个运动健将，擅长跑圈，厂里一开运动会，便派他去跑圈，一圈一圈跑下去，据说有一次忘了已经过了终点，多跑了一圈，还是得了第一名，赢了两双黑胶鞋回来。有一次正跑着，忽然觉得汗好像一下子出光了，从身上的各个毛孔喷出去，随后一股热气袭进胸口，张嘴吐出一口血，便人事不省，一头栽倒在黄土跑道上。从此干不了重活，肺里面结了血块，经常上不来气。因是代表车间出战，好歹算个工伤，就留在车间里帮着收拾散落在地上的小零件，用只竹筐，一个一个捡起来放进去，再交给仓库保管员，第二天重新配发。其实是个可有可无的活，谁也不当回事儿，除了父亲自己。他每天按时上班去，挎着竹筐在车间捡一天，下班之前一个个数过，分门别类交上去。一次母亲得了急性肠炎，吐得一塌糊涂，去工厂卫生所挂吊瓶，想让父亲请一天的假，父亲说：最近车间忙，脱不开身。母亲说：车间忙？关你屁事。父亲说：车间忙，乱丢的零件就多，捡一天都捡不完，晚上还要捡。母亲说：你还真把自己当根葱？谁不知道你是个废物？少你还能停了工？父亲盯着母亲看了半天，穿上工作服说：下班之后过去看你。然后依旧上班去了。

我们的隔间在车间的北向，没有窗户，极潮。夏天过后是秋天，蚊子少了，身上的红点也少了，不用每天夜里起来杀蚊子，往身上涂牙膏了。因为蚊子杀不净，车间里除了老马，只有我们三个活物，每天晚上准时到我们身上就餐，前赴后继，大啖人血，杀累了，困得不行，第二天还要上学，只好往身上涂上牙膏，就着一点点的清凉和不痒赶快睡去。秋天蚊子虽少，却有蜘蛛，蜘蛛不咬人，只在你身上乱爬，有时还要坐在脸上休息，伸手去抓，马上迈开八脚，水上漂一样逃走。等你住手睡着，它们便扭头回来，继续在你身上旅行。隔间的角落里都是蜘蛛网，捣毁之后它们又结，索性放任自流，反正不咬，让它们爬去，每天起夜尿尿，站起来都有蜘蛛落下，我也不看，端起夜壶尿完，倒头再睡。十二岁的我，夜里的事情还数睡觉是头等大事。

一天正睡得结实，没有做梦，忽听见有人用拳头砸门，拳势之猛烈好像要把铁门砸穿，伸手进来抓人。父亲和母亲马上翻身坐起，好像从没有睡过一样，眼睛瞪得溜圆。"别出声，可能是保卫科的。"父亲在底下用嘴形对我说。我的心怦怦乱跳，自从住进车间，"保卫科"三个字成了最大的咒语，因为从没有见过。每次来做夜查，我们都藏进隔间里把门紧闭，所以只听见过脚步声，从没见过保卫科的脸。这时听见门外说：兄弟，我是老马啊，快快开门，有好事讲给你。父亲长出了一口气，做手势叫我继续睡觉，母亲翻身穿上衣服，父亲在门里说：老马，半夜两点啊，有好事明天再讲吧。又一个拳头砸下，外面说：非得今天说不可，人生能遇见这么大的喜事，一定要跟你讲讲，老婆是你的，哪天抱着睡觉不行？父亲只好把门打开，披上衣服出去。刚一露头，就被老马一手抓住，说：走，下楼喝酒，我专门摆了宴啊，单请你一个人。

于是，怎么也睡不着了，母亲在底下倒是不久就睡熟了，她是车工，每天要站八个小时。又翻转了一会，还不见父亲回来，我蹑手蹑脚从床上下来，绕过母亲搭在床边的手，开门出去，下楼来到老马的屋子门前。老马的屋子在车间的大门旁，任何人进入车间都要经过它，白天是收发室，晚上就是更夫的卧室。只见一缕缕烟从四面门缝冒出来，我敲了敲门。老马在里面说：谁？我说：我妈让我来找我爸，他明天还要上班。门开了，里面一片烟雾缭绕，一张两米长、一米宽的大铁桌子上乱七八糟地铺着报纸，报纸上面摆满了用一次性塑料盒盛的盒菜，两只白酒瓶和无数的啤酒瓶摆在地上。一只啤酒瓶倒了，碎成两半，啤酒流得到处都是。铁桌子旁边是一张铁床，床上的被褥向外翻着，床单被罩都已经油黑。在门的旁边，是一个一人高的旧工具箱，上面放着一台彩色电视机，开着，可不知是故障，还是因是午夜，已无节目，翻着白眼一样冒着雪花。父亲手里拿着筷子，上面夹着一块锅包肉，刚要送进嘴里，看见我站在门口，笑着用锅包肉指着我说：儿子。我从没见父亲这么醉过，因为有病，他很少喝酒，也不抽烟。今天他完全变了模样，衣服敞着，露出雪白的胸口和胸口上的汗珠，手里的烟卷已经烧到了指边，还是夹着。

老马也叼着烟，一把扳过我的肩膀，说：小子，进来。父亲用脚踢过一把椅子说：儿子，坐这。听你马大爷讲，嗬，你这个马大爷啊，真是个好汉。我站着没动，说：爸，回去睡觉吧，再喝天就亮了，妈妈自己在屋里。父亲说：是啊，快坐，你马大爷正讲到关键的地方。老马说：兄弟，你这儿子我喜欢，一双手白白净净，一看就是念书的坯子，我那个种认字还没有我多。不说这个，跟他妈过，我也见不着。刚才讲到什么地方？父亲说：说你倒在地上，一把把那女警察的裤腰带抓住。老马吐出一口烟，说：是啊，那女警察的裤带真紧，手也硬，看我抓住她的裤腰带，马上扬手给了我一个嘴巴，说，松手，要不你不光是盗窃，你罪大了。我说，同志，我偷东西我认，但是实话告诉你，我偷东西是副业，主业是偷人，今儿第一次见，让我摸一把，算个见面礼。女警察一脚踹在我裤裆，把我那玩意踢得七荤八素，差点把我绝了后。但我死死抓住她的裤腰带不放，趁她劈腿，手就往里伸。她叫了一声，照我的胳膊就是一口，那娘们前世一定是个畜生，这一口好像咬到了我的骨头。我大喊一声，一使劲把她的裤腰带拽折了。她赶紧松开我，拉住裤子，我站起来撒腿就跑，边跑边喊：下回请我摸也不摸，干巴巴的，没什么意思，回见。父亲听得哈哈大笑，笑得口水都流了出来，他举起一杯啤酒冲着老马说：好汉！然后仰头喝干了。

老马也喝掉一杯，说：那是多少年以前的事儿了？我自己都记不清。最开始偷东西，偷的是军帽、粮票、鸡蛋、豆油，家里姊妹多，我那死掉的老妈隔一年生一个，一口气生了九个，从小没穿过囫囵个儿的裤子，让我们怎么活，不偷可不就要饿死？小子，知道什么是天窗吗？我说：不知道。大爷，电视没节目了，能关了吗？老马指了指自己衣服胸前的那两个兜，说：行话里，这叫"天窗"，裤子两边的兜叫"地漏"，里怀叫作"心里美"，屁兜叫作"请你拿"。偷东西先学身上偷，身上偷先学"请你拿"，因为屁兜最好下手，眼睛冲前，屁兜冲后，可不是请你拿怎么的？"心里美"最后学，最难，可是一般揣在怀里的，是好东西，偷一个是一个，可是万一失手，一下就让人拿住，因为手在人家身子里，哪跑得了？我开始的时候掏"心里美"，就让人拿过，那时手生，不知轻重，一下把那人给捅笑了，随后便把我手给夹住。那时不兴经官，从公交车里拖出来就是一顿痛打，差点把我打死，话说，哪个偷东西的没挨过揍？身上偷之后，就是屋里偷，翻墙入院，溜门撬锁。这练的不单是手上的功夫，腿脚还得利索，下脚要轻，眼神也得好，要不然夜里不一定把什么碰响。小子,你瞧工具箱上那锁,我不用钥匙,拿根铁丝两下就能捅开。父亲又笑,端起一杯酒举到老马脸前说:大哥,捅一个,让我们爷俩看看。我这儿子只会念书,今天让他长长见识,省得变成个呆子。我说:不用了,爸,回家吧,我困了。父亲瞪着我说:没听你大爷说?拿根铁丝就能捅开。老马站了起来,摇摇晃晃走出屋子,不一会手拿着一根一头弯曲的铁丝回来了,工厂里这样的东西是到处都有的。他来到工具箱前面,自言自语说:这工具箱不是我的,是喷漆工张师傅的,放在我这儿当电视柜,放了五六年,也不知里面放了什么。说着蹲下把铁丝塞进锁孔。

我站了起来,虽然刚才吵着要回去,可这时已起了好奇心,就见他轻轻地转着铁丝,一手小心地压着锁鼻,就在这时候他的手剧烈地抖动起来,把锁芯碰得直响。他伸手拿起桌上的一杯啤酒喝下,手似乎好了一点。这回他重新集中精神,转动铁丝,随着一声清脆的金属响动,锁鼻弹了起来。他把锁摘下来,顺手打开了工具箱。里面空无一物,连张报纸都没有,却散发出工人身上特有的汗味,一种体味和机油味的混合体。这时父亲已经趴在桌子上睡着了,脸枕着一盘凉菜。老马重新锁上工具箱,在嘴上放上一根烟,当他划着火柴,手又开始抖动起来,怎么也放不到烟头上。我接过火柴盒,帮他点上,说:大爷,你这手是什么时候开始抖的?他说:十几年前吧,让酒给拿的,喝上就不抖,你说他妈的怪不怪?说着他举起那根铁丝说:十几年没开过锁了，那"咔"的一声，十几年没听过了。小子记住，锁里面有个东西叫作锁舌，铁丝就是对付那东西，进去钩住，向外拉，不要太用力，太用力铁丝就直了，锁舌拉松，簧就弹起来了，那动静就是锁簧的动静，真好听啊，跟小妞脱裤子那"唰"的一声一样。说着他又拿起酒来，看着我说：你大爷我这一身本领，嘀，废了。说完喝掉了酒，也趴在桌子上睡着了。

我扶着父亲走出来的时候，天已经亮了，秋日清晨的淡云浮在落地窗外的天边，好像老人的眉毛一样。

后来我问父亲，那天老马说有好事要庆祝一下，到底是什么好事？父亲想了想说，忘了。对了，后来那工具箱他打开了吗？里面有什么东西没有？我说：打开了，里面是空的。只是他的手抖得厉害，爸，我感觉他好像有一天可能要把自己喝死，他为什么要那么喝酒呢？父亲说：我十几年前就觉得他要死了，可是他现在不还是活得好好的？为什么这么喝酒？偷不了东西，憋的。如果不是小舅子在保卫科，能让他这样有前科的人打更？不对，是前小舅子。他现在不是喝酒会死，是不喝酒会死啦！听你妈的，还是离他远点为好，爸是没办法，你知道吗？我点了点头，心想，我还以为你们真的是朋友呢。或者也许过去真的是吧。

事情并没有像父亲预料的那样发展。冬天来了，下过几场雪之后，老马的身体好像突然垮了下来，虽然还戴着黑礼帽，可是鬓角的白发多了起来，走路也不如原先那么稳当，不用仔细看，就知道是醉得厉害。听父亲说，他好像再也不讲前小姨子的事情了。随后因为他忘了拉闸，好几次半夜里工厂的机器突然鸣叫起来，好像有人在棺材里突然唱起了歌。车间主任向他下了最后通牒，再这么下去，无论他的前小舅子是谁，也要赶他回家了。于是他拎着啤酒瓶到主任办公室大闹了一场，不过酒瓶子不是要打别人的头，是向自己的脑袋招呼，把自己的额上砸开了一条大口子，如果不是被几个副主任拉住，他没轻没重，把自己打死也说不定。于是主任告了饶，发誓只要他还有一口气在，就一直让他当更夫，这么大的车间，没有他这样功勋卓著、兢兢业业的老同志看管是万万不行的。于是老马才饶了自己，脑袋冒着血，从主任办公室撤退了。

包上头之后，老马的酒喝得更厉害了，有时候他的屋子里还进了陌生女人，这是过去从没发生过的事情。他的屋子夜里常会发出很大的声响，有时候是大笑，有时候是大吵，不过第二天一早，屋子里总是只剩下他一个人。据我的观察，他的钱就是这么花光的。

本来老马能够留任，对于我家是好事情，因为他是我家手里唯一一张牌，打光就没有了，只要他在，就没有人能把我们撵走。可是没想到，很快他就找到我家的头上，原来我家也成了他唯一一张牌了。有天夜里，他又来敲门，父亲开门出去，我听见他对父亲说：兄弟，借一百块钱花，开工资就还你。父亲说：大哥，我这紧你也知道，一百是真没有，二十行吗？老马说：兄弟，这么多年的交情你还不知道我？能不还你？父亲说：不是信不过你，是真没有，这有二十，回头我再想办法。老马说：明白了，你没拿我当朋友，那我也犯不着护着你。保卫科的人问我好几次了，明天我去跟他们说说，到底是怎么个情况。父亲慌了，说：我再找找，明天早上给你送过去，肯定差不了，兄弟之间别说外道话啊！老马说：明天早上我等你，如果大哥有别的办法，不会来找你。对了，那二十块先给我吧。

父亲回屋之后，躺在床上，对母亲说：坏了，可能住不长了，他穷疯了。母亲说：现在找房子也来不及，大冬天的怎么搬家？况且你兜里有钱吗？租房子谁会赊账给你？能对付一天是一天，只有开春再想办法了。说到这里，母亲突然说了一句：如果他欺人太甚，我就跟他同归于尽，这么活着太累了，我什么也不怕了。父亲拍了拍母亲的手说：别说了，全怪我，我是窝囊废，你的命和他的命咋能一样？先睡吧。

第二次价钱涨到了一百五。父亲真的没有，只好先给了一百，那五十欠着，说好一周之内一定给。一周之后，老马没来找，父亲以为他忘了，省下了五十，就没给他送去。那时我刚过完十三岁的生日，我是冬天生的，听母亲说，因为比预想的突然，就把我生在了爷爷家的炕上。爷爷家的炕真热啊，我像个小猫一样躺在热炕头上哭着，哭声之大，大人们都安心地笑了。十三岁的冬天，我已不是婴儿，我迷上了小说，像是饿坏了的人见到了宴席一样，拼命地读着从各种途径搞来的书。我最喜爱的是《基督山伯爵》，邓蒂斯钻进尸袋里越狱的段落我不知读了多少遍，每次读都兴奋得面颊红润，脊梁骨战栗。那天父亲和母亲去参加一个外地远亲的葬礼，说好晚上会赶回来给我做饭，可是迟迟没有回来。但是没有什么关系，我点上台灯，趴在母亲的红木箱子上读书，我感觉到自己的魂魄从身上飘荡出去，落在纸面上，和那书里面的人物一起冒险，而我自己只剩下了一具空壳。

这时突然有人敲门，我如梦初醒一样说：马大爷？外面说：开门，保卫科的。顿时我的身上凉了，脑袋一片空白，我说：我爸妈没在家，我不能给陌生人开门。外面说：这是你的家？这是公有财产，快开门，非得让我们给你撬开？我梦游一样拉开门锁，看见外面黑暗的走廊里，站着三四个人，我一个也不认识，老马不在其中。一个人踱步进来，四处看看，说：不简单，这么点地方能挤三个人？也不怕冻死？我恍惚地说：冷的话就进被里。他伸手去我的床上摸了摸，回头说：嗯，是电褥子。一个人用手指了指，补充道：还有台灯。进屋的那人蹲下，对我说：小朋友，你知道这厂里的电是谁的？我说：是你们的，是你们的电。他摇摇头说：不是你的，也不是我的，是国家的，你们家现在在从国家的兜里偷东西，知道吗？我的脑中忽然冒出一个念头，这是"心里美"还是"请你拿"呢？但是那时我已经冷静下来，没有说出口。他继续说：本来我应该现在就把你攥出去，把这些东西都没收了，但是现在外面下雪了，你爸妈也没在，万一把你冻死，我也不忍心。我的孩子和你一般大，那样的事我做不出来。这样，电褥子给你留着，要小心用，不要着火，台灯我拿走，没收了。还有，等你爸妈回来，告诉他们，有什么意见来找保卫科，否则让你们三天之内搬出去。说完他拿起我的台灯，因为插头还连着，他拿起的时候台灯还亮着，随后他使劲一扯，台灯灭了。我扑过去一把抓住台灯说：还我！他说：让你爸妈到保卫科来取。我说：不行，还给我。我一手抓着台灯，一手抓着他的袖子，他被我抓得烦了，把袖子向后一抽，我没有防备，向前冲去，嘴唇撞在铁门框上，鲜血马上冒出来，流了一身，脸也摔破了。后面的人说：科长，就是摔破了点皮，我们走吧，这小子好像有点不正常。科长从兜里掏出一块手帕，递给我说：我可没要打你，是你自己摔的，让你爸妈来保卫科找我。说完他们就走了。

我坐在地上，哭了一阵，把血擦干，明白这一切是因为少了那五十块钱，一定是老马告了密。就差那五十块钱。台灯值五十块钱。我忽然看到了母亲的那只红木箱子，台灯拿走了，红木箱子露了出来。我走下楼，在地上捡到一根铁丝，回来楼上，把铁丝的一头掰弯，伸进箱子那个金色的锁头孔里。锁舌，重要是钩住那个锁舌，然后轻轻地拉，不要太用力，否则铁丝就会变直。我试了几次，都没有钩到，夜里的冷气包围过来，把我裹在中间，冻得我浑身发抖，手也不听使唤。我把手拢在嘴前吹了吹，再一次把铁丝伸进去，这次钩到了，"咔"的一声，锁鼻弹了起来。我扔掉铁丝，掀开箱子盖。里面是满满一箱子土，干土，我伸手插进土里，在里面摸索，什么也没有，只有土夹着我的手，好像我的手是从土里长出来的。我抓起一把土放在鼻子前闻了闻，不是工地的沙土，是直接从地里挖出来的，里面还有蚂蚁的尸体，已经干瘪了，相信当时的土是湿的，这么多年活活阴干成了这个样子。母亲带着四处搬家的红木箱子竟然装的都是土，没有一分钱。我坐在地上想着，盯着敞开的箱子，这一切超出了我的理解能力，但是没有关系，我要把我的台灯拿回来。

我再次下楼，从一个敞开的工具箱里抽出一把长扳子，推开了老马的房门。他的屋子比我家的还冷，雪片被风吹着，呼呼地拍打在玻璃上，玻璃的缝隙全都结了冰。大铁桌子上摆着无数瓶啤酒，好像森林一样，可是没有菜，只有一袋盐。老马没戴礼帽，露出花白的头发，不像过去那么油光光了，而是蓬乱着，染过的部分已经生出了白楂。他手里捏着一根钉子，沾着盐往嘴巴里送，另一只手拿着啤酒杯。看见我进来，他抬起眼睛说：小子，嘴怎么破了？我说：你去把台灯给我要回来。老马说：台灯？关我什么事？我说：保卫科拿走的，你去给我要回来。老马看了看我手里的扳子，说：要拿这玩意打我？我说：站起来，把台灯给我要回来。老马没动，指了指自己的脑袋，上面还有啤酒瓶留下的伤疤，像一条翻白的小鱼，说：往这儿打，我要是躲一躲，就不算你大爷。我想了想，把左手放在铁桌子上，抡起扳子砸下去，他伸手一挡，扳子飞了，扫倒了桌上大部分的啤酒瓶。他腾地站了起来，叫道：你这手，比不上一个台灯？你这手？我的眼泪流出来，本来我是不想在他面前哭的，可是不知道怎么的，眼泪就是直直地窜出来。我说：台灯是我自己的东西。你去给我要回来。他说：什么叫你自己的东西？什么话这是？你傻了？我说：就是我的东西，我的！我的！说到这里，我简直歇斯底里地喊叫起来。他站着看着我，看了好一阵子，说：小子，我那小舅子调走了，现在保卫科也不认我了，我去也没用。我不理他，兀自哭着。他用手搭在我的肩膀，说：小子，你给我记住，你这手啊……说到这里，他停了下来，好像忘记了自己想要说什么，拿起礼帽，从地上捡起一只完整的空酒瓶，掂量了掂量，手攥着瓶嘴倒拿着，说：走吧。

我跟在他后面，走在工厂中央的大道上，黑漆漆一片。雪下得真大，北方呼啸着，把雪吹得到处都是，一会向东一会向西。大道两旁的杨树变成了树影，看不清楚，好像隐在暗处的偷窥者。老马手扶着礼帽，在前面弓着腰走，我挪着步跟在他后面，雪落进我脖子里，可我一点也没觉得冷，脸上的血凝成了血块，好像也不疼了。走到保卫科的办公室门前，透出窗户我看见里面亮着灯，我的台灯就放在科长的桌子上，连着插座，正发出柔和而温暖的光。科长手里端着茶水，和别人说笑着。老马收拾了一下自己的衣服，把花衬衫的领子抹平，对我说：在外面等着，是那个台灯？我点点头。他笑了笑，走进去之前冲我翘了翘礼帽。我看见科长站了起来，他说了什么，指了指台灯，科长摇头，他又说了什么，声音大了起来，三四个人围了过去，用手指着他。这时我看见他嘴角边又浮起那种深醉时的微笑，就像他讲起抓住那个女警察裤腰带一样，然后他摘下礼帽，抡起啤酒瓶砸向了自己的脑袋，啤酒瓶在他的额头上炸开了，烟花一样飞溅出去，那条翻白的鱼突然活了起来，变得更大了，在他额头上游动，他后仰着摔倒在地，一只手拿着礼帽，一只手攥着仅剩的瓶嘴，一动不动。

就在这时，好像有谁拉动了总开关，我听见工厂里所有的机器突然一起轰鸣起来，铁碰着铁，钢碰着钢，好像巨人被什么事情所激动，疯狂地跳起了舞。工厂的大道都跟着战栗起来，面条一样抖动着，土、石子、树木，都跟着抖动起来。所有的路灯同时亮了，把一个个厂房照得清清楚楚，那沉重的铁门，那高高的烟囱，那堆在路边的半成品，都清楚地裸露出来。我看见他们也站起来，在大雪里跳着舞，身上的轴承、螺丝、折叶，向四处飞溅，落在黑暗里不知所终。有人喊叫着，从房间里面冲了出来，把我撞倒在地。我倒在雪里，台灯在桌子上还散发着温暖的光，震耳欲聋的轰鸣声把我包围。我感受到一种前所未有的安全感。

冷
枪

高中时代，我便与老背认识。老背真名叫什么，我曾经知道，现在忘记了。很奇怪，一点也想不起来了。

老背是个绰号，"背"念去声，概括性很强。一个夏日傍晚，我正与几个朋友在操场踢球，当时我穿着牛仔裤，尖皮鞋，手里夹着烟卷。这套行头完全不应当去踢足球，可是那时正是为所欲为的年纪，我曾经召集了几次学校历史上著名的斗殴，虽然没有造成什么严重的后果，但是因为声势很大，在口口相传中更是规模空前，所以我在附近的几所学校里颇有名气，他们叫我"棍儿"，意思是不但坚硬，而且能立住。认识"棍儿"吗？附近的少年通常以此作为身份认证的开场白。我不打算自夸，现在的我与那时的我好像雨前和雨后的云彩一样不同，况且即使在当时，我也远没有他们传说中那样强硬，也没有以此为荣，他们对我的印象可以说是基于对我的不甚了解。可那时确实头脑简单，以为可以通过武力维护一种东西，那东西和我的城市一样古老，虽然缥缈，我却十分笃信，于是下意识地，想去捍卫。

这里面可能还有一点遗传上的原因。父亲在"文革"的时候，率人袭击了驻军的仓库，把一门迫击炮推上了街，轰倒了一段旧城墙。后来做了烟草生意，建了几处工厂，生产专门储藏烟草的特殊麻衣。胖了，人也和气，很多单子是在酒桌上谈成的，见人没说话，先自己笑一会，也早就不提当年为了一句语录就拿枪动炮的事情了。

在此简略介绍一下自己，是为了讲述另一个故事。

那天我把球摆在点球点，退出十步开外，扔掉烟卷开始助跑，球门没有网子，后面站了一群女生，正叽叽喳喳地说着话，其中一个发现我狂奔起来，气势非凡，马上叫了一声拉着同伴们四下躲避。我的脚背正吃在球的中下部，球像出膛炮弹一样飞起，可并没有飞向球门的方向，而是向着角旗飞去，正中一个人的面门，那人戴着眼镜正匆匆走过，哼也没哼一声便仰面栽倒，眼镜随后落在他的身边，镜片碎了一地。帮我守门的二狗跑过去，用手拍那人的脸颊：哎，球呢？我见那人眼皮里渗出血来，是碎镜片被球撞入其中，蹲在他身边用手摇他的胳膊，他也不醒。我没见过这人，瘦得出奇，若是瘦得正好，可称为一个白面书生，可是因为瘦得离谱，倒像是吸血鬼了。这时那群女生围过来，其中一个认识我，她说，棍儿，不会是让你一脚踢死了吧。我说，闭上你的嘴。

他的手里提着书包，倒在地上手还抓着，我打开来想看看他是哪个班的，结果书包里只有一只鼠标，和一个鼠标垫。二狗说，什么情况？修电脑的？这时他突然坐了起来，冲我说，哥们，准啊，让你爆头了。说完站起来，拎着书包要走。我拉住他说，你眼睛淌血呢，别弄瞎了。他说，瞎不了，瞎不了，皮外伤，看你看得真真的，相貌不错，哥们，我叫老背。说着他捉住我的手晃了晃，然后低头盯着我的手说，你这手够用，长短正好，打游戏吗？我说，什么？他说，你玩射击游戏吗？打枪的？我们少一个人。我把手拿回来说，不玩，去医院弄弄吧。他说，不去了，时间紧迫，马上就开始了。有兴趣的话，去星辰网吧找我，我们少一个人。说完朝书包里看看，确定东西都在，扣上书包走了。

天黑之后，我和二狗去别的学校找人打架，等了很久，月亮升了起来，把我俩的人影映在校墙上，比真人大了两圈。那人没有出来，托人带话说今天家里来了贵客，要回去作陪，改天再打。我十分扫兴，二狗认出那人的自行车，很豪华，变速机好像汽车引擎一样精致复杂，就拎起来摔在地上，在树坑儿里找到两块砖头，把车给砸了，这事是因为女孩儿而起，和二狗有关，他砸得十分起劲，好像在对落到手里的犯人用刑。我有点提不起兴致，车成了烂铁，那人始终没有出现，应该是从后门跑了。完事之后二狗说要请我去打两杆台球，玩了一会，又说要去接女朋友下晚自习，从我这儿拿了二十块钱走了。我结了账，自己在台球厅抽了两支烟，看别人打球。快要十点的时候，我站起来，对一个正在瞄准的人说，朋友，知道星辰网吧怎么走吗？那人没看我说，出门右拐，看见韩都烧烤再右拐，牌子很大，亮着呢，两百台机器。我说，谢了。那人没有回答。

网吧果然不小，黑洞洞的，一台台电脑确如夜空里闪烁的星辰。电脑前面几乎都坐着人，如同忠诚的卫星。到处都是烟，走过一个人身边的时候，他突然喊了一声：你瞎啊，也不看着点，都上来了。我以为是在骂我，停下脚步去看，那人却瞪眼看着屏幕，上面有几个端着枪的小人，正在朝一个尸体喷着骷髅颜料，看来他是刚刚死了。我一排一排寻过去，几乎所有人都在玩这个游戏，有人在旷野里提着枪乱跑，有人蹲在土丘后面，时不时放一记冷枪，有人短兵相接，子弹打完，挥舞着匕首互砍。我找到了老背，他端着枪对着一面墙壁，跳迪斯科一样左右摇晃。突然开了枪，墙壁后面跌出一个人的腿，坐在他身边的几个人一阵欢呼。我伸手拿掉他的耳机说，你怎么知道他在那？我说。他回头看见我，说，咦，你来了？快坐，老板，再给开一台机器。我说，不用了，我不会玩这个东西，你眼睛咋样？他脸上的血已经洗掉了，眼皮里还能看见几枚碎玻璃闪闪发光。没事儿，长了肉，就把玻璃顶出来了，肉是会长的吧？我点点头。他指了指耳机说，我听见的，脚步声，这个地图在一个废弃的工厂，地上都是钢铁边角料，玩熟了，就能记住它们的位置。刚才他在北面露了个头，到这堵墙只有这一条窄路，路上我们死了人。耳机里又有他踢到铁块的声音，那他肯定就蹲在墙后面了。说着另一局开始了。这次他成了匪徒，装束却有点奇怪，穿着黑色的风衣，一手拿着面包，一手拿着匕首，躲在一座城市街头的拐角，枯黄的树叶在身边飘落。一辆坦克车轰鸣着驶过，他冲上去刺死了一个坦克兵，抢到一把冲锋枪。这图叫布拉格，他说，AK47，苏联造，连射一万颗子弹也不会卡壳，小孩儿都能装卸，牛逼不？迎面冲过来三个穿着防弹衣的军人，头上戴着的头盔闪着幽蓝的光。他身子左右摇晃，扣动扳机，子弹的着点像是用尺子量过，每一颗都落在军人脑袋上，头盔碎了，溅出鲜血，三具尸体仰面栽倒，腿还逼真地蹬了一蹬。在网吧的一个角落里传出一声叫喊，操，准，好枪法！他凑过来小声说，这叫爆头，就像你下午踢我一样。

这时我眼前的电脑已经亮了，他拽过我的键盘，帮我进入了游戏。我们一直四个打五个，你帮我们背炸弹好不？我请，他说。我发现自己已经成了一个瘦弱的匪徒，穿着一条庸俗的绿裤子，戴着眼镜，背着一个包裹。我说，我没玩过，给你们拖后腿。他说，没事儿，有我呢，我护着你。他的朋友中有人说，放心吧，有老背输不了，他能一个打四个。黑暗里坐着那三个队友，一会就要跟我出生入死，可我看不清他们的模样。战斗开始之前，老背教了我一套基本的操作方法，前后左右，扣动扳机，还有就是拿着刀跳跃。那一局里，我在老背的指挥下，没有摸枪，像个猴子一样一直拿着匕首在一座吊桥上上蹿下跳，埋好了炸弹。剩下的人则负责保护这枚炸弹不要被警察拆掉，其他的战友逐个都死了，剩下老背自己扼守桥头，我像个桩子一样傻站着，他为了救我，中了几枪，不过没死，炸弹还是炸了，桥成了碎片，散落在海里。后面的几局，我不听他指挥，自己在各种陌生的地方乱走。跟着我啊，露头就会死了，他叫道。我当作没听见。开了几枪，可是全然不着边际，有的还打在队友身上，竟然也冒出血浆，一个人在黑暗里叫道：瞅着点啊，疼啊。我向那个方向看了看，没有回应。敌人们好像发现了我是这个队伍里的弱点，专找我的麻烦，我不会躲避，枪也打不准，往往开始几分钟就被击毙，后来一个人竟拿着刀子朝我冲过来，我开枪乱扫，全都打偏了。躲啊，躲啊，老背喊道。可是我不会，被那人几刀捅死，然后还在我的尸体上跳了几跳，喷了一个笑脸。我扔下鼠标，对老背说，对面的都在这网吧里？他说，是啊，局域网。下一局开始时，我让自己定在老家，然后离开座位开始寻找。终于在离我座位三排远的地方，我看见一个人正拿着小刀，捅我的肚子。我把他从座位里扯出来，按在地上，揍他的鼻子，鼻子喷出血，那人蒙了，好像鼻子断了是致命伤，躺在地上不动，我站起来朝他脸上踩了几脚，嘴唇翻出来，牙缝里也都是血。

有人从后面抱住我的腰，把我向后拉去，那人的朋友也都站起，腿还在座位里，只是拿眼睛看我。我回过头，是老背。是个玩啊，你怎么来真的？他在我耳边说。人群里有人认出我，隔壁学校的小东，他是个贫嘴的窝囊废，我帮他出过头，他走过来挡在我面前说，棍儿啊，你怎么也玩这个了？消消气，一会让他站住，给你枪毙五分钟。我看见屏幕里，自己已经死了，那人的刀上滴着血，弓着身子站在我的尸体边若有所思。老板来了，说要叫警察，小东绊住老板瞎聊，使个眼色让我先走。走到街上，已经不是晴天，下起了小雨，被雨淋在脸上，我有点后悔，这是闹什么呢？让这帮躲在黑暗里的人笑话。

"你是棍儿啊？"老背跟了出来，在我身后说。

"是，有点对不住了，给你搅散了。"我说。

"没啥，是我拉着你玩，不怨你。"他的头发有点湿了，还挎着那个书包。

"你去哪？"他说

"不知道，回家吧。"

"请你喝点酒行不，赏脸不？"

我们走到一家露天烧烤店，后半夜的时候，只有这样的店还开着。店家在塑料桌子上面支了一顶硕大的遮阳伞。

我们没要杯子，一个人举着一瓶啤酒慢慢喝。

"什么东西？"他说。在他喝掉一半的啤酒里，浮着一只七星瓢虫，看样子是死了，可是颜色还是很鲜艳，好像一座红色的小岛。我找来老板，老板没说什么，又拿来四瓶啤酒，说，喝吧，免费了。

"老是这样，我运气不好。"他打开啤酒，用一只眼睛朝瓶嘴里看。

"没有人会一直运气不好，都是一阵一阵的。"我说。

"我就一直运气不好。你不知道,如果现在天下掉下一颗陨石,估计砸中的也是我。要不今天也不会给你踢中,球场旁边那么多人,谁能想到你那一脚会偏出那么多。"

"那和你坐在一块,不是很危险?"

"正相反啊,有我在,你就算是买了平安保险。"

"认识我?"我说。

"听说过。风云人物啊,听说过我吗?"

"没有。"

"没关系,隔行如隔山。刚才那个网吧,"他用大拇指朝后,指了指网吧的方向,"堆满了我射杀的尸体,都是我的崇拜者,射击游戏,我没输过。"

"运气好了?"

"就是玩这个游戏,我没问题,公平,谁厉害谁就活下来。"说着他拿过摆在我这边的一瓶酒,用牙撬开,喝下一大口。

这人刚看我把一个人揍得够呛,完全没受影响,好像和我认识了好久似的。

没什么话说,可是一直喝到天亮,雨停了,路边的杨树叶滴着水,太阳出来一照,让人很舒服。很久没有这么安静地坐着了,一点困意都没有,好像马上就能去爬山,去骑马,有游泳,反正能干的事儿挺多。

临走之前,他突然问我:"交个朋友吗?"

"好。有事儿可以找我。"

"不是这个，就是交个朋友。"

我说："好。"

高三毕业之后，父亲把我送去了大学，糟蹋了他一笔好钱。在我收拾行李的时候，他走了进来，喝醉了，说："儿子，外面不像家里，你谁都不认识。打架这事儿手轻手重，一刹那的事儿，要是赔点钱，你爸倒能想办法，要是你出了别的事儿，你爸也没有办法，你明白不？""明白。"我说。"我不是不想管教你，教你做人，是我自己也没弄明白，你明白不？""明白。"我说。

高三那年，赶上城里闹起瘟疫，据说起因是有人吃猫，猫虽然敏捷，可是人要是想逮，还是能逮住的。学校围墙外面站的都是老师，生怕哪个学生跳出去，染上瘟病，谁也吃不了兜着走。老背的路让人断了，过去他可是背着鼠标，跳出去一玩一宿，第二天照常上课的主儿，这回让人断了瘾，委顿了一阵，只好读书。谁也不承想，这家伙突然成了学校里最会考试的几个人之一，次次混到大红榜的前列，有一次还在主席台上作为后进变先进的典型，领了一套文具，那套文具他送给了我，说他留着没用，给我作个纪念，说不定哪天我也能先进先进。可惜，高考那天，他拉了肚子，据他跟我说，拉得走路都得扶着东西，写完考号和名字，就出了一身虚汗。清华北大彻底没戏了，他考上和我同一所大学。

高三毕业的那个夏天，瘟疫过去，人又都能自由行动，猫也又敢上街了。我把他从网吧揪出来，陪我去游泳。他脱光了之后，露出两排清晰的肋骨，好像站在 X 光底下。不会游，只知道憋一口气，一头栽进水里，在里面乱刨，刨到哪是哪，我说你这是溺水不是游泳，而且溺水也太浅了，一米没到。他不听我的，也不用我教，说就爱这么游，舒服，虽然在水底的时光很短暂，但是自由，随便儿。我在池子边，看他沉潜，生怕按他一贯的运气，哪一口气没顺上来，或者在水底小腿抽了筋，就交待在这儿，如果你运气足够差的话，多浅的池子也会淹死人。只好下水扶着他游。这样他倒游得不赖，只是还是不会换气，只管闷头挥舞胳膊，不停地催我往前去。

　　刚上大学，我就和大我两届的一伙人打了一架，对方的一个人让我用拖布杆扫断了脚踝，从此我又有了些名声，学校保卫科的也注意了我，学校每次有了严重的斗殴，他们都把我找去问问，有时候我说一些，有时候我没什么可说的，混到后来大家还成了朋友。大四的时候他们提醒我，要是想顺利毕业，就得老实一年，要不前三年的罪全白遭了，再出事谁也帮不了我。我表示听了进去，当时我交了女朋友，一个成绩还不错的女孩儿，和我正般配。她希望我能陪她把大学读完，然后跟我回老家工作，我觉得这个提议不错，人总要长大吧。我回家的时候看见父亲的鬓角白了，这几年他的生意不顺利，上面的人换了，政策也变了，好多麻衣烂在工厂里。后来他把厂房卖掉，给人帮手，挣些牵线搭桥的钱，出去喝酒的时候少了，在家喝酒的时候多了。每次我看见他，就好像感觉到有人在按我的脑袋。

大二的时候二狗给我来过一个电话，瞎聊，他在学校里入了党，经常跟辅导员老师们聚会，还睡了不少干干净净的女孩儿，讲得很详细，后来再没联系，一个电话也没有。

上大学之后老背遇到了一些问题。寝室的人都不喜欢他，他夜里不睡觉，把走廊的安全通道指示牌撬开，接出电线，玩他的射击游戏，大白天别人去上课，他捂着大被睡觉，搞得好几个同班同学，到了大二的时候还不认识他。别人一个一个都交了女朋友，需要寝室活动，可是他一天到晚在寝室待着，吃饭也是叫外卖来送，室友只好花钱去外面找日租房。我曾经出面帮他交涉几次，对方都表示不会为难他，给我些面子，可是事实上也仅此而已，有时候行为可以予以限制，看法却无法改变。后来我和他也见面少了，一个是有时差，另一个我有许多事情得做，他也有他的事情，而且很不一样，不一样的时间长了就会变成不了解。偶尔见到，发现他更瘦了，眼睛也更大，好像要从眼眶里掉出来。头发老长，衬衫让汗渍浸黄了，应该是好久没换过。他跟我说，他已经是这个国家里枪法最准的人之一，他要参加学校的比赛，然后参加全国的比赛，然后出去杀外国人。我说好啊，多杀几个，将来代表地球去杀外星人。

离毕业还有三个月的时候，我让人给撂倒了。那天我穿着拖鞋，去食堂给女朋友打饭，就在我出门的时候，刚掀开塑料门帘，迎面被人给了一棍，手里端着的豆腐脑和油泼面全都扣在地上。我知道自己眉骨开了，而且对面是三个人，手里都拎着东西，其中一个我认识。想要跑走，可是脚上穿着拖鞋，刚一抬脚，甩出去一只，另一只脚的大脚趾杵在地上，摔了一跤。脸跌在还是热的豆腐脑里，后脑紧接着又中了一下。等我醒过来的时候，已经躺在医院里，脑袋包着，脚上疼得受不了。两只踝骨，全都折了。

保卫科的人来过，说人已经找到，控制住了，要赔偿可以，估计没有很多，对方家里都不是善类，不是光有钱，千万不要想打回去，那样就不可能毕业了。我看了看坐在床边的女朋友，说，知道了，算了。

一只脚的踝骨长得快些，两个月之后能够稍微着地，我就挂着拐回了寝室，室友都不在，全都撒出去找工作，女朋友陪我住了一个星期，看我渐渐习惯了瘸子的生活，能够简单自理，也就走了，去南方面试。她好像对我挨揍这件事有些不满，确实，发生了这件事之后，找工作的进度比别人就落下了，几年建立起来的一些东西也荡然无存了。我自己一个人没什么事情，就把笔记本电脑搬到床上，下载了射击游戏，自从上次和老背玩了一次，再也没玩过，地图多了，枪支也更先进，我努力回忆老背教给我的简单操作，W是向前，S是向后，鼠标左键是开枪，右键是装上消音器。一天玩十个小时，和过去一样，我一次一次死去，喷涂也比过去丰富，有人在我尸体旁喷上：看见你了，傻逼。科技的发展真是既合乎人的需求，又总在人的预料之外。

一天夜里，我正在睡觉，梦见自己站在刑场上，一群蒙面人端着枪朝我射击，可是他们就是打不中我，我就在四面飞翔的子弹里，走出刑场，骑上马唱着歌走了。这时有人敲门，我拿起身边的晾衣杆，把门锁钩开，老背走了进来。他光着膀子，只穿了一条内裤，身躯像搁浅在岸上的小鱼。

"睡了吗？棍儿。"

"没有。"

"聊聊？"

"坐吧。"

他搬了把椅子，坐在我的床边。

"想上厕所吗？我扶你去。"

"没有，睡觉之前去过了。"

"我能扶得动。"

"我知道，确实没有。"

他拿出我床边的烟，点上。

"我没带烟。"

"嗯，看出来了。聊吧。"

"等等，着什么急？"

他缓慢地把烟抽完，扔在地上，没有去踩。

"我们第一次见着那天，你把人给打了，什么心理？"

"较真儿了，你怎么想起来问这个，还能是什么心理？"

"你说你傻逼不？"

我看着他，他从来不和我这么说话。就算我腿断了，这也有点不对头。

"出什么事儿了?"我说。

"我把人给打了。"

"把谁打了?"

"疯狂丘比特。"

"谁?"

"网名,叫疯狂丘比特。"

"在他寝室里,不用去看了,救不回来了,"他指了指自己的后脑,"我把他这儿打了一个窟窿。寝室就他一个人。"

我看着他,他没喝醉,也没有疯,表情像木偶一样清楚。

"用什么打的?"

"他桌子上的烟灰缸。他作弊。"

"作弊?"

"我看不见他,他能看见我,隔着两层掩体,他能看见我,先打我的腿,然后打我的头。开始我以为我运气不好,他猜中的,在游戏里我也运气不好了。后来我上网看了,有这种软件,几块钱就能买着,我也买了一个,不是这个,能查别人的ID,查到他住哪个屋。2039。"

"犯得上吗?"我说。

"犯得上,你不懂,犯得上。我差点因为他疯了。"

说完,他站起来,看着我说:"棍儿,我能在你床上睡会儿吗?先别找人抓我,我太困了。"

"上来吧。"

他爬上来，挨着我躺下，虽然从肤色看，他好久没洗澡了，但是身上并没有臭味。他像个孩子一样，脸朝着墙壁，很快睡着了，而且开始打鼾，他应该是有一段时间没怎么睡觉了。

　　我从床上下来，找到拐杖。下楼，来到2039。深吸了一口气，推开门。一个人穿着黑色T恤衫，上面印着格瓦拉的红色头像，正在玩射击游戏。他戴着耳机，没有看见我。头发披肩，后脑勺包着一块纱布。桌子上没了烟灰缸，烟灰弹在地上。这次他运气不错，我心想，即使是全国枪法最准的人，也有打歪的时候。我走过去，坐在他旁边的椅子上，他还是没有发现我。他拿着一把狙击枪，穿着警用的防弹衣蹲在一座古老的城楼上，那是一个中心广场，四面的桃花开得正盛，城楼上竟然也种着一棵桃树。广场上有沙包和堡垒，年轻的匪徒们穿着单衣，躲在后面。有人手里拿着报纸，有人拿着书刊，也有人拿着枪。他确实能够看见敌人，即使敌人藏在堡垒后面，他也能够看见，那是一个一个闪光的小格子，他朝格子打出一枪，屏幕上便显示有一个人死了。我看着他打死了五个人。对方都没有发现他，不明不白地死去了。

　　我认出他。他是在食堂门口伏击我的其中一个。他应该给过我一棍子，也许是面门，也许是后脑，或者在脚踝。

　　我拍了拍他，他看见我，马上站了起来，耳机线却拽住他的头，看上去他好像给我鞠了一躬。

"让人打了？疯狂丘比特。"我说。

"你想干吗？"他在四下乱看，可是房间里没有帮手，其实对付一个瘸子，不需要帮手。

"谁打的你？"

"棍儿。你们一起的？"

"棍儿？"

"网名叫棍儿。你想干吗？我不认识你，打人是让人找去的。"

我摆了摆手："不是那个事儿，坐吧，聊聊。你为什么作弊？"

他坐下。"为什么作弊？谁不作弊？现在谁不作弊？"

"你知道我要是再打架，就得给开除了，就没有工作，没有女朋友，什么也不是，在你们去食堂找我之前。"

"知道一点，你得罪人了。"

"算扯平了吧。能算了吗？以后谁也别惹谁。"

"能。"

"好了，玩吧。"我站起来走出门去。走到楼梯口，我拄着拐走了回来。推开门，他还蹲在城楼上面，头盔上落满了花瓣，用狙击枪射杀着看不见他的年轻人。

我走到他身后，挥起拐杖把他打倒在地。

大路

人们必须相信，垒山不止就是幸福。

——阿尔贝·加缪

过了今天晚上，我就三十岁了。

她走过来，坐在我的台灯底下。她说："你的房间怎么这样冷？"我说："漠河冷，今天暖气又断了，窗户里面开始结冰了，四处都开始结冰了。"她说："我那边暖和一点，只不过我睡觉的时候老是把被子踢开。"我说："这么多年你还是睡觉不老实。你怎么变得这样小了？"她说："因为你快把我忘了。"我说："我没有，我只是把你放在了更深的地方。"她说："更深的地方是哪里？"我说："是忘记的边缘，可永远忘不了，这就是最深的地方。"她笑了，变大了一点，坐在我的膝盖上，仰头看着我，说："你倒说说，到底值不值得？"

在我很小的时候，父母在一场火灾中去世了。那是一场惨烈的大火，烧起来的时候我正蹲在另一条街上弹玻璃球，用纤细的手指把玻璃球弹进不远的土坑里，我甚至闻到了东西烧焦的味道，可我当时玩得专心致志，没有分心去想烧着的是什么东西。当我捧着满满一手赢的玻璃球回到家的时候，家已经烧成了灰烬，父母没能逃出来。我住到了叔叔家，只有他愿意接收我。作为一个孤儿，我变得比任何时候都要清醒，很快学会了保护自己。所有妄图欺负我的人，不管对手多么强大，我都给予力所能及的回击，我从不商量，也从不忍让，我只想给对方留下足以令他们牢记的疼痛感，自己最后是不是还能站着，并不重要。不得不说，我给叔叔添了不少麻烦，他也很少对我手下留情，我吃过拳头，挨过皮带，也曾经在冬天的夜晚在院子站过一整夜，我不断地向他反击，不断地失败，但是这丝毫没有动摇我的信念，终于有一天，在我又一次伤人之后，他把我送进了工读学校。在这里，教官的行为方式和叔叔没什么区别，只是我没法再白吃白喝混下去，而是需要做工。我的第一份工作是给衣服的领子和袖口绣花，通常都是苍白的牡丹和僵硬的鲤鱼，眼睛和手指要经历严峻的考验。等我长大了一点，我便和伙伴一起走上街去铺路，把铁桶里的沥青舀到路上，然后看着压路机轰隆隆地从沥青和石子上滚过，造就一片平整的焦土。

工读学校里大多是和我一样的孩子，也许不是孤儿，但是顽劣的程度不比我差，在几次突然爆发的斗殴中我都没占到什么便宜，这里的人对疼痛感的认识确实不大一样。教官们经常会在深夜突击检查，因为有些人喜欢在枕头底下放把刀子，可即便如此，在冲突升级或者说在一些必要的时刻，刀子还会在他们手中出现，像魔术师一样突然出现在袖子里，闪闪发亮。在被扎伤了几次之后，我也学会了巧妙地把刀子藏匿在床上的某处，然后逐渐学会刀子的用法，如何使刀锋准确切进身体的薄处，不要人的命，但是要让他倒下。

终于在十六岁的时候，我完整地回到了叔叔那里，带着几处痊愈的伤痕，和几件换洗的衣服。当时叔叔正在看报纸，他抬眼看着我，看了半天，说："你壮了一圈。"我说："是，要干活。"他说："可能现在我都不是你的对手。"我说："有可能，但是没这个必要。"他想了想说："你有什么打算？"我说："到街上走走，看看有什么机会。"他点了点头说："你还愿意住在这儿吗？"我说："算了，我已经十六岁了，能自己照顾自己，只是需要一点本钱。"他说："本钱我没有，但是你可以在我家里拿点东西，你看什么东西你能用得上就拿走，不用客气。"我在屋子转了转，发现厨房的菜板上放着一把切软骨的尖刀。事后我一直想不通，为什么他简陋的家里会有那么漂亮别致的一把尖刀，刀锋冷月一般发着光。我伸手拿过他手中的报纸，把刀包好，和从学校里带出的衣物放在一起，背在身后。他自始至终没有说话，只是静静地看着我，在我走出房门之后，我听见他站了起来，把门反锁上了。

经过一段时间的探查，我选择在这座城市里，只在两个地方活动。一个是火车站,白天我就在火车站里睡觉吃饭,候车大厅就是我的房间。我从来不偷东西,我曾经的伙伴指点过我,如果要偷东西就买一张站台票,上车的时候一定会有人把钱包撞在你的手上。我不偷东西的唯一理由是我不是小偷。所以火车站只是我生活的地方,在哪里也找不到这么美妙的家,被无数的人包围,可没有一个人烦你。另一个地方是我上班的所在。在这座城市的一角有一片新建的别墅区,也是唯一的一片别墅区,在别墅区和城市的主体之间,有一片人造的树林,树是真的,只不过是为了给别墅区的窗子们一个美好的风景栽上去的。树林里有一条宽阔的大路,路两旁是崭新的路灯,冬天五点整,夏天七点整,就会亮起。这条路上大部分时间经过的都是车子,各式各样的漂亮车子,不过也会偶尔有人走过,不知道是什么原因,不过确实会有人走过这里,就像是从富翁兜里掉出的硬币一样。我的工作就是在夜晚的时候把这些硬币捡起来。

  我捡到的第一枚硬币,是一个喝醉的中年男人。第一次工作选择一个比我还要高大的男人本来并不明智,可是他实在太醉了,走在路上就好像走在水里,而他腋下的皮包就像是浮在他周围的救生圈,他一次一次把皮包掉在地上,又一次一次游过去拾起来。路灯很亮,路上只有他一个行人,那时我两天一夜的时间里只喝了别人丢在候车大厅里的半瓶牛奶,饿得发昏。于是我鼓起勇气,从树林里跳出来,拽住了男人腋下的皮包,可他夹得这样紧,以至于我和他一起摔入了树丛里。因为恐惧,我没有感觉到脸上已经被树丛割出了口子,我从没有攻击过和我没有丝毫恩怨的人。可我没有松开手,我只想要那只皮包而已,可是如果我继续害怕下去,也许我会把刀捅进他的肚子里。这时他说:"朋友,今天是我请你喝酒,你不要和我抢。"我继续用力,可他的双手死死把皮包抱在怀里,捍卫着自己的尊严,他说:"你就算杀了我,我也不会给你,你帮了我的大忙,不能让你请客。"我只好用另一只手把刀子拿出来,我准备像过去那样行动,然后我发现他倒在地上睡着了。那只皮包里面只有半瓶矿泉水。

随着时间的推移和经验的累积,我逐渐能够排除饥饿的干扰,适当地选择自己的目标。我只拿现金,其他东西就算再昂贵,也只会把事情搞复杂,而我不喜欢复杂。我的刀子一直没有派上用场,大多数遇见我的人,身上的钱和他们实际拥有的比起来都不值一提,他们也许根本不知道我准备了刀子。我的手艺似乎介于乞讨和抢劫之间,好像还没有一个词能够准确地定义。我没有必要为自己辩解,反正每一次和他们见面我都表示了我的诚意,他们对于我来说无足轻重。

遇见她的那天,她双肩背着书包,低着头从大路上走过,路灯突然亮起,吓了她一跳,她抬头看了看路灯的光芒,好像突然看见了寒冷,身上打了个寒战。冬天来了。虽然她穿着普通的校服,可她的神态告诉我,她一定有充足的零用钱。我从树丛里跃出,说:"给我一点钱。"她有点吃惊，可远比我想象的镇静，她说："你是要买衣服穿吗？"我说："给我一点钱。"她说："你怎么穿得这样少？"从来没有人这么啰唆，我只好从怀里掏出刀子，说："我杀过人。"她的眼睛里微弱的恐惧彻底消失了，她说："吹牛吧。"她虽然说中了，可我怎么好意思承认，我说："不要逼我再杀一个。"她说："你的刀子怎么包着报纸？"然后伸手去摘背后的书包，我说："别动。"她说："钱在书包里。"我说："把书包给我。"随时都会有人走过来，到时候我连一个书包都捞不着。她把书包扔给我，我差点被砸倒在地，这东西怎么这样沉。她说："明天路灯亮的时候，我再拿点钱给你。"这时候我已经跳进树林里，背上书包跑了起来。

她的书包里有五十二块钱，半块巧克力，一只巴掌大的玩具熊，一个文具盒，里面有三支圆珠笔两支蓝色一支红色和两支铅笔，还有一块香喷喷的粉色橡皮，橡皮的一角已经圆了。其余的是十七本书，囊括了各个科目的教材和习题册。我把玩具熊扔进垃圾箱，用七块钱买了一个夹着一丁点奶油的面包，一瓶矿泉水和一根烤香肠，然后躺在候车大厅的塑料椅上挑出一本书来读。是一本数学书，在三角形的定义底下，有人用红色的圆珠笔写着：对峙。在线段的图形底下，写着：人生。而在直线的底下写着：永恒。我觉得无聊，拿起一本语文书，书里面夹着一片树叶，是那树林里的树叶，在一张瘦削的人物插图底下，有人用同样的红色圆珠笔写着：他去偷书，是因为没有人给他洗衣服。只要是稍微大点的空白处，都有铅笔画，其中一张画了一个女孩儿站在一个高高的跳台上，底下是一个渺小的游泳池，游泳池里没有一滴水，而是放满了玩具熊。旁边有一行小字写着：你们会染上我的颜色。一定是看过了所有红色批注和铅笔画然后吃了那半块巧克力之后，我枕着书包睡着了。

到了第二天傍晚的时候，我一直在思考，我到底应该不应该去等她。她也许真的会带着钱来，然后身后跟着警察。我一直在椅子上躺到暮色降临，我看了看大厅墙上的大钟，离路灯亮起只有半个小时了，我忽然从椅子上跳起来，背上书包，拿掉刀子上的报纸，向着大路跑去。

我在树林里就看见她了，背着一个新书包，就站在昨天那盏路灯底下。我放慢脚步，观察她的周围，也许警察或者她的父母就潜伏在对面的树林里。我盯着那片树林看，一阵风吹过，掀起地上的枯叶，好像和每天一样，没什么分别。我目测了大路的宽度，觉得即使是有埋伏，如果第一步我能恰到好处地跳到树的后面，然后飞跑起来，没有人能抓住我，毕竟没有人比我更熟悉树林里的地形。路灯亮起来，她朝着树林看过来，我从树后面丢出一块石头到她的脚边，她几步走到我的身边，仰头看着我，说："你背书包的样子好滑稽。"我说："钱带来了吗？"她从书包里掏出钱，递给我，然后又掏出一件极厚的格子衬衫，说："虽然有些旧，也大，不过你可以穿好多年，你还会长大的。"我把钱和衬衫接过来，眼睛又看了一眼对面的树林，风卷起的还是枯叶。我把书包递给她说："还给你。"她说："你留着吧，我买了新的。"我想了想，觉得可以留着当一个好枕头，就又背在了身上。她说："把我的玩具熊还给我。"我说："我扔了。"这时一辆轿车从大路上飞驰而过，吓了我一跳。我说："从明天起，我就不来了，你不用害怕。"她说："你不用害怕才对。你干吗扔我的熊？"我说："我不害怕，你不了解我。"她说："那你明天就来。"然后转身走了。

我在垃圾箱里没有找到那只玩具熊，按理说是不会找到的，候车厅里的垃圾每天傍晚都要清理一回。第二天离路灯亮起还有四十分钟，我又像是被什么刺中了屁股一样，从椅子上跳起，跑到树林里。这次我早了一些，看见她远远地走过来，径直走到我的眼前，然后坐在地上，说："坐。"我坐在她身边，她什么也不说，我们一起看着路灯逐个亮起，然后黑暗渐渐包围上来，把灯光挤成了一个个细条。寒气扫进了树林，我从书包里掏出她给我的衬衫，扔在她脚边，说："穿上吧。"她说："我不冷。我一直以为黑暗是从天而降，今天才知道，黑暗是从地上升起来的。"我说："可能黑暗一直在，只不过光跑掉了。"她不说话了，继续看着前方，眼睛那样大，好像都没有眨过。过了好久，我感觉到自己就要睡着了，屁股也没了知觉，说："你不用回家吗？"她说："家里没有人，他们都很忙。"停了一下，她说："你是自己一个人吗？"我说："是，我一直是一个人。"她说："辛苦吗？"我说："还好，总有办法的。"她说："你是一个很厉害的人。"我从来没有被人夸奖过,所以不知道该怎么回答。她说:"你能想到办法。"我说:"亲人是什么样的?"她说:"和你很熟,但是和你不相干。"我说:"老师呢?"她说:"老师是只会重复的发条玩具。"我说:"朋友呢?"她说:"朋友是索取。但是你不是。"我不知道自己是不是在索取,也不知道从什么时候开始我被算作了一个朋友。

她说:"你那把刀子怎么用?"我说:"刺进胃里,那里的皮比较薄。"她说:"你试过吗?"我说:"那时候的刀子比这小,这把还没用过。"她说:"很疼吗?"我说:"应该是很疼,因为胃和肠子都很知道疼。"她说:"有不疼的吗?"我说:"脖子吧。"她说:"你确定吗?"我说:"我猜的,脖子比较致命。"她说:"你会杀死我吗?"我说:"当然不会,你这是什么意思?"她说:"我求你呢?"我说:"也不会。"她说:"我睡觉的时候常常会把被子踢开。"我说:"我不会杀死你。"她说:"然后我就在寒冷中醒来,身上什么也没有,我觉得人生就是这样,你以为世界在包裹着你,其实你什么也没有。"我说:"那不是你自己踢开的吗?"她说:"也许吧,被子里面太闷了,对不对?"我说:"我得走了,不会再来了。"她说:"就算你不杀死我,我也会想办法死掉的,现在是我最美的时候。"我说:"也许你以后会更美。"她说:"不会了,时光不会流逝,流逝的是我们。"我站起来,她把衬衫捡起来递给我,说:"你欠我一只玩具熊。"我说:"已经没了,除非你想要个新的。"她说:"那不一样,你还不了我，就答应我一件事。"我说："我不会杀死你，我没杀过人。"她说："你果然在吹牛。你答应我，把那把刀子扔掉，然后找个其他的工作干，你会做什么？"我想了想说："我会铺路，很平的路。"她说："那你就找个地方铺路。至少要活到三十岁。然后告诉我，到底值不值得一活。"我说："我怎么能找到你？"她说："你不用找我，我会来找你的。"我忽然说："你真的会找到我吗？我是说说话算话。"她说："我说话算话，但是那天你要穿着这件格子衬衫，我才能找到你，这是你的标记。"我说："我会的。"她说："走吧，别再回到这条路上。"

我没有遵守诺言，我每天回去，坐在树林里等着。可她再也没有出现。那个喝醉的男人又从路上走过，一次次地把另一只皮包掉在路上，自言自语，可我没有打扰他。我曾经想走进别墅区里，挨家挨户地寻找，或者贴出一个告示，提醒他们，也许你们的家里有一个这样的小孩，但是我没有这样做。在第六十七天的夜里，我看见有救护车呼啸着向别墅区驶去，不一会又呼啸着驶出来，这回上面好像坐满了人。三天之后的清晨，一支送葬的队伍从别墅区中缓缓驶来，灵幡从车窗里伸出，有人向外撒着纸钱。我看见有人在副驾驶抱着一幅黑白照片，我看见了，看见那照片上的容颜。就在那天夜里，我穿上衬衫背着书包走到火车站的售票口，说："我有八十六块钱，最远能够到哪里？"卖票的女人看了我一眼说："到漠河。"我说："那就是我要去的地方。"

在上火车之前，我把刀子扔进了垃圾桶。

我在漠河铺路，铺了很多条，通向不同的地方。我谨慎地对待每一条路，虽然很多路我铺好了之后自己再没有走过。漠河太冷，季节很少，愿意铺路的人不多，我的薪水不错，只是脸面经常被冻伤，伤口没有时间痊愈，所以我看起来比实际上老一点。我看见很多人虽然做着正常的工作，而实际上和我过去一样，生活在乞讨和抢劫之间，而我则在专心铺路。有时候我会看见北极光，我刚到漠河的时候，别人问我："来过吗？"我说："没有。"别人说："哦，你是来看北极光的吧。"我说："我是来铺路的，北极光是什么？"第一次看到北极光的时候，我呆住了。它就像一团没来由的火，在冷空气的核心静静地燃烧，缓慢地释放五彩缤纷的光芒，绿，白，黄，蓝，紫，直到它燃尽了，世界又恢复了本来的样子。

我看完了书包里的十七本书，用每个月剩下的薪水，我又买了一些书看，数学，化学，语文，历史，我按照那些教材的科目，分门别类看下去，看不懂的地方就记下，等到下个月剩下薪水，我再买其他的书，把上个月留下的疑问解释掉。我对此并无极大的热情，可是每天如果不做，就好像死掉了一天一样，只好一天天地坚持下去。我几乎忘掉了我曾经的样子，知道的越来越多，虽然从未让别人知道我知道，可是我还是知道我已经变成了另一副模样。我所相信的已经不再是果敢的行动，而是安静的思考，我渐渐抵达了某种东西的深处,那个地方于现在的世界毫无意义,可其本身,十分美好。我曾经把刀子和玩具熊丢在了垃圾箱里,我似乎逐渐把玩具熊找了回来。

今天晚上,我穿上了那件格子衬衫,果然不大了,尺寸正好。我坐在台灯底下,把十四年前的十七本书摆在书桌上,一本本地看起来。她也许已经在我身边站了很久,我没有发现她,她只好坐到我的书桌上,坐到我的书页中来。

她仰头看着我的台灯,就好像当年她看着路灯一样,打了一个寒战。

"你倒说说,到底值不值得?"

我把玩具熊放在她手上,说:"还给你。"

她说:"你找到了?"

我说:"没有我想象的那么难。"

她说:"那就是,值得?"

我说:"我不知道,我没有为了答案而活着。"

她把玩具熊抱在怀里,说:"那你为了什么?"

我说:"我只是活着,然后看看会不会有有趣的事情发生。"

她说:"你不怕流逝了吗?"

我说:"我在流逝,不过这就是有趣的地方,至少我比时光本身有趣。"

她说:"你说得对,你现在确实比当年有趣了 点。"

我说:"你也没错,你现在确实和当年一样美丽。"

她红了脸,摸了摸玩具熊,把它递给我,说:"送给你吧,我有整整一个游泳池的玩具熊。"

我接过来说:"你什么时候再来找我?"

她说:"在你死那天。记得要穿这件格子衬衫,这是你的标记。"

我说:"我会的。"

她跳起来吻了我的脸,然后变成了光,退出了黑暗里。

我抱着玩具熊钻进被窝,把被子紧紧地压在身上,我对自己说:"不要把被子踢开,让被子包裹住我,明天暖气就会修好了吧。"

走出格勒

二十四岁的时候，我用一支旧得不成样子的钢笔给父亲写过一封信。在信里，我讲了一下家里的近况。母亲仍然自己一个人，和我生活在一起，没有出去工作，每天在家里看电视养花。我，马上就要结婚，妻子是出版社编辑，因为出版我的小说认识，她比我年长，不算漂亮，但是人很和善，也很敬业。她说从第一次见到我开始，就觉得我这个作者似乎可以信任，这种感觉在之后的交往中得到了确认。我还在信里讲了一下艳粉街现在的状况，它已经被夷为平地，然后在上面盖了无数的高楼，现在已经是核心市区的一部分，有几个大型的超市和不少的汽车4S店。我在信的最后说，虽然很久之前你就告诉我，不要去看你，不用再给你写信，可是在这样特殊的时刻，我还是想写信给你，跟你讲一下。然后我把那支旧钢笔放进信封里，把信寄了出去。

像过去一样，我没有收到回信，但是收到了那支旧钢笔，监狱把钢笔给我退了回来。我明白他们的意思，钢笔有时候会成为凶器，这已经不是十几年前，一切还都较为宽松。我把它和我的旧信件放在一起，锁进了抽屉。

我和我的父母搬进艳粉街的时候，是1988年。那时艳粉街在城市和乡村之间，准确地说，不是一条街，而是一片被遗弃的旧城，属于通常所说的"三不管"地带，进城的农民把这里作为起点，落魄的市民把这里当作退路。它形成于何年何月，很难说清楚，我到那里的时候，它已经面积广大，好像沼泽地一样藏污纳垢，而又吐纳不息。每当市里发生了大案要案，警察总要来这里摸一摸，带走几个人问一问。这里密布着廉价的矮房和胡同，到处都是垃圾和脏水，即使在大白天，也会在路上看见喝得醉醺醺的男人。每到秋天的时候，就有人在地上烧起枯叶，刺鼻的味道会弥漫几条街道。

那年父亲三十七岁，刚从监狱出来，1985年，他因为偷了同事的两副新扑克牌，在监狱里待了三年。在入狱之前，他是工人，据母亲说，父亲晚上喜欢读武侠小说，还参加过厂里的征文比赛，写过歌颂"两个凡是"的诗歌。出来的时候他一条腿瘸了，不过还可以自己走路。找工作的时候他经常要在对方面前走几圈，你瞧，我瘸得不厉害，他总这么说。一个狱友，先他四个月出狱，在艳粉街开了一家台球厅，要他过去帮忙，他说那里房租便宜，对于像他们这样的人有很多的工作机会，容易交到朋友。台球厅在地下一层，没有窗户，装有两个硕大的排风扇，里面每天烟雾缭绕，卖一块五一瓶的绿牌儿啤酒和过期的花生豆。大人们在里面喝酒打球，谈事情，除了十几个台球案子，还有六七个房间，有的里面是一张牌桌，有的里面是一张床。父亲的任务是拿着一根废旧的台球杆坐在台球桌旁边的椅子上，装作会打球的样子，处理一些纠纷。他常哼着里面播放的音乐，在一年后，他最后一次伤人之前，他已经学会了不少粤语歌。

奇怪的是，他一直没有学会打台球。

那次严重的斗殴具体因何而起我已经无从知晓，没有人告诉过我，只知道父亲打坏了一个年轻人的脊椎，导致他永远无法站立，而我的家里又拿不出赔偿金。而据我的猜测，他也许只是想让自己看上去能干一点，毕竟这份工作来之不易，或者是在击打对方的时候，想起了自己过去受过的苦，或者两者兼而有之。

因为是累犯，又是特殊时期，这次的刑期很长，父亲被带走之后，给母亲写过一封信，告诉母亲和我忘掉他，也不要去看他，他不会见我们。事实证明，在这一点上他相当固执。我和母亲试了几次，都吃了闭门羹，写去的信也全都给退了回来。

父亲回到监狱之后，我和母亲依然住在那里，她每天清晨推着一车毛嗑儿出去卖，工厂倒闭之后她就开始干这个。我帮她把三轮车推到巷口，然后自己走路去上学。以我的脚程，二十分钟可以走到，我目不斜视，笔直前行，需要走过六条街和一个旱厕。清晨的街道上布满了垃圾，只有一个独眼的环卫工人打扫。他年过花甲，老是用那只没瞎的眼睛审视着那些清晨时候下班的妓女，她们大多挎着镶有闪闪亮片的皮包，穿着高跟鞋，有的摇摇晃晃，已经醉了，妆容花在脸上，有的抽着烟卷，眼睛快要睁不开，急匆匆地赶回出租屋去睡觉。路上常有人打劫，劫匪一般都是附近职业中学的高年级学生，他们的专业是水案或者修理汽车。他们在裤兜揣着折叠刀，三五个一伙儿，在拐角或者树后面出现，把你拉到胡同里，打你两拳，然后开始搜你的身上。我记不清自己被抢了多少次，按道理说，他们如果能够信息共享的话，抢劫我这样的孩子是十分没有效率的，我兜里没有一分钱，腕上也没戴手表，只有一书包的书和一个生锈的文具盒。可惜在那个行当里，总是有新人加入，他们不认识我，他们需要钱去买游戏机的币子或者给自己喜欢的女孩儿买八王寺汽水。我已经习惯站在他们面前，自己主动把衣服脱掉，让他们看清楚之后再把衣服穿上。这样既能避过一些拳脚，还能节省时间，防止迟到。

　　我十二岁的时候，念到小学六年级，同年级的学生正在逐渐地流失，有些人已经没有耐心把小学念完，开始离开艳粉街，各奔前程。母亲希望我一直念下去，而且她想要攒钱把我送到市中心的初中，前提是我的成绩能够好一点，母亲告诉我，你不要和你的同学比，你要想象这个世界上还有许多正常的孩子，他们每天读书写字，长大就会坐在有电风扇的办公室里上班，你要把他们当成对手，你要比他们成绩更好。我说，妈，我不知道他们到底会考多少分，我怎么和他们比呢？她说，你就想象他们永远不会犯错误，他们像机器一样，只要有电池，就不会写错一道题。我相信她的话，这条街区里只有一个旱厕，冬天的早晨会在旱厕前面排起长队，想要拉屎的人站在寒风里等待着，相互说着话，嘴上冒着哈气。有一次我看见一个大约四十几岁的女人，正在和身边的人开着玩笑，突然从队伍里跳出来，脱下裤子蹲在地上，把肚子里的东西拉在冰面上，它们会长久地冻在那里。我经常会想到这个景象，它像一只手电筒一样，直射我的眼睛，让我在夜里读书时不那么困倦。

就在我要把六年级念完，准备小学毕业的时候，我又一次遭到了抢劫。首领是一个女孩子，身边站着两个和她同样年纪的男孩儿。他们看上去十五六岁，以比例来说，比我大很多。我没见过她，她穿着一条红色的连衣裙，头发烫成一个一个大的弯弧，刘海遮过了眼睛。腿上穿着黑色的丝袜。她首先抽了我一个嘴巴，认识我吗？她说。我不说话，开始把书包翻过来，倒在地上。她又给了我一个嘴巴，我叫老拉，你有名字吗？我说，我身上没有钱，书包里只有书和文具盒，你们自己看。老拉伸手拿起我的作文本，翻开，朝着她的两个同伙说，题目，《蚊子》。男孩儿们笑了，其中一个抬腿踢了我一脚，说，傻逼，我叫苍蝇。她继续念道，我家夜里有好多蚊子，我打它们，它们就跑，好像它们曾经被我打死过。她看了看我，继续念，我太小了，什么也不懂，也许长大一点会懂，为什么我们非要杀死蚊子，我们才能睡觉。她把作文本扔在地上，捡起我的文具盒，从里面拿出我的钢笔，你有钢笔，她说，哪来的？我说，我爸给我买的。她把钢笔放在丝袜里说，我借走了，不过会还你的。她的同伙狐疑地看着她，其中一个把手伸向她的大腿，说，给我吧，你留着没用。她把他的手按在腿上，说，你留着有用？你认字吗？那人说，认得一些。她说，丝袜好吗？他说，好。她掰起那人的手指说，那就撒手吧。然后她转过头对我说，我要拿它写封信，两三天就能写好，三天吧，你到红星台球厅找我。认识吗？我说，认识，在废品收购站对面。她说，你要是不来的话，我就当你送我了。说完她抬起手，我还以为她要再抽我一个嘴巴，她把头发帘拨了拨，走了。

那支钢笔确实是我爸送给我的，不过不是他买的，他说是一个狱友送给他的。我爸把钢笔放在我手里，是他刚出狱不久，我正在趴在地上生炉子，用扇子努力把油毡纸扇着，他蹲不下来。他让我进屋去给我看点东西。火着了起来，把细柴也引燃了，最后烧着的是煤块。我垫上炉圈，放上水壶。他又叫了我一次，我站起来走进屋去，看见他坐在炕沿手里拿着这支钢笔。送你了，他说。我接过来，一支崭新的英雄牌钢笔，镀金的笔尖，不锈钢的笔身和笔帽，拿在手里像一颗细长的子弹。我说，爸，钢笔哪来的？他看着我，不知道是我的问题让他吃惊还是灶台的烟飘了进来，他好像要哭。在哪买的？我补充了一句。他把一条腿从炕上搬下来，站在地上，说，监狱里的朋友送的，你好好看看，是新的。我说，是新的，确实是新的。他向外面走去，说，本来，他想用这玩意扎人来着。我说，后来呢？他说，没扎。

红星台球厅离我的学校不远，不是我爸工作过的那一个，是另一个。在里面玩的人大多年纪不大，便宜，是给小孩儿玩的台球厅，在墙角摆着三台大型游戏机，几个人手抓着摇柄，在玩《街头霸王》，时不时从兜里再掏出币子塞进去。老拉正在和一个男孩儿打台球，这个男孩儿我也没见过，他焗了一脑袋红头发，好像一束活动的假花。老拉在进攻，她趴在台球桌上，一只乳房帮助她固定住杆位，我看着她把白球从桌上打起，直飞到邻桌的球中间，把那边摆好的三角球型炸散了。然后她直起身子，看着桌面，好像局势还在她控制之中，然后她从兜里掏出五个币子，放在桌沿上，说，输了，明天再玩。

过来吧，蚊子。她冲我招手。我想提醒她我不叫蚊子，没人愿意叫蚊子，可是我没说，她愿意叫什么就叫什么吧，那是她的事儿。她坐在球桌旁边的椅子上，让我坐在她旁边。你打台球吗？她问我。我说，不打，不会打。她说，大型呢？玩吗？我说，不玩。她说，你平常都干吗啊你？哎，你跟我说说，来这儿干吗来了？我说，来拿我的钢笔。她说，钢笔？什么钢笔？你以为这是文具店呢？傻逼。我说，咱们说好的，三天之前你把我的钢笔借走了。她说，挑一样。我说，什么？她说，台球，大型，挑一样，陪我玩一会。我说，我都不会，下午我还得上课。红头发在旁边自己和自己打着台球，不停地把球打偏。我说，如果你不给我，那我就走了。我站了起来，她仰着头看我，说，那你随便干点什么行吗？你会什么？随便干点啥。信我已经写好了，你那破笔我留着也没用。我说，我会背诗。我操，她高叫着，我操。我转身准备走出去，她在我身后说，哎，你背吧，背完赶紧拿着破笔滚蛋，背吧，什么诗？我转回来，说，外国诗。她说，还会背外国诗？哪看的，不是你自己瞎编的吧。我说，不是，在书店看的。我和我妈去市里买过书。她说，背吧，赶快，我还有事儿呢。我背道，我回到我的城市，熟悉如眼泪，如静脉，如童年的腮腺炎。你回到这里，快点儿吞下，列宁格勒河边路灯的鱼肝油。彼得堡，我还不愿意死：你有我的电话号码。彼得堡，我还有那些地址，我可以召回死者的声音。她说，没了？我说，还有，但是我就记到这里，其余的忘了。她说，列宁格勒是哪？我说，我不知道。她指着我，对红头发说，老肥，你听见没，这傻逼会背诗。红头发瘦得像饿狗一样，却叫老肥。他一边打出一杆球，一边说，我还会呢，鹅鹅鹅，曲项向天歌，白毛浮绿水，红掌拨清波。她对我说，我进去一趟，你们俩傻逼对诗吧。老拉进去之后，老肥把杆杵在地上，对我说，你怎么认识老拉的？我说，忘了。他用杆头指了指我，好像要把我打进洞里，说，离她远点。我说，我知道。他说，你知道个鸡巴。说完他把白球摆好，再一次错失了目标。

老拉出来的时候，手里拿着我的钢笔和一个信封，信封上有字。她说,陪我去把信寄了。我说,我要迟到了。我知道邮筒的位置,艳粉街里唯一的邮筒,在它的边缘,再往东,就是荒地了,我曾经远远地看过,有火车道,有土丘,再往那边不知道有什么,看不见了。我去的时候是冬天,给父亲寄信,虽然知道会被退回。在信里我用钢笔写了我最新学到的东西,默写了圆周率的后十几位,还跟他说了光合作用的原理。那天下雪,一列火车经过,能看见车窗里的光亮,能看见有人躺在光亮里,火车好像正在逃走的房子。我在想,信是怎么寄到父亲那里的呢?难道邮筒底下有一个管道,直接通到监狱里父亲的房间?可并不是所有信都寄到监狱去的吧,那可真需要好多通道才行。走吧,我有自行车,很快就到,很快就能回来,她说。我说,好吧,钢笔我帮你拿着吧。她说,到那给你。

她的自行车很旧,横梁,我怀疑过去不是她的。她让我坐在后面,然后撩起裙子跨在上面,车座太高,她只好把屁股搁在横梁上,脚才能够到脚镫子。她将钢笔和信封夹在手指里,骑得很快,路也很熟。我双手扶着车座,防止转弯的时候把我摔下来。她的脖子后面渗出了汗珠,细长的脖子,曲项向天歌的鹅。我能看见她的抹胸在衣服里拱出一片棱,能看见被风吹起的裙摆里,白色的裤衩。在我十二岁的这个盛夏的中午,我第一次感到身体里一束遥远的战栗,它好像暴雨前的雷声一样,由远及近,在我的身体里炸开,然后蔓延开去。不知道是不是所有人都能够感受到这种东西的实质，也许它的实质是故乡的感觉，当然这是我后来对此的总结，也许很不准确。

邮筒在那，毫无疑问，它一直在那。老拉把信投进里面，用手拍了拍邮筒说，绿哥们，全靠你了。我和自行车站在一起，看着邮筒背面的那片荒地，一片齐膝的杂草，前两天下了一场暴雨，有很多大大小小的水坑。远处是铁轨，两头都看不见终点。老拉把自行车推到邮筒旁边，锁上，说，那头去过吗？我说，没有，那头有什么？她说，煤厂，很大的煤厂，没去过？我说，没有。她说，没人管，我去拿过煤，很经烧，姥姥说，这煤炼钢都行。我说，钢笔给我吧。她把钢笔举在我面前晃了晃，说，里面还有墨水，我买了最贵的墨水，鸵鸟牌，我打听过，鸵鸟牌最好。我想起母亲这时候在烈日底下卖毛嗑儿，她要当场把毛嗑儿炒熟，用铁锹一样的铲子翻检，也许不久之后，我就会离开这里，到市里去上学，住宿，不再用水井压水，而是喝水龙头的自来水。我问，那边没人管吗？她说，我去过两次，都没有人，不知道为什么没有人，就是没有人。去吗？我说，我们用什么装煤呢？她说，用手，我们挑大块的捡，四只手能拿四块，回来放在车筐里。我说，我就拿两块小的。她用手推了我一把说，傻逼，说过了没人管，当然拣大的拿。

我没有想到，煤厂十分遥远。其实我应该想到的，站在没有视线阻碍的地方眺望，看不见它，那它一定是远得可以。在烈日底下，我们穿过杂草丛，穿过铁轨，迎面是一片高粱地，这片高粱地非常广大，我记不清在里面穿行了多久，汗水流进了我的眼睛，我感觉到脸上都是盐。老拉走在我前面，步履强健，她不时用手分开高粱叶，说，这边走，你看，蚂蚱，这么大的蚂蚱。不但有蚂蚱，还有蜻蜓，黄色的是大老黄，翅膀较小，飞得很快，比较机灵；绿色的我们叫它绿豆，长着硕大绿头，翅膀较大，智商却低，它落下之后，用手可以直接钳住它的翅膀。蜻蜓们成群在我们头上盘旋，落在触手可及的高粱秆上。可惜我无心捕获它们，我的手要留着拿煤块。从高粱地里走出去，听见有火车经过铁轨的声音，只听见隆隆的声响，听不清铁轮轧过轨道接缝的声音。

一扇斑驳的铁门出现在我们面前，锁头锁住了门鼻。这是哪啊？我问。列宁格勒，她说。我大吃一惊说，真的？她说，傻逼，旁边有字。在铁门旁边的石墙上，有四个红字，像是许多年前刷上去的，好多笔画已经脱落，不过还是能辨认出是"煤电四营"四个字。煤电四营是什么东西，我问她。她摇摇头说，我也不知道，我问过姥姥，她也不知道。我们两个翻过铁门，落进院内。院里有一段铁轨，铁轨上停着一辆煤车，四四方方，铁轨向前延伸，一直爬过一个土丘。她说，蚊子，土丘那边都是煤，还有挖斗车和吊车。我突然说，你坐在里面，我推你过去。她说，我也不瘫，推我干吗？我说，你坐进去，我推你。她说，前面是上坡，如果滑下来，能压死你。我说，你坐进去吧。她蹲在里面，我努力去推，车一动不动。使劲啊傻逼，她拍着车沿大笑，手上沾满了灰土。我说，你别催，马上就会动了。我两只脚一前一后顶住后腰，脑袋含在胸前，牙齿咬在一起，鞋要擦出火星，车还是一动不动。她说，别推了，再推天黑了。她从车里跳下来，指着车轮说，傻逼你看，锈死了。果然是锈死了，我忙着推车，没看轱辘，车轮和铁轨已经锈在了一起，好像年老的夫妻。她说，伸出手来看看。我朝她伸出手，手心通红，两块皮离开了手掌，像书页一样翻着。她把我的手揉了揉，然后拉住说，走吧，再玩就来不及了。

在我的记忆里，那是第一次有女孩子拉起我的手。

翻过土丘，是一片煤的海洋，准确地说，应该是煤的山川。一座座煤山横亘在眼前，高的有四五层楼，矮的也有两层楼那么高。在煤山之间的低洼处，有前两天暴雨留下的积水，形成一个一个小型的人工湖，漆黑浑浊，水面上泛着油光。可是，虽然有无穷无尽的煤，却没有煤块，都是煤沙。我说，你带塑料袋了吗？她说，没有，确实有煤块，要再向前走。我摇摇头说，到处都是水，走不过去了。她说，怎么走不过去？我在前面走，你跟在我后面，我走过的地方你就能走。我说，不去了，钢笔给我吧。我看着这些煤，它们潮湿松软，黑色海绵一样，而我和老拉，就像两滴被风吹过来的清水，无足轻重的清水。我忽然想起来，我已经离开家这么远了，而且没有人知道，这种恐惧突然抓住了我，摇晃我。她松开我的手，把钢笔扔在我身上，说，爱去不去，破玩意给你。没有自行车，看你怎么走回去。然后独自向前走去，脚落在煤沙上，发出踩碎枯叶一样的声音。我在地上捡起钢笔，转过头，原路返回，翻过铁门，走进高粱地，一只大老黄落在我肩膀上，用翅膀小心地保持着平衡。我逮住它，用手抚摸着它的翅膀，它没有害怕，用触角轻轻碰着我的手指，我松开手，它慢慢地升高飞走了。天空中开始看不见太阳，我四处寻找，确定太阳正在落向我们来的方向，我在心里努力记住这件事情。我又想了想父亲和母亲，主要是想了想父亲的样子，他其实大多数时候是个腼腆而沉默的人，不知道是不是监狱里都是这样的人，因为胆小而犯罪，应该不会吧，肯定不是这样。我不能扔下老拉。我转向煤电四营的方向，吸了一口气，跑了起来。

我找到了老拉的脚印，她的脚步均匀，好像知道自己的目的地，脚印是一条直线。我踩着她的脚印向前走，煤沙和我想的一样，如同泥巴，不过因为年纪小，骨头轻，所以只要不是用力跺脚，可以在上面行走。翻过了一座煤山，看见两个挖煤的铲车停在那里，脚印穿过了其中一辆。老拉应该是在上面坐了一会，我也登了上去，所有东西都生锈了，车胎也早就干瘪，铲车的翻斗里，盛满了雨水。这里不是列宁格勒，这是一个遗失的世界。我在铁斗里喝了一点水，如果老拉还没有丧失理智的话，她也应该在这里喝水，否则不久之后，水会成为问题。我喝过了水，又洗了脸和手，继续沿着脚印走。不知走了多久，一直没有看到老拉的身影，我喊她，也没有回应，天已经开始黑了起来，身后的铲车早已经看不见了，被一座座的煤山遮住。我没有害怕，至少我还有自己的脚印可以走回来。我不认识老拉，我跟她在一起的时间不超过一天，我几乎不知道她的任何事情，她是一个女孩儿，她也许比我疯狂，我就知道这些。可在此时此刻，我唯一想要做的事儿就是把她找到，然后一起离开这里，就算把我的钢笔给她也行，我必须得这么干。走到两座煤山之间的一个岔口，问题出现了。地上突然多出了好多脚印，杂乱无章，向着四面八方走去，我蹲在地上，仔细地比对脚印，看不出新旧，因为天气太热，新的脚印不会像刚刚踩过那样潮湿，而且大小都差不多，也许是老拉自己的，那只能说明她迷路了，走回了原点，又向着另一个方向走去。我又一次扯开喉咙大喊：老拉，老拉。我希望这是她的真名字，这样即使她听不见，也能感觉到有人在喊她。没有人回应。我只能选择其中一条脚印走上去，我选择了向着更远方向的那条。

天已经完全黑了。盛夏的夜风吹起来，可是并不让人感到凉快，这里没有一株植物，没有一棵草，没有麻雀，没看到有一只鸟或者昆虫飞过。脚印快要看不清了，我把挎篮背心脱下来，撕碎，一点点地扔在地上，走了一会，挎篮背心也用完了，可是脚印还在延伸。我忽然想到，如果我错了，再向前走，可能我就走不出来了。如果我对了呢？老拉就在前面，我们能够走出来吗？会有人发现我们吗？嗓子干燥得好像炕炉，四处都是积水，可是不能喝。我突然想要拉屎，拉过之后，用内裤擦了屁股，然后把内裤盖在上面，这是一个标记。现在我的体内空空如也，连屎也没有了。我坐在地上歇了一会，继续向前走，边走边俯下身，仔细辨认脚印，在一座煤山的半山腰，脚印断了。我的眼睛已经适应了黑暗，我看见在煤山的侧面，有一摊积水，看不清有多深。我喊了老拉的名字，声音干裂得好像大人。我坐在煤上，向着积水一点一点滑动。一只手，一只手在水边。我把钢笔放在旁边，拽住那只手，不过不敢太用力，我怕被那只手拖进水里。我明白这件事情的原理，她跌入了水里，双脚陷进了水里的软煤中。她挣扎呼救，可是水还是没过了她的头颅，不过水底的煤并没有被完全浸透，陷入到一定程度就会停下，她的手就这么搭在了水边。我用了几次力气，都没法撼动她。我顺着原路返回，寻找工具，我卸下了一辆煤车上面的手刹杆，那东西好像风化的石头一样，折断了。我脱下身上仅剩的东西：穿在外面的短裤，把她的手绑在铁杆上，然后缓慢地向外拖动她。不知道用了多久，有几次我感到肺子里好像要爆炸一样，我终于把她拖了出来。她穿着一条有着粉色花瓣的裙子，脚上没有鞋。

　　我赤身裸体地在尸体旁躺了一会。不是老拉，她看上去和我年纪差不多，脸虽然胀了，可是看着还是很清秀，鼻子小巧精致，好像面团捏的。她的头上梳着两个鬏鬏，上面都是煤渣。她是来捡煤块的吗？或者她是陪别人来的？我有种不好的感觉，自己快要睡着，我坐了起来，捏了捏自己的脸，钢笔叼在嘴里，把尸体背在身上，向着原路走去。

尸体贴着我光溜溜的脊背，我的身体好像在结着壳。我确信我自己曾经睡过去几次，边走边睡，我想喝水，我想吃东西，我想把她带出去。不知道为什么，也许我觉得，一旦走出了这里，她就会从我的后背跳下来走掉，她死在这里，她仅仅死在这里。

后来母亲告诉我，她等了我一宿，我没有回家。第二天她没有出摊，而是去学校，去我可能去的地方找我，询问了前一天见过我的人。她见到了老肥，然后见到了老拉。老拉矢口否认曾经见过我，可是我妈抽了她几个嘴巴，她看出来她在撒谎。我妈找到我的时候，我一丝不挂趴在那个铁门里面，嘴里咬着钢笔，浑身漆黑，背上有一具高度腐烂的尸体。我很快苏醒过来，考上了市里的初中，离开了艳粉街。我问过母亲那具尸体后来怎么样了，她说交给了警察，然后就没了下文，好像一直没人认领，也许是流浪儿，然后应该是烧掉了，撒掉了。

我离开那里之前见过老拉，她和几个男孩儿走在一起，指着我说，他就是蚊子。哎，蚊子，有币子吗？大型的币子？她忘了我曾经说过，我不玩大型。她和外婆生活在一起，母亲在广州，做什么不知道，也许老拉有她的地址。

过了一段时间，差不多是我婚后的三个月左右，我收到了父亲的回信，信很简短，是用铅笔写的：

祝贺。多写东西，照顾好身边的人，你比我强。不要再写信给我，眼睛越来越花，如果有婚礼的照片，可以寄给我看。过去我送过你一支钢笔，你还记得吗？如果还在，寄给我，我想看看，然后还给你。如果没有了，就算了。再次祝贺。

自由落体

闷豆所说的那个操场，在大学的西部，面积不小。人造草坪，跑道，看台，四周是高高的铁丝网。看台只有一面，对面的铁丝网外面，是一片旧的居民楼，窗台对着操场，晾着各色的衣服，堆着杂物。我爬到看台的顶端坐下，看着底下时有人走上来，有人走下去，男孩女孩紧挨着坐着，屁股底下铺着报纸，旁边是薯片，手里拿着书。我去的时候是秋天的下午，不凉快，操场上没有几个人，闷豆说的傍晚锻炼的学生和居民还没来到。操场中间有两个人在玩足球，球门没有网子，他们两个轮流把球向空门踢去，就我看的那段时间里，他们很少把球踢进门里，大部分时间向两边飞去，不过他们好像并没有当回事儿，顶着太阳飞奔着去捡，回来再踢。情侣吃光薯片接起吻来，我站起来走下去，经过他们旁边的时候，只看见女孩儿一片黝黑的头发，和男孩儿紧绷的下巴。书打开着掉在地上。我继续向下走，看台的顶棚已经遮不住阳光，我的影子叠在他们旁边，然后一层一层地向下游走。

我与闷豆与小凤是高中同学，小凤好看，但是不太老实，所以有几次一起看电影，她来吻我，我没伸舌头，回头还当着闷豆的面说，下次亲嘴之前，不要吃大蒜好吧。小凤不以为意说，我没吃，你再来试试。我说，行了，怪热的，去游泳吧。那是个八月天，可是不热，刚下过暴雨，乌云还没散，盘桓在天空，好像上帝的一张臭脸。马路上过着公交车，上面没有几个人，窗户全开着，向下滴着水。我们三个站在电影院的大厅里，影院也没什么人，那是工作日的上午，十点钟的场次，学校也在上课，我们三个站在海报底下，用一根吸管喝着一杯大可乐，看着售票员百无聊赖地摆弄着手机。这时闷豆放了一个屁，他喜好放屁，所以我们叫他闷豆，那个屁不闷，很响，但是不臭。小凤说，闷豆，你又放屁了，你为什么不去看病？闷豆说，我没有。小凤说，老胡，你听见他放屁了没？我说，没有。小凤说，那么大声你没听见？我说，没有。我刚才仔细听来着，他没放屁。闷豆说，你跟我有仇，我打个嗝你都说我放屁。小凤从我手中拿走可乐，咬住吸管，直到把可乐喝干，发出干涩的空鸣，然后把杯子扔向垃圾箱，没有中，磕了一下箱沿落在外面。闷豆走过去捡起来，放进垃圾箱。他回头看见小凤抱着我正在大哭。

小凤家道殷实，父母都是军人，大校，语文老师老叫她大校的女儿，小凤对这个称谓不太感冒，哼，他觉得自己挺逗是不，看过几本破书，知道什么，我看他像大校的孙子。其实语文老师是个相当良善的老头,永远穿着正装,夏天是白衬衫料子裤,冬天白衬衫外面加一件灰西服。我不愿取笑他,因为他身上的某种气质很像我外公,但是小凤取笑他,我也不加反驳。小凤的父母虽是大校,却并不带兵,而是大夫,是一家综合性军旅医院的骨干,父亲在肿瘤科,母亲在心脏科。母亲的成就感更多些,心脏科经常有人能活过来,所以在家里母亲说的比较算。我经常问小凤,你说你到底像谁呢?就你看谁都不顺眼这劲儿。她说,谁也不像,抱错了,我是医院清洁工的女儿。我说,说真的,你到底像谁?她说,谁也不像,我自我教育。我说,你别胡闹,说点真的,我请你吃冰棍。她说,我不想吃冰棍,我跟你说点真的,一会闷豆从你旁边过的时候,你把他裤衩扒了。我说,行,你说吧。她把一本数学教材立起来,趴在桌上,侧脸冲着我,其实她腿上还有一本书,闲书,她经常这样搞,表面一套,腿上一套。我小时候有个叔叔,不是亲叔叔,是我邻居,会拉小提琴。你过来点。我也把书竖起,趴过去。拉得好听极了,我爸我妈下班晚,有时候干脆不下班,我老去他家吃饭,吃完饭他就拉琴,他没孩子,老婆不能生,但是俩人感情很好,他拉琴,他老婆给他翻谱。有一天我戴了一只蝴蝶的发卡,他说,那今天给你拉《梁祝》吧,拉完之后,我伸手摸了摸发卡,确定它还在,真以为它已经飞走了。有一天半夜,他老婆来敲我家的门,说他跌倒在床下,吐了一地,脸完全紫了,我爸到他家去看,我也跟着去了。我说,够了,别说了。她说,然后我爸喊来了救护车,亲自给他做的手术。手术很成功,他没有痛苦,死在了手术台上。我陪着他老婆从医院走回来,她一边哭一边跟我说,刚才走得急,好像门没有锁,不知道丢没丢东西,这一句话她说了好几遍,哭得稀里哗啦的,衣服上都是鼻涕。回到家我努力让自己睡着,如果让这件事成为噩梦的一部分,醒来不就没了?快要天亮的时候,我果然睡着了,梦见了那个叔叔,他到我的床边把我叫醒,手里拿着小提琴,说,看见我的琴弓了吗?谁把我的琴弓拿走了?我说,不知道。他走开,嘴里说,谁把我的琴弓拿走了呢?然后我就醒了。第二天一早,父亲和母亲闲聊,说着医院晋升的事儿,一个傻逼蹿到了父亲头上,使他很生气。还说昨天晚上,如果早去三五分钟,也许能救回来,如果在美国,也可能救回来,但是没有早去三五分钟,这儿也不是美国。俩人吃饭说话,我爸还在和每天一样喝粥,我站起来说,你为什么还在喝粥呢?他说,喝粥有什么不好?你给我坐下。我走过去把粥扬到了他脸上。

我说,好了,别说了。我明白了。她说,你明白什么了?我说,我明白你为什么和谁都不像了。其实我当时挺感谢她给我讲了这个故事,虽然我们俩很熟,但是要说说自己的事儿,原原本本的,这还是头一次。我想告诉她,她严肃的时候,尤其是眼毛上湿乎乎的讲故事的时候,我想去摸她的头发,后脑勺那部分。可是我什么也没说,我只是说,我明白了。其实心里想的是,就这么回事儿,人无论多小心翼翼地活着，也得损坏。她说，你不明白。我是天生这样，生出来就脾气怪，没有牙的时候就想咬人。我说，不对，是刚才那事儿对你有影响。不用再说了。她说，那事儿和我没关系，因为根本没那事儿。闷豆要过来了。我说，没那事儿？她说，没那事儿，然后指了指大腿上的书，那事儿是这小说里的，我顺口胡编，把我爸妈编进去了。闷豆过来了，快扒。等我扒完，她已经把书收起来了，我到后来也不知道那书叫什么名字，真他妈是个好故事。

　　闷豆最近一直找我喝酒，我不知道这小子怎么了。他酒量很差，虽然从高中时期我们就一起喝酒，现在都快三十岁了，他酒量一点长进没有。一瓶啤酒下去，胸口都是红的，可能屁股也红，总之整个人像一只小龙虾。他现在在银行做前台，每天站起来一百多次，膀胱训练有素，一天保准上三次厕所。刚上班的时候，他的领导老是找他的麻烦，其实很无聊，只是因为闲着没事儿干，他又喜欢放屁，说话又笨，一天可能放的屁比说的话多。他的面试和笔试的成绩都很好，我们三个里，他无疑最聪明，小凤的记忆力也很好，但是记住的都是乱七八糟的事儿，正经事儿一个也记不住。我的记忆力最差，什么都忘。这点我可以承认，因为聪明没什么，狡猾有用，聪明有时候没啥用，不能当饭吃，还不如啥事儿过后就忘，要不脑袋里净是没用的东西。但是我也承认我喜欢人聪明，什么事儿和他说一遍，他都能记住，人也是，见一面下一次能说出你的名字，看书也能讲出来，虽然磕磕巴巴，把自己急得够呛，但是基本不走样，也许他还记仇，但是我无法确定。那个老欺负他的傻逼，后来我让我爸给他打了个电话，他就好了许多，然后我又出了五十万，存在闷豆那，帮他完成了些任务，傻逼就又和善些。那天我去办业务，低头签完字，抬头看见了那人，我说，闷豆想放屁你就让他放，知道吗？那人说，哈哈哈哈，幽默，闷豆是谁？我说，笑什么，过两天把你银行抢了。银行大厅十分拢音，几个储户下意识地抓紧自己的包，门口拿着警棍的保安，身子紧了，门外蹲着的大金牛似乎都要转过身来。经理说，欢迎欢迎，幽默，然后握了握我的手。

那天小凤抱住我大哭，是因为我们三个就要分别，闷豆没有考中北京的大学，留在本市读会计，她被她爸妈送去澳大利亚，而我留在高中里复读。她哭完之后，用我的领口擦了擦脸说，澳大利亚有种动物叫作鸭嘴兽，是个怪物。我说，你又开始了。她说，这种怪物非常害羞，大部分时候潜伏在水中生活。雄性鸭嘴兽的后爪会分泌毒液，在遭遇外敌时就会使用这招。毒性很强，但是很奇怪，能够袭击鸭嘴兽的东西，登场在大约九千年前，但是在之前鸭嘴兽就已经带毒了，到底是什么原因，到现在也搞不明白。我说，你又是在哪看的？她说，这个东西最怪之处在于，本来已生蛋孵化，却还要再哺乳，据说1798年，当第一具鸭嘴兽剥制标本被送往英国皇家科学院时，学者们全都蒙了，他们认为这是数种动物的部分躯体拼缀而成，胡乱捏造的标本，是个恶作剧。我说,你什么时候走?她说,我去给你们逮两只鸭嘴兽回来,送你们一人一只,当宠物养。闷豆说,如果你让他后脚踢到,不是完蛋了?小凤说,那样更好,我就没想活着回来,可能第一天水土不服,拉稀就拉死了。我说,我们还去游泳吗?她说,澳大利亚的游泳项目在世界上……我说,你他妈闭嘴,去游泳吗到底?她说,去。我的兜里揣着三张省政府游泳馆的游泳券。那天没有干部在水里,整个游泳池很干净,绿油油的空无一人。我站在池边,看着没有人的游泳池,感觉到危险,很奇怪,有人的时候不这么觉得。闷豆饿了,去吃自助餐,我和小凤在里面游。她很生疏,不敢离开池边,就在扶手附近漂来漂去,我不管她,兀自在池里头折返,使劲踩水,双手把阻力划到一边。小凤说,你过来。我好像有点抽筋。我说,那你上去。她说,你过来。我潜到水下,游过去,看见她的双脚,又细又白,芦苇一样漂荡在水下。芦苇。很想把她扯下来。我从她正面浮起来,她摘下泳镜,甩了甩说,如果你不想我走,我就不走了。我说,你哪只脚抽筋了?她说,我说真的,老胡,如果你不想我走,我就不走了。我说,你能不撒谎吗?是不没抽筋?她说,我再问你一遍,我留下来好吗?我说,你什么时候的飞机?她说,明天下午。我说,明天下午我外公过生日,不去送你了。她看着我,眼睛里不知是水还是眼泪,说,澳大利亚这个国家是由流放来的囚徒开拓而成,东部山地,中部平原,西部高原,首都不是悉尼,是堪培拉……我突然伸手扳住她的脖子，摸了摸她后脑勺的头发，那块头发很软，顺着凹陷，滑溜溜的好像玻璃，我说，我不关心，你知道吗？而且你都没发现你在撒谎。游泳票是我爸给的，他也可以不给。你去美国、澳大利亚、加拿大，还是撒哈拉大沙漠都和我没关系，或者说对我来说都一样。如果你没抽筋的话，就再游一会，这里头不限时。说完我沉到水底下，向着另一头的池边游过去。

她走后，就没有了消息。没给我打电话，也没给闷豆打。我以为她会给闷豆打，但是她没打。但是闷豆很坚韧，四处打探她的消息，他觉得这里面有十分不自然的地方，也许他担心她被鸭嘴兽的后爪踢中。这就是闷豆永远不会进步的地方，他喜欢人，但是他无法理解人和人的区别，人和人之间有着永恒的距离啊，谁也代替不了谁，所以"担心"这东西是无谓的，而且很自私。没过多久，我就把她忘记了，连同和她有关的很多事情。大多数时候根本不会想到这个人，哦，曾经有一个朋友，去了一块特别的大陆，这样的想法在一年之后，几乎不曾在脑海中出现过。有时候电视上会出现澳大利亚的风景片，有一次讲一个司机在高速公路上撞到了一只袋鼠，他把袋鼠放在后座，疯狂地开车找医院想把它救活，看着袋鼠瞪着黑眼睛，呆头呆脑的样子，好像它一点也不疼，那个司机倒好像什么地方在阵痛发炎，结尾是在医院里，大夫在给袋鼠做手术，袋鼠带着氧气罩，我就换了台。想来袋鼠会活过来，和司机拥抱，然后扶着自己的袋子跳回家去，可是我怀疑它不会长记性。

　　大学毕业之后，家里给我谋了个差事，在政府一个小部门挂职，每天无所事事，就在网上斗地主。有时领导出差，办公室里就剩下我一个，我就把音响打开，听摇滚乐。有人来找领导办事，我就请他坐着一起听，直到听得不耐烦走掉。闷豆白天在银行上班，晚上溜进大学听课，什么都听，哲学，历史，文学，数学，园艺。我说你真是脑袋有毛病，有这时间赶快去找个女人，听这些也不能让你当行长。他说，你知道夏天听完课之后，坐在学校操场的看台上，是啥感觉吗？我说，啥感觉，有蚊子吧。他说，你就感觉明天也不太可怕。我说，你他妈的又在放屁，我的每天都不可怕。他说，有时间你也来来。感觉感觉。我说，操场有姑娘吗？他说，有很多，有的打羽毛球，有的跑步。我说，穿衣服吗？他说，你来感觉感觉。那段时间我认识了一个姑娘，此人是我的小学同学，同学聚会上重又认识。第二天她给我打电话，说前一天一高兴喝多了，说了很多不该说的话，跟我道歉。我说，不必，你说什么了我都没记住。她说，我在太原街想买件衣服，过两天给人当伴娘穿，挑来挑去花眼了，你来帮我看看。我说，我不会挑衣服，又不是你结婚，随便穿吧。她说，你就不能帮我个忙，上小学的时候，我还让你抄过我卷子。我说，好吧，你别说了，我去。结果那天逛了两个小时街，我给她买了一件衣服，又给她买了块表，晚上一起吃了个饭，她又喝多了，又没少说话，然后就去了宾馆。半夜时候我起来喝水,看一眼床上的她,吓了一跳,她和小学的时候没怎么变,让我觉得自己在犯罪。我在洗手间坐了一会,回到床上把她摇醒,说,你叫什么?她直迷糊,好几根头发贴在嘴角,说,张舒雅,警察查房啊。我说,你小学的时候是叫这个名字吗?她说,不是,后来改的,原来那名字太寡,算过,说从名字看,就一无所有。我说,还有避孕套吗?我想再来一次。她说,有,电视柜上,你拿。我把包装撕掉,给自己戴上,发现她已经睡着了。苍白瘦小。我摘下来扔进垃圾桶,打开电视,然后回到床上抱住她。

第二天一早,她把我叫醒,说再不吃早餐,券就浪费了。她已收拾停当,比昨晚大了一圈。我跟着她下楼吃饭,那是一家四星级宾馆,我爸是主要股东,自从和我妈离婚之后,他在这儿就有一个房间,有时候在家住,有时候在这儿住,我成年之后,他也给我开了一个,告诉我别去外面,这儿放心。她吃了很多东西,我喝了一杯咖啡。我再吃个鸡蛋,她说。我说,不急,你吃。她又吃了一个鸡蛋,喝了一杯橙汁,然后吃第二个。她剥鸡蛋的方式很有意思,敲一个缝,然后用手指尖挠鸡蛋皮。我说,你先挠,我得走了,这里面有个SPA馆,我跟服务员说一声,一会让她领你过去。她说,你干吗去?我说,我去看病人,得坐一天。她说,哪个医院?我说,四院。她说,顺道,我家就住四院后面。我说,行,你把鸡蛋吃完。她说,不吃了,扒完之后发现饱了。

外公的病房在五楼，他中了风，半边身子动不了，人也认不太准。说话含糊，但是仔细听能听明白，不过大部分时间他不说话，而是昏睡。张舒雅趁我在门口买烟的时候，买了两袋水果和一束花。我说，闲的，他都不知道是谁送的。她说，我知道就得，你帮我拎一袋，别跟大爷似的。我把两袋都接过来，说，看一眼你就走，行吗？她说，你把花也拿着，我现在就走。我说，我没有手了。走进病房，温度挺高，外公果然在睡觉，他的老警卫在床边坐着，也在打瞌睡。床旁边有两把空椅子。张舒雅把花放在花瓶里，可能是椅子的数目正好。我说，坐吧，水果没人吃，自己吃一个。我和张舒雅在病房坐了一会，张说，我去打点水，给他擦擦脸，都爆皮了。她给他擦完脸，又给他擦了手，也许是碰到了针眼，他醒了。看了看我，又看了看张舒雅，说，同志们都散了？我无言以对，张俯身在他耳边说，还没来呢。他说，岗别撤，兴许夜里有鬼。她说，都在呢。他点点头，又闭上了眼睛，整个上午都没再醒来。中途老警卫醒了，说，胡波来了？我说，这我同学，你沙发睡会，我看着。他说，下午北京来俩人，三点到，你提前叫我，如果他说难受，你也叫我。然后倒到沙发上睡着了。我小时候听我外公讲过，他和他的警卫是老乡，从十几岁跟上了队伍，就没分开过。

我和张舒雅继续坐着，坐了一会我也有点困了，也许外公没什么病，这病房确实使人发困。张看着点滴说，快吗？我说，不快，护士又不傻。她说，那可说不准。站起身把护士找来，护士摆弄了几下，速度没咋变，然后走了。我说，你给我讲个故事吧，要不我就睡着了。她说，你睡你的，有我呢。睡觉又不犯法。我说，我不想睡，你随便讲点啥，胡编的也行，给我讲讲。她说，我没故事，也不看书。我说，操，讲一个，没事干。她说，那我瞎讲，你别认真听，就当是我有毛病，自言自语。我说，讲吧。她说，上小学的时候，我刚学会骑自行车，我妈要去郊区办事，好像是去扫墓。也许这故事不对。我说，讲啊。她说，我也要去，我们俩就一人骑一自行车，上路。那地儿真远，骑了不知多长时间，大夏天，我的脸都冒盐了。我妈骑得慢，我刚学，骑得快，使劲蹬，前面看见了一个两洞桥，我妈在我身后说，过了桥，就出城了。我一哈腰，从桥底下穿了过去，看见一个蓝色的指示牌，顺着箭头，我拐到一个土路上，继续骑。又骑了一会，回头发现我妈不见了。我就又着脚等着，等了半天她还没上来，我有点慌，也许是自己走丢了。就开始掉头往回骑，骑了半天，也没看见那座两洞桥，四周都是农地，种着大豆高粱，瞎说的，种啥不知道，但是绿油油一片，远处还有灰色的山体，有的缺了一块，好像是给人炸的。我就又掉头，希望能找到那块墓地，一个劲往前骑，见着岔路也不拐，一点点地，我发现自己快没劲了，天也要黑了，没见着一个人，见着一个，站在田里头，头上蒙着手巾，我冲他喊，他没听见，我就继续向前骑。天黑了，我感觉也许我真丢了，不定让谁捡走，赶紧把我妈的大名想了想，准备见人就告诉。但是说实话，我没太害怕，骑车骑得还挺过瘾，家在那，迟早能回去。又骑了一会，看见路中间站着一个人，我骑过去一看，是我爸，他喝醉了，站在那晃，我过去说，爸，你在这儿干吗呢？他说，来看一个朋友，多年没见了，喝多了。我说，我找不着我妈了。他说，你坐后面，我驮你过去，她在前面。我就坐在后面搂着他，搂得很紧，我好几年没见着他了，自从他搬走，就没见着他。我说，爸，你怎么不回来看看我？他说，忙，见完还想。我搂着他，他身上没有汗，衬衫挽到袖子，有种我不熟悉的洗衣粉的味儿。骑了一阵，我睡着了，等我睁开眼睛，看见了我妈，她和几个人站在一个坟包前面，我两手扶着车把，正在向坟包骑去，我捏闸站住，这时候有人在坟包前面点着了什么东西，我妈从火那头看见我，她没有哭，就那么看着我，我却不知为啥哭了起来。讲完了。我说，真事儿？她说，我得走了，要上班了。我说，你不是要回家吗？她说，不回了，去上班。我说，你在哪上班？她说，西塔那个首席KTV知道吗？我说，知道。她说，我在里头的超市，卖啤酒。我说，你刚才那个故事是真的吗？她说，给你一张名片，下次去唱歌找我，给你打折。我说，好。她从包里掏出我给她买的表说，衣服我收下，当伴娘的时候穿，这表我还是不要了。说完放在茶几上向外走，走到门口她回头对我说，我小时候成绩还挺好的，你记得吗？后来不知为啥，就变笨了，记性很差，事儿经常混，但是卖啤酒我还挺喜欢的，我就卖一种牌子，都长得一样。我说，那挺好。她说，我知道。然后走了。

闷豆又给我打了电话，要喝酒，这次说得严重，说再不喝就来不及了。我说，你得了癌？他说，不是，我要走。我说，还是得了癌。他说，我要去北京，明天就走。晚上见面，我没怎么搭理他，就是喝。他说，我准备一个月回来一回。我说，千万别，就住天安门。他说，工作的事儿我都交接完了，你的钱可以提走。我说，我的钱和你有关系吗？他说，我跟你说说到底怎么回事儿。我说，我没兴趣，一点兴趣都没有。他说，你怎么回事儿？我喜欢的一个老师去北京了。我拿起一杯酒喝了。他说，讲文学的，创意写作，我很喜欢她，我想去北京继续听。她看过我的习作，也觉得不错，她觉得我能写小说。你说有意思没，我之前自己都没发现。我说，之前还有个教园艺的老师说你能种花呢，你怎么不去扣个大棚种花？他说，那回是扯淡，想卖我花种，这回是真的，她说我有点像余华，写的东西看着简单，其实很复杂。我说，你表演放屁给她听了吗？她觉得怎么样？他说，其实我纠结了很久，还是决定辞职，和我爸我妈和你都没说，我知道说完就完了，我没主见。这辈子就这么一回，你听我说话没？我说，你喝多了，不知自己在说什么，回去睡吧。他红着脸，说，你能不能仔细听听，我能写小说，我能写小说，我能写，你要不要看看？我包里带着。我说，我不懂那个，就是感觉你辞职这事儿挺二逼的，挺自私的，你妈你爸含辛茹苦,你就这么回报他们。他不说话了,手紧紧握着玻璃杯。我知道自己说重了,但是也没收回,话这东西,不存在收回一说。过了一会,他说,你走吧,我再坐会。我说,好,然后站了起来。我说,你到北京住哪?他没抬头说,原来银行有个朋友,调到总行,他有个地下室。我说,你俩睡一张床?他说,我没问几张床。我说,你不嫌人家,人家还嫌你呢。我给你找个地方。他说,用不着,对了,小凤回来了,在202医院当大夫,心脏内科。我站了一会,说,闷豆我问你……他喝光了杯里的酒,喊了声,真好!我说,你说什么真好?他已经趴到桌子上不再动弹。

一个月之后,我决定去趟202医院看一眼心脏。闷豆没有回来,虽然一个月已经过去了。他到了北京之后给我发了一条短信,只有三个字:两张床。我把电话打回去,没人接听,响了几十声之后自动挂断。那天早晨,我把自己收拾了一下,头发是一周之前剪的,我觉得让它长一长,能看着自然点。我买了一件T恤衫,胸口印着一只袋鼠,口袋里是它的孩子。到了医院心脏内科的挂号处,我说,我要挂李明凤大夫的号。她看了一眼我胸口的袋鼠,说,你哪不舒服?我说,心悸,经常使劲跳,旁边的人都能听见声儿,去了好几个医院查不出毛病。她按了几下键盘说,李明凤大夫今天有手术,给你挂专家诊吧,七块,你这症状应该挂专家诊。我说,李大夫不是专家吗?她说,不是,你挂不挂?我说,你这医院有问题,李大夫医术那么高明,还不是专家,她在哪做手术？她说，B座七楼手术室。你要是找人的话，不要到挂号处来，耽误别人看病。这时后面的人已经挤上来，我说，操你妈，挤谁呢？那人一脸木然，好像没听见，把医疗本递进玻璃里，我冲窗口说了声"再见"，她好像也没听见。

手术室的门口坐着五个人，一个老太太和两对夫妻，据我观察是如此。他们不说话也不动弹，老太太有几次要站起来，她旁边的中年妇女就拉住她。我很难加入进去，就在远处站着。大概过了三个小时，我已经坐在了地上，长椅上其中一个男的也睡着了。又过了两个小时，老太太也睡着了，旁边的中年女人翻开皮包，拿出一摞钱数了数。窗外的阳光已经没那么强，我想上厕所，可是在走廊里没找到洗手间，看了看墙上的导诊图，男厕所在楼上。我爬了一层楼梯，发现上面也是一个手术室，外面站满了人，有人躺在准备好的席子上。一个男的对另一个男的说，今天已经连续出来七个男孩儿，不知道下个是什么。另一个说，这说明不了啥，从概率学的角度看，每次的概率都差不多，抛硬币知道吗？我上完厕所出来，看见护士抱出来一个娃娃，正拼命哭喊，不知道是男是女。下到楼梯里，还没拐出去，就听见走廊的说话声，我站在楼梯口伸出头去看。李明凤出来了，那五个人把她围住，我低着头，慢慢走过去，侧身站在人群的后面。李明凤说，及时，血块通开了，人没事儿。老太太抓住她的绿色袖子哭了起来。李明凤说，他有心脏的毛病，以后家里要留人,让他自己待着会有危险,幸亏那个邻居。中年女人说,是我该死啊,我出去买螃蟹了。李明凤说,堵塞的面积很大,要在重症监护室观察,你们先去休息,监护室进不去,有单独的护士。我看见她的脖子上都是汗水,还是那么瘦,像芦苇一样,比过去黑了点,可能是那地儿太晒了。上衣兜里漏出一截口罩。中年妇女把钱塞进她装着口罩的兜里,她拿出来,口罩掉在地上。这个用不着,他已经活了,重症监护室一天一千五,钱有得花。我走过去帮她把口罩捡起来,她接过去说,谢谢。自始至终没什么表情,累得好像要跌倒,也没有认出我。她拿下帽子,理了理头发,颈上有几根白了,然后重新戴上帽子,走进手术室里。

大约一周之前,闷豆曾给我的工作邮箱发过一封邮件,里面用毫无感情的文字描述了小凤现在的生活,还留下了她的电话。无非是这个年纪女人的那些事情,一二三四五六。邮件的附件里,有一篇小说,应该是他写的,或者说我很确定是闷豆所写。其中一段是这样的:

> 至于那个侮辱我的人,我绝不会放过他。他已经结婚,并育有一子,我准备从他的儿子下手。在学校门前,我把他领到一边,并出示了我的匕首:不要出声,出声我就捅死你。他点点头,让我拉着他的手走。过了一条马路,我有点忘记要把他带去哪里。他说,叔,我想吃个冰糕。我说,闭嘴,没有冰糕。他点点头,拉

着我的手向前走。我说，不要动，是我拉着你。他说，那边有警察过来，我们不能站在这里。我心里一惊，拉着他向胡同里走去。他说，叔，我想坐木马，旋转木马。我说，没有木马。他说，有木马，过了前面那条街，就是游乐场。于是我带他去坐木马，刚下过雪，木马光着身子站立。他抱着木马的脖子，看管木马的老人说，今天木马坏了，只有音乐，不能旋转。我说，那就放音乐吧。音乐响起来，他抱着木马的脖子安静地坐着。我极想将木马推动，可是那完全不可能。他说，叔，我很开心，一直想坐木马，没人带我来。我说，不要说话。他说，叔，我想吃冰糕。我说，这就去买来。我已经十几年没吃冰糕，给自己也买了一支。回到原地，递给他冰糕，我也坐上一匹木马，这时一阵大风吹过来，一切似乎都旋转起来，他扬起了手，冰糕掉在地上，黑头发飘起，而我也打起了口哨。

出了医院，我从钱包里翻出张舒雅的名片，这是我第一次看这张名片，上面有她的名字和电话，背面画着一只啤酒瓶。我打车到了首席KTV的时候，天已经有点黑了，但是还不算太晚，外面没什么车。远处还能看见落日的余晖，把电视塔的塔尖染得挺好看，好像蛋糕上的蜡烛。两个漂亮的小伙子帮我拉开大门，说，欢迎光临。我说，我找张舒雅。其中一个说，哥，是姑娘吗？有点不像艺名。我说，不是，超市卖啤酒的。另一个伸手一指说，超市在那边，卖啤酒的叫啥我们真不知道。超市里没有顾客，张舒雅后背冲着入口，正在摆啤酒，怎么摆都摆不直。她穿一身白，裙子看着很硬，上面也画着啤酒瓶，瓶起子挂在腰间。我说，张舒雅。她回头看见我，朝我走过来，说，你自己来的？我说，啊，你把这两瓶换一下，就直了。她换了一下，说，真是，我还以为它们俩是一样的。我说，还是有点小区别。我想唱歌，你什么时候下班？她说，明天早晨。我说，那我边唱边等你。

包间里有点凉，我把空调关上。唱到第三首歌的时候，张舒雅推门进来，她换了一身衣服，T恤加牛仔裤，拎着一篮子酒。我说，请假了？她说，我让别人替我一下，前两天我也替过她。我说，你想唱什么？我帮你点。她说，你唱吧，我给你点，这东西我熟。我说，你点个对唱吧，我们一起唱。她说，我跑调。我说，没事儿，我也跑。她说，那我先喝一瓶。我说，好。她一口气喝完，说，来，我会唱《铁血丹心》。我说，那就《铁血丹心》。她唱得非常好，我从来没见过唱歌这么好的人。我真想闭嘴听她唱，可是里面一直有个该死的男声，需要我张嘴。唱完之后，我说，你唱歌这么好，为什么在卖啤酒？她说，我胆子小。我说，我有个朋友胆子大，也许是两个。她说，我羡慕胆子大的人，我胆子小。我再唱一首，我想唱《胆小鬼》。我们就这么喝着啤酒，你唱一首，我唱一首，合唱一首，一直这么喝着唱着。可能是半夜一两点的时候,我爸给我打了个电话,我接起来,他说,跟你说个事情,你外公没了。从窗户跳下去了,他的警卫扶着他跳下去的,监控录得很清楚。你妈一年不给我打个电话,打电话就说这个。

我放下电话,张舒雅又唱了一首歌。

跋　我的师承

作为写作者，我是地道的学徒。回看自己写过的东西，中短篇十几个，大多是过去两年所写，乏善可陈者多之，差强人意者几个，默然自傲的极少，有几个竟极其陌生，好像是他人所作，混到自己的文档里。长篇写了两个，都不真正长，十万字出头，一个类似于中短篇集锦，当时企望能承接《史记》的传统，勉力写人，现在再看，多少有混乱自恋之处，一个向村上春树致敬，想写个综合性的虚构品，于是矫揉造作处多，如同小儿舞着大刀，颠倒手脚。但是通论这些东西，也有些不太心虚之处，即都是全力为之，无所保留，老实地虚构，笨拙地献出真心，有人谬赞我是个作家，实在汗颜，岂能和莎士比亚托尔斯泰共用一个称谓？若有人说我是个诚恳的小说人，似乎可以窃自消受，确实是想把这世上的几十年用来弄小说，若是能不急不缓地弄下去，兴许碰巧写出一二，将灵魂送进某个人迹罕至的庙堂中。

我没有师门，老师却是极多。小学一年级，刚习了几个字，母亲便送给我一个红色的笔记本，其大其厚，大概是我手掌的两倍。那是旧物，好像是多年前母亲上学余下的。写下一句话，母亲说。我便坐在炕头，在方桌上写下了一句话，今天我上学了，大概如此，"学"字不会，用xue代替，然后又写上了日期。于是每天写这一句话，今天把脸摔破了，今天中午吃了土豆。基本上以"今天"二字起首，有一个动词，格律整齐，如是我闻。父母都是工人，下乡知青，初中文化，可是非常重视我的教育，似乎我每多认识一个字都让他们鼓舞。当时学校的班主任姓金，朝鲜族，随身带着辣酱，脾气火爆，无论男女，若是顽皮，必以手擂之，或抬脚踹之，动若脱兔。她极喜欢文学，字也写得好，讲台的抽屉里放着毛笔，下午我们自习，昏昏欲睡，她就临帖，能写柳公权。后来看班上有那么几个，还算不笨，就在黑板上写上唐诗宋词，谁背好就可以出去疯跑。我家境不好，爱慕虚荣，每次都背得很快，有时背苏东坡，气都不喘，白衣卿相柳永，为了卖弄，可先背下半阕。老师便嘱我把日记给她看，一旦要给人看，日记的性质就发生了变化，多了不少涂改，努力写出完整段落。她鼓励我，当众表扬我，把我写的小作文给别的老师炫耀，此举导致我虚荣心进一步贪婪，攒下饭钱买了不少作文选，看见名人名言就记下，憋着劲在作文里用。父亲看书很多，什么书都看，是下乡时养成的毛病，带字儿的就是好。他很少表扬我，但是心情不错时，便给我讲故事，没头没尾，冬天我坐在自行车的后座上，他挡着风蹬车，讲着故事。我才知读书的妙处，全不是作文选所能代替。于是年纪稍长，便把钱省下来买《读者》，期期不落。那时家里的老房子被政府推掉，举家搬到父亲的工厂，住在车间里，就是在那生铁桌台上，我第一次读到《我与地坛》，《读者》上的节选，过去所有读过的东西都消失了，只剩下这一篇东西，文字之美，之深邃，之博远，把我从机器的轰鸣声中裹挟而去，立在那荒废的园子里，看一个老人在园里呼唤她的儿子。我央父亲给我办张区图书馆的图书卡，半年时间便把少儿部分的书看完了，大概是小学六年级，金庸的所有小说，古龙的代表作，《福尔摩斯探案集》《基督山伯爵》《傲慢与偏见》《巴黎圣母院》，如此等等，大概都看了一些，所写作文也与过去大不相同，金老师勉励我，她知道我笨，数学不行，但是语文可以强撑，兴许将来可借此安身立命。但是我没有志气，只想考学，所谓写作文，只是想让人知我厉害，无他，从未想过要成为作家，读书也是自娱，为了跟同学显摆自己知道的故事。小学毕业后，面向新的卷子，便和老师断了联系。

初中第一次作文，我的文章震动了老师和同学，老师将我大骂，说我不知跟谁学的，不知所云，这么写去中考肯定落榜，同学认为我是抄的，此文肯定埋伏在某本作文选中。我心灰意冷，唯一的利器钝了，立显平庸。不过读书从未间断，《麦田里的守望者》《水浒传》，巴金王安忆，老舍冯骥才，一路看下去，当时的初中离市图书馆很近，我便把原来的图书卡退掉，换了市图书馆的，每天中午跑去看。当时有两个朋友，一个后来去了清华后去欧洲，做了科学家，一个天赋不差前者，但是为人好斗任气，后来不知沦落何处，似乎是疯了。当时我们三人都无朋友，便合成一组，结伴去图书馆消遣孤独，他们二人去研究宇宙科学，我钻进文学类的书架猛看。就是站在那里，我看了赵树理的《小二黑结婚》，孙犁的《白洋淀》，邓一光的《狼行成双》，赵本夫的《天下无贼》，李佩甫的《败节草》，莫言的《红高粱》，张贤亮的《绿化树》，还有杂书无数，陈寅恪，费孝通，黄仁宇，钱钟书，下午跑回去上课，中午看过的东西全忘，继续做呆头呆脑的庸学生。

挨到高中，已非当初那个貌似有些异禀的孩子，只是个凑合高中的凑合分子。高一的语文老师姓王，年轻，个矮，面目冷俏，在老师中人缘不好，孤傲非常，据说婚礼时几乎无人参加，冷冷清清。可是极有文学才能，能背大段的古文，讲课从不拘泥，信手拈来，似乎是脑中自带索引。我当时已知自己无论如何写，也不会入老师法眼，她第一次命题作文题目很怪，没有限定，但是必须是两个字。彼时外公刚刚去世，我便写了篇文章叫作《生死》，写外公去世前，给我买了一个大西瓜，翠绿非常，我看见他从远处怀抱西瓜走来，面带微笑，似乎西瓜的根蒂就长在他身上。满分60，王老师给了我64分。那是一只温柔有力的手，把我救起，我努力想写得更好，仔细读了张爱玲、汪曾祺、白先勇、阿城，看他们怎么揉捏语言，结构意境，仔细读了余华、苏童、王朔、马原，看他们怎么上接传统，外学西人，自明道路。我的作文字迹极乱，老师尽力辨认，有时候我嫌作文本的格子框人，就写在八开的大白纸上，蝇头小字，密密麻麻，老师也为我批改。高中毕业前，我写了一篇东西叫作《复仇》，写一个孩子跋山涉水为父报仇，寻找的过程大概写了近两千字，结尾却没有，老师也给了我很好的分数，装作这是一篇作文。高中毕业后，我回去看过她一次，她独自坐在办公室角落的格子里，周围没有人，我站在她身边说了些什么已经忘记，只记得她仰头看着我，满怀期待而无所求，眼睛明亮非常，瘦小朴素，和我初见她一样。

大学四年什么也没写，只是玩。书也是胡乱看，大学的图书馆破旧落后，电脑都没有一台，借出的书似乎可以不还，直到看到王小波，是一个节点，我停下来想了想，那是我想成为的人啊，但是我自知没有足够的文学才华，就继续向前走去，随波逐流，虚掷光阴，晚上从不失眠。

2010年开始写小说，2013年第一次在期刊上发表，之前拿过两个台湾的文学奖，在台湾出过一个单行本的中篇。说实话，虽是认真而写，但是心态都是玩耍，也不自认是文学青年，从未有过作家梦。只是命运奇诡，把我推到写作的道路上，或者是推回到这条道路上，让我拾起早已零落的记忆，忘记自己曾是逃兵的事实。对于小说的作法，我被余华启迪，他从未停止探索叙述的奥秘，尖利冷峻，不折不从。对于文学的智识，我是王小波的拥趸，他拒绝无聊，面向智慧而行，匹马孤征。对于小说家的操守，我是村上春树的追随者，即使不用每次写作时打上领带，向书桌鞠躬，也应将时间放长，给自己一个几十年的计划，每天做事不休。对于文学之爱，我是那两个语文老师的徒弟，文学即是生活，无关身份，只是自洁和精神跋涉。对于文学中之正直和宽忍，我是我父母的儿子，写下一行字，便对其负责，下了一盘棋炒了一盘菜，便对其珍视，感念生活厚爱，请大家看看尝尝。对于未来的文学道路，我不及多想，我也许有着激荡的灵魂，我坐在家中，被静好时光包围，把我那一点点激荡之物，铸在纸上，便是全部。

双雪涛

2015.4.14